http://www.bbulmedia.com

http://www.bbulmedia.com

# 사공질풍기

山公疾風記

사공질 풍기

2

出峽風記

윤지검 신무협 장편 소설

뿔미디어

## 목차

一章 스무 냥짜리 계략  •7
二章 광서성으로  •43
三章 목리계의 땅  •73
四章 음모의 단초  •101
五章 음모의 실체  •131
六章 진소천의 계획  •157
七章 기다리는 자들  •187
八章 두 번의 배신  •217
九章 진소천의 행방  •253
十章 현령무극귀선공(玄靈無極鬼仙功)  •281

一章
스무 냥짜리 계략

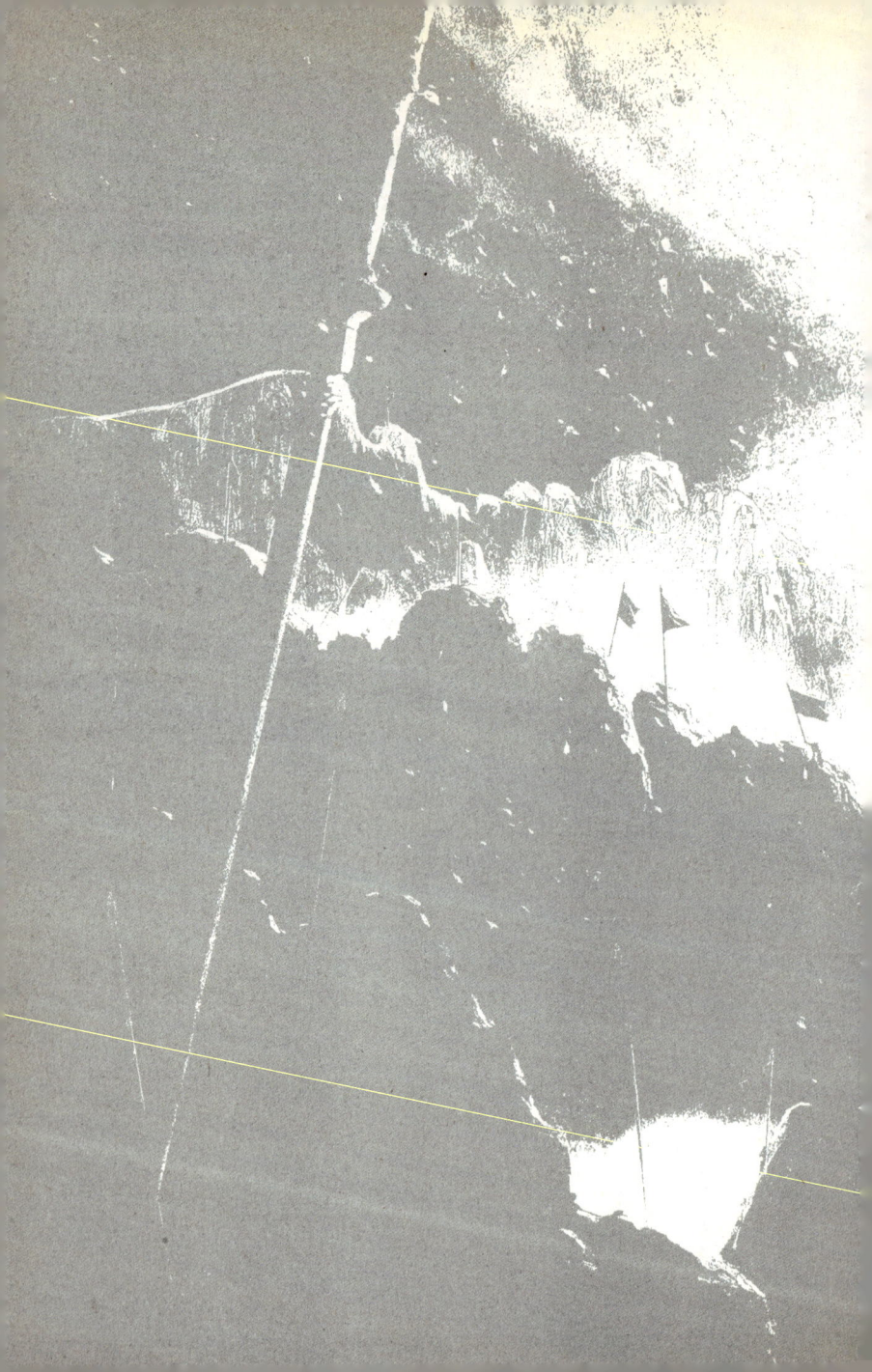

"흐으읍."

길게 들이마신 숨을 따라 차가운 밤공기가 폐부 깊숙이 밀려들어 왔다. 찬 기운이 천천히 몸 곳곳으로 퍼지며 온몸 가득 긴장감을 불러 일으켰다. 그리고 긴장감을 품은 신경들이 기지개를 켜듯 날카로운 감각을 일깨운다.

그렇게 일어난 긴장감은 몸속의 피를 서서히 달아오르게 만들고, 평소보다 조금 더 호흡을 가쁘게 만든다.

피가 튀고 비명이 난무하는 싸움터를 맞이하는 최적의 상태였다. 적당한 긴장감은 방심과 실수를 막아 주고, 약간의 흥분은 대담함과 과단성을 만들어 준다.

고잔성의 입가에 만족스러운 미소가 떠올랐다. 그는 이런 싸움 직전의 긴장과 흥분이라는 상반된 몸 상태를 싫어하지 않았다.

아니, 싫어하지 않는 게 아니라 의외로 즐기는 편이었다. 특히나, 절대적으로 자신이 이길 수 있을 거라 생각하는 싸움에서는 더욱더 그랬다.

'기다릴 테니 들어오라는 건가?'

고잔성의 눈에 담긴 객잔은 이층으로 지어진 건물로써, 어디에서나 흔히 볼 수 있는 그런 곳이었다. 하지만 지금은 그렇지가 않았다.

대략 자시 초의 시간. 다른 객잔이라면 아직까지 불을 밝히고 손님을 받을 그런 시간이었다. 하지만 객잔에서는 한 점의 불빛도 새어 나오지 않았다. 객잔 안에 있는 상대가, 객잔을 싸움터로 정하고 기다리고 있다는 의미였다.

고잔성은 비틀린 미소를 지으며 고개를 끄덕였다.

'원하는 대로 해 주지.'

대략적인 상황은 파악이 끝났다. 산달공과 함께 있는 이들은 열대여섯 명 정도. 모두 절정 수준의 무인들이었다. 그리고 남궁무원과 모용혜가 데리고 있는 무인들이 모두 마흔 명. 모두 합하면, 대부분이 절정 수준인 오십구 명의 무인들.

그리고 이쪽은 쉰 명 정도는 일류의 수준, 나머지가 절정의 수준이었다. 전력만으로 따진다면 고잔성 측이 약간은 유리했다.

절정 무인의 수가 약간 부족하기는 했지만, 승패라는 것이 단순히 무공 수준의 차이로 갈리는 것은 아니다.

실제로 고잔성은 자신보다 수준 높은 무인들을 상대하면

서도 패한 적이 없었다. 그리고 일류 무인 쉰 명이면 절정 무인 아홉 명을 상대하는 것이 그리 버거운 편도 아니었다.

거기에 한 가지 더, 고잔성이 승리를 점치는 이유가 있었다. 흑운향이 이곳에 도착한 것은 몇 시간 전이었다.

그리고 미리 사람을 들여 내부의 상황을 확인했다. 그 결과 남궁세가와 모용세가 측은 산달공 측과 그리 편한 사이가 아니었다. 하나가 되어 움직이지 않는 적을 상대하는 것만큼 쉬운 일도 없었다.

'우연히 얻은 사냥개가 꽤 쓸 만하군.'

영주부에서 모용혜를 발견한 것은 말 그대로 천운이었다. 그렇지 않았다면, 산달공과 구양결 일행이 마차를 이용해 깔아 놓은 속임수에 걸려 하루 이틀 정도는 손해를 보았으리라.

'어떻게 한다?'

문득 산달공이나 구양결, 율천대를 처치한 다음의 일에 대한 고민이 떠올랐다. 산달공 일행을 죽이는 것은 꺼려할 필요가 없었다.

방주에게서 직접 처리하라는 명령이 떨어졌으니, 그 후에 무슨 일이 일어나더라도 자신에게 책임이 전가될 일은 없었다. 고잔성은 방주가 그런 일에 비겁한 짓을 하는 것은 한 번도 보지 못했다.

하지만 남궁무원이나 모용혜는 다르다. 남궁세가나 모용세가의 무인들이야 격전 중에 몇 명 죽거나 상하는 것은 어쩔 수 없었다. 상황이 상황이니 만큼 나중에 따로 대화로 무마할 수 있는 일이었다.
 하지만 남궁무원과 모용혜는 건드리지 않는 것이 좋았다. 수하들에게도 미리 그렇게 말을 해 둔 참이었다.
 '사냥이 끝나면 삶는 게 가장 좋은데…….'
 고잔성은 여전히 뭔가 아쉬운 느낌이었지만, 결국 고개를 설레설레 저었다. 탄탄대로 같은 자신의 앞길에 괜한 걸림돌을 만들 필요가 없었다.
 스르릉!
 칼이 뽑히는 소리가 맑게 울려 퍼진다. 푸른 달빛을 반사시키는 칼날이 서슬 퍼런 예기를 흩뿌린다.
 "흡!"
 짧은 숨을 토해 내는 동시에 고잔성의 신형이 정면으로 쏘아져 나갔다. 따로 신호 따위는 없었다. 하지만 쉰 명가량의 무인들이 객잔을 동그랗게 포위한 채 쇄도해 가고 있었다.
 그 뒤로 또 한 무리의 쉰 명가량의 무인들이 동그랗게 객잔을 포위한 채, 포위망을 좁혀 나갔다.
 첫 번째 포위망은 객잔 안으로 기습을, 두 번째 포위망은 객잔 밖에서 퇴로의 차단을 맡았다.
 찌억, 우지끈!
 두꺼운 나무문 한가운데 세로로 긴 금이 그어지는가 싶더니, 어느새 양쪽으로 더지듯 튀어 나가며 요란한 소음을 터트린다. 뒤이어, 사방에서 몰려온 흑운향 무인들이 창을 박살 내며 안으로 뛰어드는 소리가 울려 퍼진다.

"나와라!"

가장 먼저 안으로 들어선 이는 역시나 고잔성이었다. 우렁찬 일갈과 함께, 정면에 무엇이 있든 그대로 갈라 버리겠다는 듯 횡으로 크게 휘둘렀다.

묵직한 파공성과 함께 그어진 날카로운 예기는, 어느새 녹광의 도삭으로 변해 사이한 궤적을 그려 냈다.

하지만.

"사, 산공독!"

어둠 속에서 갑자기 당혹성이 울려 퍼졌다.

쿵!

동시에 누군가 넘어진 듯한 소리가 귓바퀴를 두드렸다.

고잔성이 반사적으로 짧은 숨을 토했다.

'이건!'

코끝을 스치는 향긋하면서도 달콤한 향기. 그리고 번뜩 뇌리를 스치는 한 가지.

'산공독?'

생각과 동시에 딛고 있던 바닥을 밀어 차며 뒤쪽으로 몸을 날렸다. 물론, 수하들에게 경고하는 것 또한 잊지 않는다.

"빠져라!"

위험했다. 이런 식으로 자신들을 기다리고 있을 줄은 미처 생각하지 못했다. 그리고 그제야 자신이 한 가지 사실을 간과했다는 것을 깨달았다.

'노호!'

맹도괭이 이끄는 율천대 이조는 모두가 낭인 출신이었다. 그러니 산공독 같은 물건을 사용하는 데도 거리낌이 없을 터. 이러한 부분을 충분히 염두에 두었어야 하는 것이다.

그나마 다행인 것은 산공독이 질이 떨어지는 물건이라는 사실. 끈적끈적한 향이 있는 것으로 봐서, 삼류 무인들이나 쓰는 물건이었다.

강호의 무인들이 사용하는 것은 아무런 냄새도 나지 않는 훨씬 더 은밀한 물건이었다. 생각해 보면 당연한 일이었다.

자신들의 존재를 알고 급하게 구했을 테니 그 정도 물건밖에 구하지 못한 것이다.

그때였다. 갑자기 싸늘한 기운이 고잔성의 품으로 파고들었다. 깜짝 놀란 고잔성이 반사적으로 칼을 휘둘렀다.

까아앙!

도신을 통해 두 손으로 밀려들어 오는 묵직한 충격.

"큭!"

고잔성이 저도 모르게 짧은 신음을 흘렸다. 뒤로 물러나던 중에 받은 기습.

발을 딛고 힘을 의지할 수 없는 상황에 거대한 힘이 밀어붙이니 그다음의 상황은 뻔했다.

뒤로 도약한 자세 그대로 붕 떠오른 몸뚱이가 속절없이 뒤로 밀려났다. 그런 상황에서도 고잔성은 두 눈을 치뜨고 상대의 모습을 확인했다.

"노호!"

뒤로 날려가는 자신의 품으로 파고들며, 날카로운 도격을 뻗어 오는 장년의 사내. 노호 맹도굉이었다.

"제길!"

고잔성의 입에서 신경질 적인 외침이 튀어 나왔다. 시야 안으로 들어오는 광경 때문이었다.

갑작스러운 역습을 맞이하는 것은 고잔성만이 아니었다. 안으로 들어갔다가 뛰쳐나오는 흑운향의 모든 무인들을 따라 덮쳐드는 그림자들이 있었다.

차차창!

거듭 날아드는 칼질에 고잔성은 정신없이 칼을 휘두르면서도, 황급히 천근추의 공력을 운용해 땅을 밟고 중심을 잡았다.

그러는 중에도 맹도굉의 맹호가 내뿜는 섬전 같은 도격이 두 번이나 날아들었다.

불의의 역습에 정신없이 밀리며 칼을 막다 보니 손목이 얼얼해 감각이 사라질 지경이다. 하지만 일단 중심을 잡고 자세를 안정시킨 이상 더는 밀리지 않으리라.

"산공독이라! 우리 흑도나 쓰는 물건을 맹 대협이 쓸 줄은 몰랐소이다!"

큰 소리로 도발적인 외침을 터트리며 그대로 중심을 낮춘다. 땅을 쓸 듯 휘두른 고잔성의 칼이 맹도굉의 턱 아래로 파고들었다.

하지만 맹도굉은 그런 도발에 넘어가지 않았다.

"그쪽이야말로 이름은 구룡인데 하는 짓은 쥐새끼가 아닌가 싶소이다!"

오히려 역으로 도발을 하며 버럭 소리를 지르는 맹도굉의 외침이 고잔성의 코끝에 닿았다.

동시에 산공독의 달짝지근한 향을 날려 버리는, 청량하면서도 알싸한 향이 후각을 자극했다. 인단초(仁丹草:박하)의 향과 비슷한 냄새였다.

하지만 고잔성은 그런 냄새에 신경을 쓸 겨를이 없었다.

외침과 동시에 맹도굉이 상체를 젖혀 칼을 피하고, 그러는 중에도 호엽보를 밟으며 고잔성의 전면으로 쇄도해 들어오고 있었기 때문이다.

쉐에엑, 카캉!

두 자루의 칼이 사방으로 칼바람을 흩뿌린다. 간헐적으로 불꽃이 튀고, 고막을 찢을 듯한 굉음이 터진다.

맹도굉은 말 그대로 한 마리 성난 호랑이와 같았다. 산중의 왕인 호랑이에게 물러섬이란 있을 수 없는 일.

성난 호랑이의 거대한 발톱과 무시무시한 송곳니가 금세라도 고잔성을 찢어 죽일 듯 휘몰아친다.

하지만 고잔성 또한 만만한 상대가 아니다. 처음의 역습에 밀리던 모습은 더 이상 볼 수 없었다.

굳건히 중심을 잡고 차근차근 공격을 막으며, 간간이 날카로운 역습을 날린다.

두 사람을 중심으로 묵직한 압력이 휘몰아친다. 그와 함께 객잔 주변에 요란한 난전이 전개되었다.

구룡방 뇌운당 흑운향의 무인이 고잔성을 포함해 백오 명이었다. 그리고 진소천을 포함한 남궁세가와 모용세가 무인을 모두 합치면 오십구 명.

무인들의 수준을 따져 봐도 구룡방 측이 전력 면에서는 조금이라도 위에 있는 상황이었다. 하지만 상황은 오히려 진소천 측이 우위를 점하고 있었다.

기습에 대비한 역습에 이어 난전을 유도하면서 만든 상황이었다. 물론, 절대적으로 승리를 자신할 정도의 우위는 아니었다. 한시라도 빨리 마무리를 짓지 못한다면, 언제 상황이 역전될지 알 수 없을 정도.

피아를 가리지 않고 풀풀 뿜어낸 살기와 줄줄이 내뿜어지는 공력이 한데 어우러지면서 거대한 압력이 휘몰아쳤다. 광포하게 몰아치는 소용돌이에 버금갈 정도였다.

그 사나운 힘의 틈 사이로 한 줄기 미풍이 흘렀다.

방향을 가리지 않고 줄기줄기 뻗어 나가는 거센 기운들에 비하면 머리카락조차 날리지 않을 정도로 가벼운 바람.

하지만 그것은 거센 폭풍에도 사그라지지 않고 역행해 들어가는 산들바람이었다.

싸움이 시작된 후에도 한참 동안 지켜보기만 하던 그가 뒤늦게 싸움판으로 뛰어든 것이었다.

미끄러지듯 흘러들어 간 산들바람, 진소천의 손에 쥐어진 것은 전표로 사용했던 쥘부채였다.

차르륵!

오른손에 쥔 쥘부채로 왼손 손바닥을 가볍게 내려치니, 접혀 있던 부챗살들이 서로 부딪치며 경쾌한 소리를 울린다.

하지만 그 경쾌한 소리가 어떤 이에게는, 갑작스럽게 이성을 마비시키는 소음으로 다가간다.

격전 와중에 갑자기 뒤통수에서 울리는 경쾌한 소음은 마치 사신의 선고와도 같은 느낌으로 다가간다. 온몸의 털이 온통 쭈뼛 서는 것 같은 전율.

차르륵!

"흡!"

눈앞에 있는 율천대 무인과 칼을 맞대던 구룡방도가 저도 모르게 움찔 어깨를 떨었다. 그리고 그 아주 짧은 찰나의 전율이 구룡방도가 생에서 마지막으로 느끼는 감각이었다.

"끅!"

짧은 단말마가 울리며 피가 솟구친다. 하지만 죽은 구룡방도의 뒤에 있던 진소천의 모습은 온데간데없다.

진소천은 그 표홀한 움직임만큼이나 경쾌하고 가벼운 발놀림으로 싸움터 곳곳을 편안하게 누비고 있었다.

하지만 그 움직임이 산들바람의 느낌을 준다하여, 실제 움직이는 속도가 미풍처럼 느린가 하면 그것은 또 아니다.

분명 눈으로 보고 쫓아갈 수 있고, 아주 느리게 보인다. 하지만 발을 한 번 놀릴 때마다 시선이 아닌 고개를 돌려야만 그 움직임을 쫓아갈 수 있을 정도로 빠르다.

허황되게 전해지는 축지법(縮地法)이라는 게 실제로 존재한다면 분명 저런 느낌이리라.

마치 땅을 접어 움직이기라도 하듯 아주 느긋하면서도 편안하게 흐릿한 잔상을 남기며 움직이고 있었다.

진소천은 피아를 구분하지 않고 사람과 사람의 사이를 흐르듯 움직이며 주변을 살폈다.

객잔을 마주 봤을 때, 문이 있는 쪽에서는 율천대 무인들이 구룡방도들과 싸우고 있었다.

왼쪽은 남궁세가의 창궁대가 검진을 펼쳐 굳건히 자리를 지키며 싸우고 있었고, 오른쪽은 모용세가의 건곤기가 대형을 만들어 저돌적으로 적들을 밀어붙이고 있었다.

'의외의 모습들이로군.'

싸움터, 전장이라는 곳은 인간이 가장 본능에 충실할 수 있는 공간이었다.

난무하는 비명과 코끝이 찡할 정도로 비릿한 혈향, 죽음에 대한 공포가 어우러지는 순간 인간은 이성보다는 본능에 충실해질 수밖에 없다. 그리고 그러한 때에 평소에는 숨기고 있는 습성이 튀어나온다.

남궁무원의 경우, 평소에는 강인하고 진취적인 모습을 보이지만, 싸움이 시작되니 저렇게 섬진을 펴고 치고 나가기보다는 버티고 지키는 쪽을 택하고 있었다. 의외의 소극적이고 수동적인 면모인 셈이었다.

그리고 모용혜의 경우도 의외의 모습이기는 했다. 저녁나절 얼굴을 보고 이야기를 했을 때는 한마디로 '배후 조종자'의 느낌이었다.

직접 나서서 진소천을 상대하기는 했지만 어디까지나 조력자의 수준이었고, 실제로는 남궁무원을 뒤에서 움직이고 있는 느낌이었다.

그런데 실제로 싸움에 임할 때는 아주 적극적이고 저돌적으로 적들을 베어 넘긴다. 날렵하면서도 매섭게 휘두르는 그녀의 장검에서는 쉴 새 없이 살초가 뿌려지고 있었다.

진소천이 그렇게 전장을 살피는 사이 전황은 점점 더 치열하게 흐르고 있었다.

"끄아악!"

곳곳에서 비명이 난무했다. 바닥에는 흘러내린 피가 흥건했고, 곳곳에 나무토막처럼 뻣뻣하게 바닥에 누워 있는 시신들이 속출했다.

'음, 시간이 됐군.'

의지할 공력 없이 온전히 현령무극귀공의 공력으로만 움직이는 진소천에게 시간의 한계가 다가오고 있었다.

슬쩍 고개를 돌려 맹도굉과 고잔성이 싸우는 모습을 지켜보았다.

서로 한 치의 양보도 없고 우열을 가릴 수도 없는 백중지세였다.

한 차례 싸늘한 미소를 지은 진소천이 급히 구룡방도들의 뒤쪽으로 몸을 날렸다. 이미 난전으로 치달아 전후의 구분이 없기는 했지만, 어쨌든 구룡방도들이 객잔으로 밀고 들어올 때의 뒤쪽.

그리고 짐짓 당혹스러운 목소리로 말했다.

"컥, 이것은!"

'지금!'

진소천의 말이 맹도꿩의 귓전을 때렸다. 맹도꿩만이 아니다. 진소천이 소리를 지르지는 않았지만, 남아 있는 모든 공력을 담아 흘린 말이었기에 전장의 소음을 뚫고 모든 이의 귓전에서 울렸다.

눈앞에서는 고잔성이 아무런 기교도 없는 과격한 도격을 뻗어오고 있었다.

탁!

발로 땅을 박차고 뒤로 몇 걸음을 물러난다.

씨이잉!

과격한 칼질이 묵직한 바람을 안고 맹도꿩의 눈앞을 스쳤다. 그와 동시에 맹도꿩의 왼손이 슬쩍 소매 속으로 들어가는가 싶더니, 다시 밖으로 나온 그의 손에는, 엄지와 중지 사이에 작은 천으로 감싼 무언가가 끼어 있었다.

타악!

튕기듯 날아간 작은 물건.

고잔성의 칼이 일말의 망설임도 없이 그것을 갈라냈다.

"헉!"

동시에 고잔성의 두 눈이 동그랗게 커졌다. 맹도꿩이 날린 물건을 잘라 내는 순간 눈앞에 뿌연 먼지 같은 것들이 피어올랐다.

그리고 코끝을 때리는 달콤한 향기. 조금 전 객잔에 들어서는 순간 맡았던 그 향이었다.

'산공독!'

그 생각이 머릿속에 번뜩이는 순간, 방금 전에 들었던 당혹스러운 목소리가 떠올랐다. 누구의 목소리인지는 알 수 없었지만, 무언가에 당한 것 같은 그 소리.

"큭!"

고잔성은 황급히 호흡을 끊었다. 얼굴 바로 앞에서 터진, 저 산공독을 흡입하는 순간 더 이상 싸우는 것은 불가능해진다는 것을 알기 때문이었다.

산공독 자체야 싸구려 냄새가 풀풀 나니 완전히 공력을 쓰지 못할 정도는 아니겠지만, 그렇다고 몸에 아무런 영향이 없을 것이라 장담할 수도 없었다. 호각의 상대와 칼을 맞대고 있는 지금의 상황에서는 약간의 차이가 생사를 가르기 때문이다.

하지만 고잔성이 실제로 상대해야 할 것은 산공독이 아니라 맹도굉이었다.

파바박!

거칠게 땅을 두드리는 소리와 함께 맹도굉의 맹호도가 새하얀 빛을 머금은 채 달려들었다. 연달아 쇳소리가 울려 퍼지고, 그럴 때마다 고잔성의 어깨가 크게 흔들렸다.

'크윽, 젠장!'

속으로 욕이 튀어나오지만 함부로 입을 벌릴 수가 없다. 어떻게든 산공독이 뿌려진 곳에서 멀리 떨어지기 위해 쉴 새 없이 발을 놀렸다.

하지만 그것은 아주 헛된 노력이었다.

팍, 파팟!

곳곳에서 뭔가 터지거나 천이 잘리는 소리가 울려 퍼졌

다. 슬쩍 곁눈질을 하는 고잔성의 두 눈이 경악으로 물들었다. 맹도굉만이 아니었다.

자신들과 싸우고 있는 율천대 무인들에 남궁세가와 모용세가의 무인들까지 하나같이 천으로 감싼 작은 덩어리를 던진 것이었다.

주변을 말 그대로 뿌연 먼지에 휩싸인 듯한 상황.

'음?'

고잔성의 두 눈에 의혹이 서렸다. 이렇게 온통 산공독이 자욱한데, 어떻게 저들은 멀쩡하게 숨을 쉬면서 싸우는 건가.

'설마 가짜?'

고잔성의 두 눈에 의혹이 어리는 순간, 맹도굉이 기세 좋게 외쳤다.

"하하, 겨우 분가루 냄새에 몸을 사리다니. 알고 보니 겁도 많구려!"

순간 고잔성은 심각한 갈등을 느꼈다. 아무리 생각해도 자신들이 산공독이라 생각했던 것은 가짜인 것 같았다.

그렇지 않고서야 맹도굉을 포함한 저들이 저렇게 아무렇지도 않게 움직일 리가 없지 않은가. 거기에 맹도굉이 분가루라고 도발을 한 것이 오히려 의심을 더욱 부추긴다. 의심을 순순히 인정함으로써 의심을 거두게 하려는 심리전.

멈추고 있는 숨이 점점 차오르고 있었다. 무인에게 있어서 호흡이란 힘의 원천. 들이마신 호흡이 공력을 일으키고 힘을 이끌어 올린다.

스무 냥짜리 계략 23

'가짜다!'

고잔성은 신속하게 결정을 내렸다. 더 이상 숨을 참는 것도 힘들었다.

"후우!"

들이마셨던 숨을 길게 뱉고 다시 크게 숨을 들이마시려는 찰나. 고잔성의 눈에 들어온 것은, 맹도굉의 입가에 맺힌 기묘한 미소였다.

'설마!'

갑자기 뇌리에 스치는 것이 있었다. 객잔에서 빠져나온 후 맹도굉과 처음 칼을 섞었을 때. 그때 맹도굉의 외침에 섞여 있던 강렬한 인단초와 비슷한 그 향.

'해약?'

산공독의 달짝지근한 향과는 상반되는 그 청량한 향은 분명 맹도굉의 입에서 시작된 것이었다.

입안에 해약을 물고 있다면 산공독 안에서 저리 움직이는 것이 가능할 수도 있었다. 그렇다면 맹도굉의 도발은 오히려 숨을 들이마시게 하기 위한 책략.

하지만 더 이상 숨을 참는 것도 곤란했다. 고민하는 것을 포기한 고잔성이 재빨리 결정을 내렸다.

'물러나는 수밖에!'

생각과 동시에 몸이 움직였다. 한 걸음 앞으로 나서는 동시에 전신의 공력을 쥐어짜 두 손에 쥔 칼을 크게 들어 올렸다가 있는 힘껏 내려쳤다.

평범하기 그지없는 태산압정의 일초.

까아앙!

맹도굉이 반사적으로 맹호도를 가로로 들어 고잔성의 일초를 막았다. 그 순간 맹호도에 묵직한 무게감이 실리는가 싶더니 어느새 손이 가벼워졌다.

흠칫 놀라 고개를 들어 보니, 고잔성이 아래로 내려친 칼의 반발력을 이용해 허공으로 높이 뛰어오르고 있었다.

"흐으읍!"

크게 숨을 내쉬며 호흡을 정도한 고잔성이 공력을 가득 담아 사자후를 터트렸다.

"퇴각한다!"

이제 남은 것은 이 자리를 벗어나는 것. 자리를 피해 맑은 공기가 있는 곳에서 다시 싸우는 것도 생각을 해 보았지만, 수하들은 이미 기세가 한풀 꺾인 상태였다. 이런 상태로 싸워 봐야 득이 될 것은 없었다. 우선은 안전을 도모해야 했다.

그 순간, 발아래에서 느껴지는 묵직한 위압감. 빙글 몸을 뒤집으며 칼을 아래로 휘둘렀다.

"이런!"

하지만 고잔성의 두 눈에 들어오는 것은, 아까 보았던 그 물건. 천으로 산공독을 감싼 그것이었다.

건드리지 않으려고 황급히 몸을 뒤틀었지만, 일부러 그렇게 만든 것인지 산공독을 감싸고 있는 작은 천이 풀어지고 있었다.

풀썩!

눈앞에서 흩뿌려지는 뽀얀 가루들.

"끄아아악!"

곳곳에서 비명이 터져 나왔다. 황급히 고개를 돌려보니, 수하들이 하나둘 피를 뿜으며 바닥을 뒹굴고 있었다.

사뿐하게 바닥으로 내려섰지만, 그를 기다리고 있는 것은 질기게 따라붙는 맹도괭이었다. 절대 그냥 보내지 않겠다는 듯 살기등등한 기세로 들러붙는다.

두 자루 칼이 연이어 부딪친다. 고잔성은 절로 몸이 들썩이는 것을 느끼며 두 눈을 질끈 감았다. 이렇게 된 이상, 목숨을 걸고 싸우는 수밖에 없었다.

"흐으읍!"

달콤한 향이 폐부 깊숙이 파고들었다. 산공독의 효과가 바로 몸에 영향을 미치는지 손아귀에 힘이 빠지고 무릎이 후들거린다.

그리고 기다렸다는 듯 맹도괭의 맹호도가 더욱 흉포한 기세로 덤벼들었다.

그러는 동안에도 비명을 쉴 새 없이 이어졌다.

대부분 구룡방 무인들의 것이었지만, 악에 바쳐 달려드는 저항에 당한 율천대나 남궁세가 혹은 모용세가 무인의 비명도 섞여 있었다. 사방에서 시뻘건 피분수가 뿜어져 나오며, 자욱한 혈무(血霧)가 피어올랐다.

그리고 고잔성의 고막으로 파고드는 하나의 소음.

서걱!

섬뜩할 정도로 차가우면서도 한편으로는 화끈한 통증이

쭈뼛하고, 고잔성의 등골을 타고 올랐다. 그리고 갑자기 왼쪽 어깨가 허전해졌다.

시야에서 무언가 길쭉한 것이 떠오르고, 마지막으로 불로 지지는 듯한 통증이 전신의 신경에 작렬했다.

"끄억!"

입에서 절로 비명이 터졌다. 비틀거리며 중심을 잡아 보려 애쓰지만, 맹호도가 핏방울을 흩뿌리며 짓쳐 들고 있었다.

"끅!"

직접 칼을 휘두를 맹도굉의 귀에도 들리지 않을 정도로 작은 비명이 흘렀다.

털썩!

묵직한 소음과 함께 고잔성의 몸뚱이가 바닥에 고인 핏물 위에 처박혔다.

맹도굉이 맹호도를 거두어들이며 핏물에 반쯤 잠겨 있는 고잔성의 얼굴을 일견했다.

마치 죽는 순간 비명을 지르지 않는 것이 마지막 자존심을 지키는 일이라는 듯, 비명을 참기 위해 입술을 깨물고 얼굴 근육을 일그러트리고 있는 모습. 하지만 오래 지켜볼 시간은 없었다.

"적의 수장이 죽었다!"

맹도굉의 외침이 쩌렁쩌렁 울려 퍼진다.

이미 산공독 때문에 심각한 열세에 있던 구룡방도들의 얼굴이 절망으로 물들었다. 그렇지 않아도 밀리는 상황에서

스무 냥짜리 계략 27

우두머리인 고잔성의 죽음은 심대한 타격이 아닐 수 없었다.
 향주의 죽음에 뒤도 돌아보지 않고 달아나는 자들이 하나둘 발생했다.
 그러는 와중에도 비명은 쉴 새 없이 터져 나왔고, 객잔 앞은 치열한 난전의 상황에서 순식간에 일방적인 살육의 장으로 바뀌었다.

 차가운 밤바람이 온몸에 흥건한 땀을 식혀 주었다. 하지만 바닥과 일행들의 온몸에 흥건한 땀과 피 냄새까지 어찌해 주지는 못했다.
 털썩!
 더 이상 위험이 없다고 판단한 맹도굉이 바닥에 털썩 주저앉았다. 이미 온통 피를 뒤집어쓰고 땀과 먼지로 범벅이 된 상태라 지저분한 걸 가릴 필요가 없다.
 "후우!"
 뒤이어 율천대 무인들이 하나둘 바닥에 주저앉는다. 어떤 이는 옷을 북북 찢어 가까이 앉은 동료의 상처를 싸매 준다.
 "다들 수고했어."
 그때 누군가의 느긋한 목소리가 들렸다. 힐끗 고개를 돌려보니 진소천이 느긋한 걸음으로 율천대를 향해 걸어오고 있었다.
 맹도굉이 칼로 땅을 짚은 채 몸을 일으키며 말했다.
 "진 노제 덕에 큰 피해 없이 막았네."
 진소천이 피식 웃으며 말했다.

"새삼스레 뭐 하러 일어나? 그냥 앉아서 쉬어."
"크흐, 그래야겠군. 팔에 힘이 안 들어가."
"아, 그런데……."
다시 바닥에 털썩 주저앉는 맹도굉을 향해 진소천이 갑자기 은근한 목소리로 말했다. 그 모습에 궁금증을 느낌 맹도굉이 덩달아 목소리를 낮추며 물었다.
"음? 따로 할 말이라도 있나?"
"아니, 방금 했던 말 잊지 말라고."
"했던 말?"
"내 덕분에 이 정도로 끝났다는 거."
"허허, 걱정하지 말게."
"그래야지."
고개를 끄덕인 진소천이 맹도굉을 지나쳐, 남궁세가와 모용세가 무인들이 모여 앉아 있는 쪽으로 갔다.
진소천이 다가오는 모습에 남궁무원과 모용혜가 곧장 몸을 일으키며 뭔가 경계하는 눈초리로 바라보았다.
"또, 무슨 말을 하려고 왔소?"
남궁무원이 조금은 공격적인 어투로 물었다. 객잔 안에서 진소천이 자신들을 대하던 모습을 생각하면 도저히 말이 곱게 나오지 않는 탓이었다.
하지만 진소천은 영문을 모르겠다는 표정으로 어깨를 한 으쓱거릴 뿐이다. 그리고는 품 안으로 손을 넣더니, 모용혜를 향해 무언가를 던졌다.
철컥!

모용혜가 받아든 것은 뭔가 묵직한 것이 들어 있는 비단 주머니였다.

"이게 뭔가요?"

태어나서 처음으로 '미친 것들'에 '미친년'이라는 말까지 들은 터라 모용혜 역시 목소리가 곱지는 않았다.

"분 값."

"네?"

"니가 사왔던 분 값하고 인단초 값. 은자 스무 냥이면 충분하고도 남을 거다. 남는 건 심부름 값."

한창 싸우던 중에 맹도굉이 외쳤던 그 말은 조금도 틀리지 않은 사실이었다.

객잔 안에 지나칠 정도로 짙게 배어 있던 달콤한 향은, 여인들이 사용하는 분가루를 객잔 곳곳에 있는 대로 뿌렸기 때문에 피어오르는 향이었다. 물론 작은 천으로 감싼 가루 역시 분가루다.

그리고 맹도굉이 입에 머금고 있던 것은 더하지도 덜하지도 않은 인단초였다.

진소천은 그 두 가지 물건을 이용해 구룡방 백여 명의 무인들을 물리친 것이었다. 그리고 그것을 두 눈으로 확인한 모용혜는 대단하다는 느낌보다는 어처구니없다는 느낌이 강했다.

이런 조잡하고 유치한 방법이 먹혀들 거라고는 생각지도 못했다.

그래서 싸우기 직전까지도 언제든 몸을 뺄 수 있도록 마음의 준비를 하고 있었다. 물론, 모용혜의 경우에는 싸우던 중에 그만 흥분을 참지 못하고 과도하게 앞으로 나서기는 했지만, 어쨌든 그런 생각을 하고 있었다.

하지만 일이 끝나고 보니 꽤 그럴싸한 계략이기도 했다. 하지만 그것은 분가루와 인단초의 덕분이 아니라, 상대의 경계심을 건드려 스스로 겁을 먹고 소극적으로 만든 심리전 덕분이었다.

자욱한 분가루를 이용해 산공독을 의심하게 만든 직후에, 모두가 입에 머금고 있던 인단초 향을 맡게 만든다. 그런 후에 다시 분가루를 뿌리고, 의심을 하게 만들고 정작 의심을 할 때 인단초의 냄새를 떠올리게 만든 것이다. 심리의 덫을 이중 삼중으로 깔아 결국 스스로 무너지게 만든 계략.

조금 더 보태자면, 낭인 출신으로만 이루어진 율천대 이조가 있었기에 효과는 더욱더 극대화 되었다.

보통의 정파 무인들이라면 산공독을 사용하는 것이 치졸하다 어쩌다 하며 꺼려할 디지만, 낭인 출신인 그들이라면 산공독을 사용한다는 것에 크게 거리낌이 없을 거라는 인식이 박혀 있기 때문이었다.

물론, 율천대 이조 무인들 중에 실제로 산공독을 사용한 경험이 있는 이는 단 한 명도 없었지만.

더 이상 모용혜와 남궁무원에게 시선을 주지 않은 채 맹도굉에게 걸어가던 진소천이 갑자기 발을 멈췄다. 그리고 몸은 돌리지 않고 고개만 슬쩍 돌린 채 두 사람을 곁눈질로 보며 말했다.

"객잔 부순 건 니들이 배상해라. 수리 때문에 며칠 장사도 못할 테니 그것도 포함해서."

"뭐? 우리가 왜?"

남궁무원이 인상을 찡그리며 물었다. 객잔을 부순 건 구룡방 무인들이었고, 그 구룡방 무인들은 진소천과 구양결을 쫓아온 것이었다.

자신들은 어디까지나 한 걸음 떨어져 있는 방관자일 뿐이지 않은가.

그런 남궁무원의 생각을 진소천이 정정해 주었다.

"내 예상대로라면 우리가 저놈들 만나는 건 광서에 들어선 후의 일이다. 그런데 너희들 때문에 이렇게 된 거 아니냐. 그 때문에 객잔도 부서졌고. 그러니 니들이 책임 져야지. 뭐야, 설마 남궁입네, 모용입네 하는 세가가 자기가 한 짓에 책임감도 없는 거냐?"

"어딜 감히!"

남궁무원이 울컥한 표정으로 외쳤지만, 진소천은 별다른 감흥이 없는 듯 피식 웃으며 말했다.

"어디다 대고 '감히'니 뭐니 갖다 붙이냐? 구양 저놈도 그러더니 이놈들도 아무튼."

"뭐라고?"

"그렇잖아. 니들이 무슨 황제 폐하도 아닌데 알량한 이름에다가 값을 매기냐?"

황제가 아닌 것은 맞다. 하지만 절대 알량한 이름은 아니다.

남궁세가와 모용세가가 '세가'라는 이름으로 불리는 데는 역사와 전통, 그리고 명예가 있기 때문이다. 적어도 정보를 다루는 비형방의 방주가 그렇게 폄하할 이름이 아니었다.

"세가의 이름을 욕보인 죄를 지금 당장 묻겠……!"

"세가의 이름을 욕보인 죄? 대명률(大明律)에 언제부터 그딴 죄가 생긴 건데? 그리고 니가 무슨 권한으로? 그 알량한 세가의 이름으로?"

순간 끈질기게 붙들고 있던 이성의 끈이 툭 끊어졌다.

"힘으로!"

대갈일성을 터트리는 동시에 남궁무원의 신형이 순간적으로 그 자리에서 사라졌다.

쉐에엑!

날카로운 파공성이 진소천의 목을 가른다. 정확하게는 진소천의 목이 있던 빈 공간. 동시에 남궁무원의 얼굴을 향해 날아드는 작은 무언가.

무인의 몸이라는 건 셀 수 없을 정도로 수많은 상황의 반복을 통해, 유사시에는 생각보다 몸이 먼저 반응하도록 길들여져 있는 것.

남궁무원의 장검이 반사적으로 날아오는 무언가를 갈랐다.

팍!

날아오던 무언가가 터지면서 남궁무원의 눈앞에 무수한 가루가 비산했다.

남궁무원이 저도 모르게 고개를 뒤로 젖히며 시선을 틀었다.

가루가 비산하는 순간, 그것이 방금 전의 싸움에서 썼던 분가루라는 것은 알았지만, 눈에 들어갈 경우 잠깐 동안 시야가 좁아질 수밖에 없으니 피하는 것이 당연했다.

"헉!"

남궁무원의 입에서 짧은 숨소리가 들렸다. 갑자기 등허리 명문혈이 뜨끔하는가 싶더니 은밀하면서도 섬뜩한 기운이 경맥을 파고든 탓이었다.

온몸의 근육이 그대로 뻣뻣해지는 순간, 갑자기 머리 위에 무언가가 탁 하고 얹히는 느낌이 들었다.

고개도 움직이지 못하게 된 남궁무원이 두 눈을 치뜨고 머리 위에 얹힌 것이 무엇인지 확인하려 애쓴다. 그러는 순간에도 입으로는 버럭 소리를 질렀다.

"무슨 짓이냐!"

남궁무원의 머리에 얹힌 것은 진소천이 쥐고 있던 쥘부채였다.

차차차창!

갑작스러운 상황에 잠시 멍한 표정을 짓던 남궁세가의 창궁대 무인들이 황급히 검을 뽑아 들었다. 순식간에 진소천과 남궁무원을 둘러싸고 줄기줄기 살기를 뿜아 올렸다.

자신들이 두 눈 뻔히 뜨고 있는 앞에서, 남궁세가의 소가주가 저런 꼴을 당하다니.

진소천이 세가를 무시할 때부터 그들 역시 울컥하는 것을 참고 있었다. 그러다가 뭐라고 반응도 하기 전에 남궁무원이 먼저 진소천에게 달려들었고, 움찔하며 그 상황을 지켜보려던 찰나 갑자기 저런 상황이 된 것이었다.

조금 늦게 반응을 보인 모용세가의 건곤기도 어느새 무기를 뽑아 들고 진소천을 포위하고 있었다.

창궁대 무인 중 가장 서열이 높은 남궁호경이 진소천을 검으로 가리키며 물었다.

"갑자기 이게 무슨 짓이오!"

그 말에 진소천이 접어 쥔 부채로 남궁무원의 머리를 툭툭 두드리며 말했다.

"그건 너희 작은 주인한테 물어야지."

"치, 치워라!"

남궁무원이 얼굴이 시뻘겋게 달아오른 채 악을 써댄다. 그로서는 상상도 해 보지 못한 치욕스러운 상황. 하지만 진소천의 부채는 여전히 남궁무원의 머리를 건드리고 있었다.

"날 죽이려고 달려들었으면, 너도 죽을 수 있다는 생각은 했어야지."

"눈에 분가루를 뿌리다니. 이렇게 치졸한 짓거리나 하는 놈이었나!"

"어, 몰랐어? 나 원래 좀 치사해."

"감히 이런 짓을 하고도 무사할 것 같으냐?"

"아직은 무사한데?"

진소천이 피식 웃으며 대답하는 찰나, 뒤에 있던 창궁대 무인 하나가 은밀하게 몸을 날렸다. 하지만 그 정도도 눈치

채지 못할 진소천이 아니었다.

"죽는다!"

남궁무원의 머리 위에서 멈춘 부채 끝이 갑자기 부르르 떨렸다. 일견하기에도 과도하게 힘이 들어간 상태. 저 상태로 남궁무원의 머리 위, 백회혈을 내려친다면 그 결과는 너무나 뻔했다.

그 자리에서 굳어 버린 창궁대 무인이 하얗게 질린 얼굴로 진소천과 남궁호경의 눈치를 살핀다.

그때 진소천을 포위하고 있는 창궁대의 뒤로 거친 소리가 울려 퍼졌다.

"이게 무슨 짓이오!"

앉아서 쉬고 있던 율천대 무인들이 깜짝 놀라 달려온 것이었다.

진소천이 창궁대의 포위망 너머로 보이는 맹도굉을 향해 잠시 눈짓을 보내더니, 다시 부채를 흔들어 남궁무원의 머리를 두드렸다.

타닥, 타닥!

규칙적으로 울리는 소리 사이로 진소천이 말을 이었다.

"이놈이 날 죽이려고 달려들더라고."

"음!"

맹도굉과 구양결을 포함한 무림맹 일행들이 표정이 굳으며 순식간에 분위기가 험악하게 변했다.

진소천은 어디까지나 자신들이 감시하고 신병을 보호해야 할 존재였다. 더불어 최근에는 거의 한 식구의 느낌으로 움직이고 있었다.

그런 진소천을 죽이려 했다고 하니 그들로서도 그냥 넘어갈 수 없는 일이었다.

"남궁 형, 지금 이 말이 사실이오?"

구양결이 앞으로 나서며 물었다. 동시에 창궁대 무인들이 재빨리 방향을 틀어, 율천대를 향해 검을 겨누었다.

진소천이 남궁무원을 저렇게 붙잡고 있는 한, 진소천의 일행인 율천대 역시 적으로 간주할 수밖에 없었다.

남궁무원의 얼굴은, 쉴 새 없이 붉으락푸르락하는 것이 금방이라도 터져 버릴 듯 보는 사람을 조마조마하게 만들고 있었다.

"이자가 먼저 남궁세가를 모욕했소!"

"그랬나?"

"아니란 말이냐!"

"남궁세가에 그만한 책임감도 없다고 물은 게, 검을 들이밀 정도의 모욕이었나?"

"그 뒤에 했던 말을 부정하는 것이냐!"

"그 뒤에도 내가 틀린 말을 했나?"

"이이익!"

할 말이 궁해진 남궁무원이 빠드득 이를 갈며 진소천을 노려보려 했다. 하지만 고개를 돌릴 수 없는 상황이라, 뒤에 있는 진소천을 노려볼 수도 없었다. 그저 눈이 찢어져라 치뜨는 수밖에.

그때 남궁무원의 귓속으로 누군가의 전음이 흘러들었다.

―진정하세요. 흥분해서 일이 풀릴 상황이 아니에요.

모용혜였다. 남궁무원의 시선을 받은 모용혜가 살짝 고개를 끄덕이며 다시 전음을 이었다.

―잘 들으세요. 저자가 하는 말은 틀리지 않았어요.

남궁무원의 두 눈이 화등잔만 하게 커졌다. 방금 그 말을 정말 모용혜가 한 것이 맞는지 의심스러웠다. 하지만 모용혜는 계속 말을 이었다.

―저자가 들먹인 대명률을 따지면 크게 틀린 말이 아닐 수도 있지요. 하지만 우리가 속해 있는 세상은 어디까지나 강호무림이에요. 그리고 강호무림에는 오랜 세월 동안 형성된 우리만의 질서라는 것이 있지요. 하지만 저자는 그 무림의 질서를 부정하는 자예요. 그런 자와 논쟁을 해 봐야 서로 다른 말만 외쳐 대는 상황이 될 뿐이죠.

그제야 남궁무원의 표정이 서서히 가라앉았다. 듣고 보니 모용혜의 말이 맞는 것 같다. 고개를 끄덕이지는 못하지만 눈짓으로 간단한 생각을 표현하는 것은 가능했다.

남궁무원이 살짝 눈을 끔뻑이는 것으로 모용혜에게 동의를 표했다.

―그러니 일단은 상황을 무마시키기로 해요. 어려울 건 없어요. 그냥 객잔 주인에게 배상을 하겠다고 말하면 되요. 그 정도면 저자의 말을 인정하거나 동의하지 않고도 대략 상황은 마무리할 수 있을 거예요.

남궁무원이 모용혜의 전음에 귀를 기울이는 사이, 진소천은 구양결과 이야기를 하고 있었다.

"보아하니 계속 따라붙을 것 같은데 그것도 그다지 반갑지도 않았거든. 이참에 그냥 없애 버리지? 구룡방 애들한테 덮어씌우면 편할 거 같은데?"

거침없이 쏟아지는 진소천의 말에 구양결의 표정이 헐쑥하게 변했다. 앞에 있는 창궁대의 살기가 한층 짙어지는 것이 온몸으로 느껴졌다.

아무리 그래도 저런 말을 너무 당당하게 하는 것은 좋지 않다. 그리고 남궁무원이 싫기는 했지만, 그렇다고 죽이고 싶을 정도로 싫은 것은 또 아니었다. 게다가 무림맹의 입장마저도 난처하게 될 것이 뻔했다.

"야, 그건 좀 아니지."

"왜?"

"그래도 같은 정파 사람들끼리 이렇게 싸울 필요가 있겠냐?"

"무림맹이 같은 정파끼리 단합하는 곳이냐? 중소문파들 뺄아먹으려고 만든 곳이시."

"제길!"

구양결의 표정도 남궁무원만큼은 아니지만 크게 일그러졌다.

저 말이 무조건 틀리다고 할 수는 없지만, 그래도 지금은 같은 입장이지 않은가. 그런 때에 왜 저런 식으로 나오는지 구양결로서는 알 수가 없었다.

그러다 갑자기 머릿속에 한 가지 의문이 떠올랐다.

'왜 저러지?'

진소천의 비아냥거리고 비꼬는 저 태도야 항상 보아서 알고 있었다. 이미 익숙해진 모습이기도 했다. 하지만 아무리 그래도 저 정도로 과격하고 위험하게 군 적은 없었다.

'뭔가 노리는 게 있나?'

한 달이 넘도록 함께 다니다 보니 이제는 그런 부분이 눈에 보였다. 슬쩍 진소천의 표정을 보니 자신에게 뭔가 눈짓을 보내고 있었다.

'이대로 계속 말을 하라는 건가?'

아무래도 그런 것 같았다. 이심전심 정도는 아니지만, 매일 얼굴을 맞대고 있다 보니 저절로 파악이 되는 부분들이 있는 것이다.

"니가 뭐 때문에 그러는지는 모르겠지만, 일단은 그 사람 풀어 줘라."

"싫은데?"

"야, 자꾸 이럴래!"

진소천이 허탈한 웃음을 흘리며 물었다.

"너 언제부터 이랬냐?"

"뭐, 뭐가?"

"언제부터 내가 니 말을 잘 들을 거라고 생각한 거냐?"

그때 남궁무원이 큰 소리로 외쳤다.

"잠깐!"

"뭐?"

"알았다."

"그러니까 뭘?"

"니 말대로 객잔 주인에게 배상을 하겠다. 우리가 구룡방에 길을 안내해 준 셈이 되었으니, 그 정도는 우리가 하도록 하겠다."

남궁무원의 머리를 두드리던 부채가 갑자기 허공에 멈췄다. 그리고 진소천의 시선이 슬쩍 모용혜에게로 향했다. 남궁무원이 스스로 이런 마음을 먹었을 리가 없었다. 분면 모용혜가 모종의 지시를 한 것이었다.

하지만 진소천도 더는 남궁무원을 가지고 놀 생각이 없었다.

"그래? 그럼 그렇게 하도록 해라."

고개를 끄덕인 진소천이 쥘부채를 품 안으로 밀어 넣었다. 그리고는 슬쩍 주위를 둘러보며 말했다.

"이 사람들 좀 물려야 될 것 같지 않냐?"

"알았다."

대답을 한 남궁무원이 급히 말했다.

"대주님, 어서 물러나십시오."

남궁무원의 말에 남궁호경이 고개를 끄덕였다. 그리고 창궁대 무인들을 향해 말했다.

"모두 물러서라."

진소천은 창궁대 무인들이 검을 검집에 밀어 넣고 뒤로 물러나는 것을 확인한 후, 율천대가 있는 쪽으로 느긋하게 걸음을 옮겼다.

"아, 명문혈을 잡았으니 알아서 풀어라. 점혈이랑 해혈 정도는 할 줄 알지?"

"너, 너!"

끝까지 자신을 무시하는 진소천의 말에 남궁무원은 끝까지 분을 참지 못한 채 얼굴의 모든 근육을 푸르르 떨었다.

하지만 진소천은 더 이상 그쪽을 보고 있지 않았다. 맹도굉과 구양결이 나란히 서 있는 곳으로 가 그 사이에 슬며시 끼어들었다. 그리고 맹도굉을 향해 속삭이듯 말했다.

"다시 짐 싸고 가자."

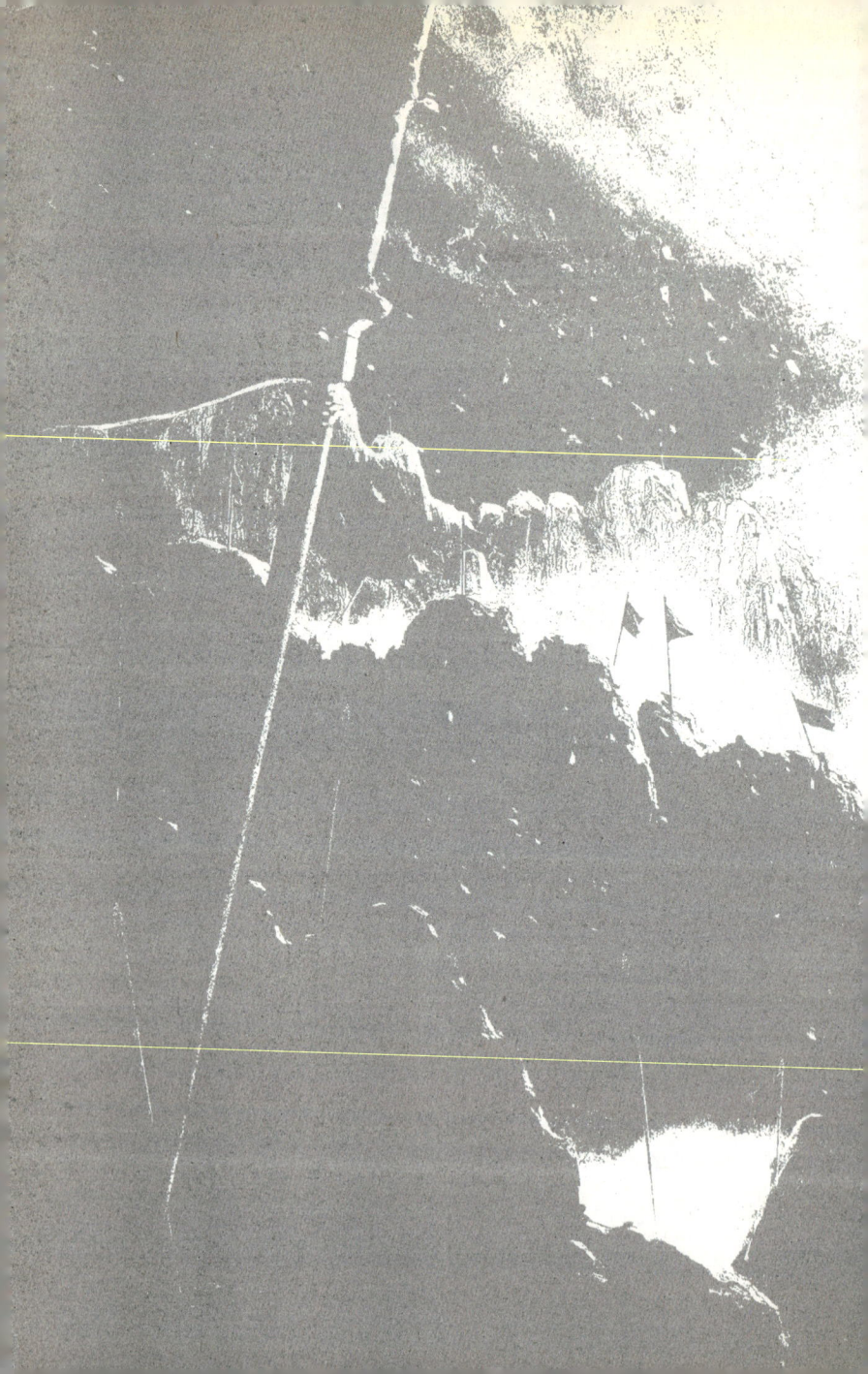

"이제 그만하지?"

진소천의 말에도 구양결은 시선을 거두지 않았다. 반응 없는 구양결을 슬쩍 본 진소천이 과장스럽게 얼굴을 가리며 다시 말했다.

"잘생긴 내 얼굴 닳는디."

"잘생기긴 개뿔이."

"그래도 너보단 나아."

"뭐?"

구양결이 어처구니없다는 표정으로 진소천의 얼굴을 훑어본다.

"그러니까 할 말 있으면 하고, 아니면 그만 봐라."

지난밤, 구룡방의 공격을 막은 후 진소천은 바로 객잔을 나섰다. 그렇다고 밤새 길을 달린 것은 아니었다.

객잔이 있던 동안현에서 벗어난 다음 적당한 곳에 자리를 잡고 노숙을 한 후, 아침에 출발을 했다.

그런데 아침부터, 정확하게는 어젯밤부터 구양결이 진소천에게서 눈길을 떼지 않고 있었다.

벌써 해가 중천을 지나고 있는 상황인데도 그러고 있으니, 성가시다고 생각한 진소천이 이렇게 나온 것이다.

"어젯밤에 왜 그런 거냐?"

"어젯밤에 뭐?"

"남궁무원한테 왜 그랬냐고."

"왜, 무림맹 소속인 남궁세가의 소가주한테 그런 짓을 한 게 영 마음에 안 드냐?"

"그건 아니고."

"그럼 왜?"

남궁무원을 껄끄럽게 생각하던 구양결이었으니 그런 식으로 골탕을 먹이는 것은 오히려 마음에 들었다. 문제는 그 이유였다.

"왜 갑자기 그렇게 막 대한 거냐? 내가 볼 때 너는 그런 놈이 아니거든."

"그런 놈?"

"갑자기 말도 안 되는 시비를 걸고 보란 듯이 원한을 살 성격이 아니라는 말이다."

"호오, 그럼 원래는 어떤데?"

"한마디씩 툭툭 던지면서 신경을 건드리지만, 울컥하게 만들지언정 죽이겠다고 달려들게 만들지는 않지. 결론적으로 대놓고 그러지는 않을 놈이야."
 "어린놈이 자꾸 놈, 놈 거리네."
 "흥, 우리가 새삼스럽게 나이 따지고 예의 따질 사이는 아니잖아?"
 "어허, 이놈 봐라? 많이 컸네?"
 "말 돌리냐?"
 "그래 뭐 그렇다고 해 두자."
 진소천이 알았다는 듯 고개를 끄덕이더니 다시 정면으로 시선을 돌렸다. 그 모습에 잠시 멍한 표정을 짓던 구양결이 울컥 한 표정으로 외쳤다.
 "야, 대답은 해야지!"
 "무슨 대답?"
 "어젯밤에 왜 그랬냐고."
 "아아, 그거?"
 "그래."
 "넌 몰라도 돼."
 "젠장!"
 구양결이 와락 인상을 구겼다. 진소천이 저런 반응을 보인다는 것은, 자연스레 그 이유를 알게 되기 전까지는 절대 말해 주지 않는다는 것을 알기 때문이었다.
 실제로 지금 그가 들고 있는 부채에 대해서도, 전장에 들어간 후에야 알게 되었었다.
 "나중에 자연스레 알게 될 테니 보채지 마라. 그리고 가능하면 인상 쓰는 건 좀 참아라."

진소천이 슬쩍 뒤쪽으로 눈짓을 하며 말했다.

"알았다."

구양결 역시 그 부분에 대해서는 바로 고개를 끄덕였다. 일행의 뒤쪽, 일 리쯤 떨어진 곳에서 남궁무원과 모용혜, 창궁대, 건곤기가 따라오고 있기 때문이었다.

서로 아주 불편한 사이가 된 마당에, 이쪽에서 서로 인상을 쓰고 있는 모습을 보여 줄 필요는 없었기 때문이다.

그때 두 사람의 뒤에서 말을 몰고 따라오던 맹도굉이 끼어들며 말했다.

"진 노제, 이대로 육로를 따라 광서성까지 들어갈 생각인가?"

진소천이 고개를 끄덕였다.

"그게 낫지 않겠어? 불어난 강물이 쉽게 가라앉을 것 같지도 않고, 무작정 앉아서 기다릴 수도 없잖아?"

"흐음, 그렇기는 하네만……."

맹도굉이 슬쩍 뒤를 돌아보며 말끝을 흐렸다. 떨어져서 따라오는 남궁무원 일행들 때문이 아니라, 율천대 무인들 때문이었다.

지난밤의 싸움은 꽤 격렬했다. 분가루를 이용해 조금은 힘을 덜 들였지만, 그렇다고 아주 손쉽게 물리친 것도 아니었다.

게다가 그 전에는 영주부에서 동안현으로 쉴 새 없이 말을 달렸었다. 즉, 며칠간의 강행군과 어젯밤의 싸움으로 모두의 몸에 꽤나 피로가 쌓여 있는 상황이었다.

아무리 단련된 무인의 몸이라고는 하나 쌓인 피로를 풀어 주지 않고 계속해서 무리를 하면 결국 탈이 생길 수밖에 없었다.

"어차피 한동안 무리할 일은 없을 테니 짬짬이 쉬어 주면 될 거야."

진소천이 아무렇지도 않게 말을 했지만, 맹도굉의 입장에서는 그럴 수가 없었다. 지금 그들이 향하고 있는 곳이 광서성, 즉 목리계의 땅이기 때문이었다.

"광서성으로 들어서게 되면 목리계와 안 만날 수 없지 않나. 그런데 피로가 쌓인 상태로는……."

"내가 거기 장계하고 꽤 친하다니까? 그냥 믿어 봐."

"자네가 무림에 모습을 나타내지 않은 것이 벌써 오 년일세. 그 시간이라면 뭐가 변해도 변할 시간이 아닌가?"

맹도굉의 말에도 일리는 있다. 사람의 관계라는 것은 아무리 친한 사이라도 오랫동안 보지 않으면 소원해질 수밖에 없다.

그런데 진소천은 무려 오 년 동안이나 연락이 없는 상태였다. 그러니 막상 도착했을 때 상황이 어찌 바뀌었을지는 장담할 수 없는 일이었다.

더군다나 목리계는 강호무림의 관점에서는 아주 껄끄럽고 이상한 집단이었다.

그 형태와 운영은 분명 무림의 방파와 크게 다르지 않은데도 불구하고, 철저하게 강호무림을 배척하는 이들이었다. 물론, 그 태생이 지역 토호들의 모임이니 그럴 수도 있겠지만 그 정도가 너무 심했다.

그러다 보니 진소천의 말만 믿고 덜컥 광서성으로 들어가기가 꺼려지는 것이다.

"나하고 호형호제하는 사이라니까."

진소천이 자신만만하게 말했지만, 맹도굉으로서는 여전히 안심할 수 없는 부분이었다.

"그래도 무림맹과 동행하고 있는 상태일세. 그러니 가능하면 충분히 휴식을 하고 기력을 회복하는 것이 좋을 것 같네."

"안 돼."

"음?"

"광서성에 도착하기 전에는 쉬지 않는 게 좋아. 구룡방 놈들이 또 어떻게 나올지 알 수 없거든. 어젯밤이야 운 좋게 넘겼다지만, 다음번에도 어제와 같은 규모가 올지 알 수 없는 일이야."

"흐음, 그건 그렇지만……."

진소천의 말에도 일리는 있었다. 구룡방이 이대로 물러난다는 보장은 없었다. 언제든 다시 공격을 받을 수도 있었다.

어찌해야 할지 갈등하는 맹도굉을 향해, 진소천이 자신의 품을 툭툭 두드리며 말했다.

"여차하면 이걸 쓰면 돼."

"음? 아아……."

고개를 갸웃거리던 맹도굉이 이내 이해한 듯 고개를 주억거렸다. 진소천의 품에 든 것은, 전장에서 바꾸었던 전표였다. 거의 은자 오천 냥에 달하는 거금.

진소천의 설명이 이어졌다.

"목리계는 과거에도 지금도 벌목장을 중심으로 한 일종의 회(會)야. 이 정도 돈에 친분을 이용하면 크게 문제될 게 없어."

"으음."

너무 자신만만하게 말하는 진소천의 모습에 맹도굉은 조금씩 마음이 흔들렸다. 그가 하는 말대로만 된다면, 확실히 그 편이 나았다.

완전히 적대적인 구룡방보다는 진소천과 친분이 있다는 목리계가 안전하기도 했다.

맹도굉의 시선이 슬쩍 구양결 쪽으로 향했다. 어디까지나 여정의 책임자는 구양결이기 때문이었다.

"어찌하는 게 좋겠습니까?"

"일단은 서두르는 게 좋을 것 같습니다."

별다른 고민 없이 나오는 구양결의 대답에 맹도굉이 잠시 흠칫한 표정을 지었다.

진소천의 말이라면 몇 번이고 의심을 하던 구양결이, 저렇게 바로 고개를 끄덕이는 것이 꽤 의외였던 탓이다.

하지만 정작 구양결 본인은 그런 맹도굉의 반응이 이해가 가지 않는 모양이었다.

오히려 자신을 빤히 보는 맹도굉의 시선이 더 이상하게 느껴지는지 어리둥절한 표정으로 묻는다.

"왜 그러십니까?"

"아, 아닙니다. 그럼 일단 그렇게 하도록 합시다."

두 사람의 대화를 듣고 있던 진소천이 대화를 마무리했다.

"자, 그럼 말들도 적당히 쉬었을 테니 다시 달려 볼까? 이랴!"

히이잉!

진소천이 타고 있던 말이 긴 울음을 토하며 앞으로 쏘아져 나갔다.

◈　　◈　　◈

"이쯤이면 된 거 같은데?"

"흐어어……. 응?"

제법 쌀쌀해진 아침 공기를 길게 들이마시던 조원보가, 뒤에서 들린 손용후의 말에 양팔을 크게 벌리고 기지개를 켜던 자세 그대로 뒤를 돌아보았다.

"이 정도 왔으면 이제 슬슬 보내도 되지 않겠냐고."

손용후가 눈짓으로 슬쩍 마차 쪽을 가리켰다.

"으음, 그런가?"

조원보가 팔짱을 낀 채 주위를 돌아보며 중얼거렸다.

호광성 정주에서 진소천 일행과 헤어진 지 보름째 되는 아침, 마차와 함께 움직인 그들은 귀주성 독산현 인근에 도착해 있었다.

귀주성으로 들어선 이후 기습을 받은 적이 없었고, 이 정도면 원래의 목적을 충분히 달성했다고 볼 수 있으니 이제는 서로의 갈 길로 가는 게 낫지 않겠냐는 말이었다.

어찌 됐든 자신들은 정파의 대표인 무림맹 소속이었고, 저들은 흑도였다. 함께 가는 길이 편할 리가 없었다.

잠시 고민하던 조원보가 슬쩍 시선을 돌렸다. 그 시선이 닿은 곳에는, 이영헌이 웃통을 벗고 물구나무를 선 채 두 팔을 굽혔다 폈다 반복하고 있었다.

며칠 전부터 갑자기 아침마다 하는 기묘한 행동이었다. 외공을 바탕으로 하는 이영헌이니 저런 단련법도 있겠거니 싶기는 했으나, 조원보가 볼 때는 큰 도움이 될 것 같지는 않았다.

"니 생각에는 어떠냐?"

이영헌은 바로 설 생각도, 팔을 굽혔다 펴는 것도 그만둘 생각이 없는 듯 무심한 눈길로 조원보를 한 번 쳐다보더니 슬쩍 고개를 갸웃거렸다.

다른 사람이 본다면 저게 뭐하는 짓인가 싶은 모습이지만, 오랜 시간 함께 해 온 조원보는 그 뜻을 바로 알아차렸다. 어떡하든 상관없다는 말.

"아무튼 저놈은!"

손용후가 인상을 구기며 시큰둥하게 내뱉었지만, 이영헌은 그에 대해 별다른 반응을 보이지 않았다.

조원보의 시선이 또 다른 곳으로 옮겨갔다.

휙, 휙휙!

요란한 파공성과 함께 두 사람이 쉴 새 없이 몸을 움직이고 있었다. 그에 따라 아침 햇빛을 받은 긴 두 개의 그림자 역시 현란한 움직임을 보인다.

곽태와 윤걸이었다. 두 사람은 지금 비무를 하는 중이었다.

손에 무기를 들지는 않았지만, 무기를 든 것과 다름없는 모습으로 끊임없이 합을 주고받으며 땀을 흘리고 있었다.

"대답도 안 하겠군."

손용후가 별로 기대도 하지 않는다는 표정으로 심드렁하게 말했다. 조원보 역시 그 말에 동의를 하는 듯, 슬쩍 고개를 끄덕였다.

"어쩔 거냐?"

결국 이야기를 해서 결론을 낼 사람은 자신들밖에 없다고 판단한 손용후가 다시 물었다. 조원보가 천천히 고개를 끄덕이며 말했다.

"일단 이야기는 해 볼까?"

"그래."

고개는 끄덕이지만 직접 말할 생각은 없는 듯, 손용후는 앉은자리에 여전히 엉덩이를 붙이고 있었다.

"쳇!"

조원보는 살짝 인상을 구겼지만 이내 짧은 한숨은 쉬며 걸음을 옮겼다. 저 네 사람에게 하라고 시키는 것보다, 직접 움직이는 것이 훨씬 속편한 일이라는 것을 아는 탓이었다.

그때 마침 마차의 문이 열리며, 담무궐이 밖으로 나왔다.

"늘 보는 거지만, 자네들은 참 부지런하구먼."

말은 그렇게 하지만, 담무궐의 이마에도 송골송골 땀이 맺혀 있는 것이 그 역시 운기조식을 하며 아침의 수련을 마친 듯했다.

"일어나 계셨군요. 마침 드릴 말씀이 있었습니다."

"하게나."

조원보는 할 말이 있을 때 말을 빙빙 돌리는 것을 좋아하지 않는다. 그리고 꺼내기 불편한 말도 아주 쉽게 꺼내는 편이었다.

"예, 우리도 이쯤에서 갈라지는 것이 좋을 것 같습니다. 지금까지 도와주신 것은 감사합니다만, 사실 서로 편한 사이도 아니지 않습니까?"

서로 가는 길이 다르고, 배분도 차이가 나는 만큼 조원보의 말은 어찌 보면 꽤 무례하게 들릴 수도 있었다.

하지만 담무궐은 그에 대해 별다른 감흥이 없는 듯 피식 웃어 보였다. 이곳까지 오는 시간이 그리 짧지는 않았던 탓에 그 성격을 잘 알고 있었던 것이다.

"뭐, 그렇다면 그런 거겠지만……. 왠지 자네들과 함께 가고 싶구먼."

"그건 무슨 말씀입니까?"

조원보가 이해가 안 간다는 듯 물었다. 담무궐 역시 편한 자리가 아니니 저리 나올 이유가 없었다.

"글쎄, 뭐랄까? 개인적으로 진소천 그놈이 꽤 마음에 들었거든."

"하지만 이렇게 함께 가는 건 서로 불편하지 않겠습니까?"

"이제 와서 뭘 새삼스럽게 편한 걸 따지겠는가?"

"저희가 좀 불편해서 말입니다."

말을 꺼낸 건 손용후였지만, 조원보 역시 담무궐과의 동행이 그리 편하지만은 않았다.

하지만 담무궐은 고개를 저었다.

"뭐 지금까지처럼만 하면 서로 얼굴 붉힐 일은 없지 않은가? 그러니 그냥 함께 가세."

물론 그 이유가, 그가 말했던 진소천이 마음에 들어서는 아니었다. 진짜 이유는 진소천과 따로 약속한 일이 있기 때문이었다.

하지만 그것은 다른 사람이 알아서는 안 되는 일. 그러니 조금은 억지를 부려서라도 함께 가려는 것이었다.

"하지만……."

할 말을 못하는 성격이 아닌 조원보였지만, 담무궐이 이렇게 나오니 더 이상 고집을 부리는 것도 애매했다. 정파와 사파로 나뉘어 서로 입장이 다르기는 하지만, 그렇다고 무시할 수 있는 인물은 아닌 탓이었다.

그때 조원보의 뒤에서 누군가의 목소리가 들렸다.

"그냥 같이 가지 뭐."

고개를 돌려보니 윤걸이 얼굴에 줄줄 흐르는 땀을 닦으며 다가오고 있었다.

'아무튼 저놈.'

조원보는 저도 모르게 살짝 눈살을 찌푸렸다. 이곳까지 오는 동안, 다른 네 명과 달리 윤걸은 담무궐과 꽤 죽이 잘 맞는 편이었다.

처음에는 슬쩍 몇 마디 나누는 정도였는데, 지금은 나란히 앉아서 실없는 농담까지 주고받을 정도였다.

조원보의 눈길이 슬쩍 곽태에게로 향했다. 어떻게 생각하느냐는 의미를 담은 시선이었다. 하지만 곽태의 대답은 기대하던 내용이 아니었다.

"뭘 이제 와서 새삼스레."

"넌 괜찮다고?"

"아니."

"그럼?"

"난 상관없다고."

"망할!"

조원보가 와락 인상을 구겼지만, 곽태는 별로 신경 쓰지 않는 듯 히죽거리며 제 할 말을 이었다.

"사실 그렇잖아. 어차피 여기까지 함께 왔는데 이제 와서 불편한 거 따지는 게 더 이상한 거 아니냐? 아니 할 말로, 어쨌든 지금은 담 채주가 담 채주가 아니라 우리 대장이잖아?"

"그래서 넌 별로 안 불편하다고?"

대뜸 묻는 조원보의 말에 옆에서 듣고 있던 윤걸이 슬쩍 끼어들었다.

"야, 넌 담 형도 바로 앞에 있는데 그렇게 대놓고 불편하다고 말해야 되겠냐?"

"내가 언제는 그런 거 가리든?"

"아, 알았다."

"그러는 너야말로 언제부터 담 '형'이냐?"

질문은 윤걸에게 했는데, 대답은 곽태에게서 나왔다.

"뭐 어때? 윤가 저놈은 담 채주하고 꽤 친하잖아? 나도 뭐 나름 친해진 거 같고?"

"뭐, 너도?"

"그러니까 나름이라잖아. 나름대로 그렇다고. 뭐, 니가 알아서 해라."

자기 할 말은 다해 놓고 이제 와서 알아서 하라며 무심하게 말한다. 그리고 조원보는 그런 곽태의 모습에 입맛을 다실 수밖에 없었다.

슬쩍 고개를 돌려 윤걸과 손용후, 이영헌을 한 번씩 훑어본 조원보는 잠시 고민에 잠겼다.

'어떻게 한다?'

평소에는 맺고 끊는 것은 물론 은원을 마무리하는 것이 칼로 자른 듯이 분명한 조원보였다.

그 정도가 너무 심하다 보니 별호도, 은원(恩怨)을 재는 '자'라는 뜻의 원도은량(怨度恩量)이었다. 그런데 오랜 세월 함께해 온 네 친구에게는 그러지를 못했다.

보아하니 윤걸과 곽태는 함께 가자는 쪽이고, 손용후와 자신은 이쯤에서 갈라지는 것이 낫다는 쪽, 마지막으로 이영헌은 이러나저러나 상관없다는 반응이었다.

의견을 취합해도 한쪽으로 무게가 실리지 않는다. 실제로 결정을 내려야 하는 입장에서 보면 가장 난감한 상황이었다.

그런데 그때 아침 수련을 마친 이영헌이 느릿하게 몸을 일으켜 슬쩍 마차 쪽으로 걸어갔다. 그러더니 담무궐에게 책 한 권을 불쑥 내밀었다.

담무궐이 슬며시 웃으며 책을 받아 들고는 물었다.

"어떤가? 꽤 도움이 되는 단련법이지 않던가?"

"예."

조원보의 눈이 갑자기 화등잔만 하게 커졌다. 무뚝뚝하고 지극히 말을 아끼는 이영헌이 고개를 끄덕이는 게 아니라 입을 열어 대답을 하는 것은 그리 흔한 일이 아니었다.

거의 친구인 자신들에게만 입을 여는 정도였다. 그런 이영헌이 저렇게 대답을 한다는 것은, 그만큼 편한 관계라는 의미였다.

대화 내용으로 미루어 보건대, 며칠 전부터 했던 그 단련법이 바로 저 책에 있는 것이었던 모양이다.

'저 인간이 언제?'

쉬이 믿기 힘든 광경이었지만 어쨌든 눈앞에서 일어난 일이었다. 그리고 가만히 생각해 보니 이영헌은 그냥 함께 가자는 말을 저런 행동으로 표현한 것 같았다.

조원보가 느긋하게 걸음을 옮기는 이영헌을 향해 버럭 소리를 질렀다.

"그냥 말을 해라!"

하지만 이영헌은 슬쩍 시선만 한 번 던질 뿐이었다.

한참을 고민하던 조원보가 짧은 한숨과 함께 입을 열었다.
"하아, 알았다."

❖    ❖    ❖

"이제는 대놓고 나오십니다?"
객잔 지붕 위에 앉아 있던 황윤이, 불쑥 솟아오르는 그림자를 향해 물었다.
"재웠어."
아무렇지도 않게 말하는 이는 진소천이었다. 그리고 지금 그가 말한 재웠다는 대상은 당연히 구양결이다.
"내일 아침에 또 난리가 나겠군요."
"난리는 무슨. 그놈 그거 의외로 둔해서 모를 걸?"
"설마 그러겠습니까? 그래도 무림맹주 아들에, 이미 일류 수준은 넘은 고순데요."
"뭐, 그러면 또 지가 어쩌겠어?"
자신만만한 진소천의 말에 황윤이 못 말리겠다는 듯 성의 없이 고개를 끄덕였다.
"그나저나 구양 늙은이는 아직 별다른 반응이 없는 거야?"
"예, 구양윤이 미끼를 물어 마차를 따라갔다가 허탕 친 걸 알고 있을 텐데도 별다른 움직임을 보이지 않고 있습니다."

"그 노인네 그거 왜 그러지?"

구양제현의 목적은 동굴에 갇혀 있는 화산과 무당 제자들을 구하는 것이 아니었다. 무언가 다른 꿍꿍이를 가지고 있었다.

전체적인 상황을 알고 있다면 누구라도 그렇게 생각할 만큼 분명한 사실이었다.

진소천으로서는 구양제현이 꾸미고 있는 흉계를 파악해야 할 필요가 있었고, 그것을 위해 지금의 상황을 만들었다. 그런데도 아무런 반응이 없다는 것은 확실히 이상한 일이었다.

"이러다 일이 줄줄이 꼬이는 거 아닌가 모르겠네?"

혼잣말을 중얼거린 진소천이 팔짱을 낀 채 생각에 잠겼다.

구양제현의 무반응으로 볼 때 상황은 둘 중 하나였다.

실제로 노리는 것이 아무것도 없거나, 이미 모든 준비가 끝이 났거나. 하지만 진소천이 감은 그 두 가지 모두를 부정하고 있었다.

'둘 다 아닌 것 같은데? 그렇다면……'

거기까지 생각한 진소천이 고개를 설레설레 저었다. 억측은 돌이킬 수 없는 실수를 낳는 법이다.

좀 더 확실한 정보가 모일 때까지 더 이상은 생각하지 않는 것이 좋았다. 선입견을 만들어서 좋을 건 없다.

"그 외에는?"

"예, 구룡방에서 전서구가 날았습니다."

"내용은?"

당연히 알 거라는 듯 묻는 진소천을 향해 황윤이 꼭 뭐 씹은 듯한 표정을 지어 보인다.

"저를 너무 과대평가하시는 것 아닙니까?"

"과대평가는 무슨. 변검이면 충분히 알 거야."

"모릅니다."

"어, 그래?"

"저도 하오문 통해서 알게 된 겁니다."

황윤의 대답에 진소천이 천천히 고개를 끄덕이며 다른 질문을 던졌다.

"구룡방 내부의 움직임은?"

"연일 수뇌부들을 불러들여서 회의를 하고 있다고 합니다. 내용에 대해서는 아직 윤곽이 잡힌 것이 없습니다."

"그 외에 특이한 건?"

"방주님이 무림맹에서 나오기 얼마 전에, 범기천의 제자들이 종적을 감추었다고 합니다."

구룡방 방주의 이름이 범기천이었다.

"응? 그걸 왜 지금 이야기해?"

"하오문 애들도 얼마 전에 알았답니다."

"아무튼 느려가지고……."

"공식적으로는 폐관수련 중이었다고 하더군요."

"여섯 놈 전부?"

"예."

"설마 그 인간들 패거리들까지 같이 움직인 건 아니지?"

"같이 움직였답니다."

황윤의 무덤덤한 대답에 진소천이 저도 모르게 버럭 소리를 질렀다.

"하오문 그것들은 무슨 눈이 장식품이냐? 그걸 여태 모르게?"

"강서성에서 하오문이 거의 씨가 말랐다는 건 아시지 않습니까?"

"그건 그렇지."

구룡방이 강서성을 완전히 자신들의 것으로 만든 후 처음 한 일이 하오문을 척결하는 것이었다.

구룡방주 범기천의 성격상 자신들을 훔쳐보는 눈이 있는 것을 용납할 수 없었던 것이다.

그 일로 인해 수없이 많은 기녀와 점소이들이 죽어 나갔고, 곳곳에 있는 객잔과 기루, 표국이 하루아침에 망해 나갔다.

물론 그렇게 했다고 깅시싱에서 하오문 문도들이 완전히 사라진 것은 아니다. 몇몇은 목숨을 부지하고 은밀하게 자신의 일을 하고 있었다.

하지만 그 사건 이후 하오문에서는 섣불리 구룡방을 건드릴 수 없었기에, 강서성에서의 더 이상의 활동은 자제하는 수밖에 없었다.

결국 지금은 극히 일부의 문도들만 남아서 정보를 캐고 있었다. 그러니 중요한 정보를 잡아내는 것이 힘들거나 시간이 걸리는 것은 어쩔 수 없었다.

진소천이 저도 모르게 눈살을 찌푸렸다. 지금까지의 구룡방으로 미루어 본다면, 그 문제의 제자들은 운남으로 향했을 가능성이 컸다.

그것이 아니더라도 어떤 식으로든 이번 일과 관련이 있다고 보는 쪽에 무게가 쏠린다.

"그 괴물들이……."

범기천의 제자들이라면, 하나하나가 한 문파의 장문인에 버금가는 실력을 갖고 있다고 알려진 강자들이었다. 물론 범기천의 제자들은 단 한 번도 정식으로 외부 활동을 한 적이 없으니, 그 내용은 꽤 과장이 섞여 있다고 보아야 했다.

하지만 흑도 최강이라고 알려진 것이 범기천이었다. 그런 범기천이 키운 제자들이라면, 과장되었다는 점을 감안하더라도 무시 못할 실력자들이라는 것은 분명했다.

게다가 범기천은 그 제자들 한 명당 열 명의 친위대를 붙여 주었다. 그 친위대들 역시 무시할 수 없는 수준의 고수들.

즉, 예순여섯 명의 막강한 실력자들이 운남으로 가고 있다는 뜻이었다.

"구양결 그놈이 알면 기겁을 하겠는데?"

"방주님도 방금 놀라셨으니 그쪽이야 당연하지요."

"어쨌든 그걸 생각해도 광서로 향한 건 제대로 된 선택이었던 모양이네."

"그런 듯합니다."

"그나저나 무림맹 내부에서 뭐 나온 거 없어?"

무림맹에 숨어 있는 간자를 말하는 것이었다.

진소천 자신과 구양결, 율천대가 움직임을 보이기도 전에 구룡방은 정보를 알고 있었다.

무림맹을 나선 첫날 진소천 일행을 기습했던 자들은 형주부에 있는 사경방이었다.

형주부에서 이릉현까지의 거리를 생각하면 미리 준비하지 않았다면 불가능한 일이었다.

그러니 무림맹에 구룡방의 간자가, 그것도 아주 상층부에 근접해 있는 간자가 있을 거라는 추측은 당연한 것이었다.

하지만 황윤의 대답은 기대하던 것이 아니었다.

"아무것도 나온 게 없습니다."

"크음! 율천대에 있지는 않았는데?"

현재 함께 움직이고 있는 율천대 이조에 간자가 있다면, 얼마 전 맞닥뜨린 고잔성은 남궁무원보다 빨리 자신들에게 도착했을 것이다.

"황당하군. 알아낼 수 있는 게 아무것도 없다니."

"재미있지 않습니까? 이런 거 방주님이 좋아하셨던 걸로 아는데요?"

황윤이 약 올리듯 툭 던지는 말에 진소천이 게슴츠레한 눈으로 그를 노려보았다. 그리고 단호하게 고개를 저었다.

"지금은 아니야."

"그렇군요."

황윤이 사실은 별로 관심 없었다는 듯한 표정으로 성의 없이 고개를 끄덕였다. 하지만 진소천도 그런 모습에 신경을 쓰지 않는다.

진소천과 황윤, 아니 진소천과 비형방 모든 방도 사이는 원래 그런 관계였다.

방주와 방도라는 상하 관계의 틀을 갖고 있고 실제로 방주인 진소천이 모든 것을 관장하지만, 그 관계를 보자면 거의 대등한 관계나 다름없었다.

진소천이 품에서 서신을 꺼내 내밀었다.

"이것 좀 전해 줘."

"예, 어디로 전하면 됩니까?"

"무창(武昌)."

순간 황윤의 얼굴이 흠칫 굳었다. 그리고 조심스레 물었다.

"설마 초왕부(楚王府)로 보내는 서신입니까?"

"맞아."

황윤이 저도 모르게 피식 웃음을 터트렸다. 방금 전 흠칫 굳었던 표정과는 꽤 상반된 표정.

"제가 직접 갈 필요는 없고 서신만 전하면 되는 거지요?"

"맞아. 절대 들키지 않고 몰래 전해 줄 수만 있으면 돼. 그런데 왜, 뭐 껄끄러운 거라도 있어?"

"몇 번 찾아오신 적이 있습니다. 물론 절대 함구하기는 했습니다만……."

"잘했어."

"나중에 저희가 원망 듣지 않도록 잘 해명하십시오."

황윤의 얼굴에 웃음에 이어 무언가 기대하는 표정이 떠올랐다.

"변검, 그 얼굴 마음에 안 들어."

"그럼 얼굴을 바꿀까요?"

"얼굴 말고 표정."

"아하, 그랬군요. 면구(面具)를 대충 만들었더니 표정이 왜곡되어 나타나는 모양입니다."

"그 거짓말을 믿으라고?"

"뭐, 믿지 않으시면 저로서도 도리가 없지요."

"하아, 가끔 변검을 보면 그런 생각이 들어."

진소천이 갑자기 진지한 표정으로 말했다.

"무슨 생각이요?"

"나보다 어렸으면 좋겠다고."

"에이, 말도 안 되는 소리지요."

"왜?"

"제 나이가 방주님보다 어렸으면 방주님 밑으로 왜 들어갑니까? 만날 쥐어 터질 게 뻔한데요."

진소천이 어처구니없다는 표정으로 물었다.

"내가 언제 누굴 팼다고 그래?"

"그야 우리방의 방도들이 전부 방주님보다 나이가 많아서 그렇지요. 아무튼 저는 이 서신만 전하면 되는 겁니까?"

황윤이 슬쩍 말을 돌리고, 진소천이 모르는 척 고개를 끄덕였다.

"그 외에는요?"

"범기천의 제자들이 어디 있는지 알아봐. 무림맹 움직임도 수시로 확인하고."

"알겠습니다. 다음번에는 운남성에서 뵙게 되겠군요. 이만 가보겠습니다."

말을 끝마친 황윤이 갑자기 묘한 표정을 짓더니, 진소천 뒤쪽으로 눈짓을 한다. 그리고는 몸을 날려 사라졌다.

잠시 황윤이 사라진 방향을 주시하던 진소천이, 그 자리에 털썩 주저앉더니 아예 드러누워 버렸다. 그리고는 황윤이 있던 쪽과 반대 방향을 향해 말했다.

"사람 참 좀스러워 보이네?"

그 말에 갑자기 누군가의 헛기침이 들렸다.

"험험. 알고 있었나?"

그리고 모습을 드러낸 사람은, 맹도굉이었다.

"모를 줄 알았어?"

사실은 모르고 있었다. 진소천 역시 무인이기는 하지만, 평소에는 철저하게 공력을 내리누르며 지낸다. 현령무극귀공의 제한 때문이었다. 그러다 보니 모르고 있다가, 황윤이 눈짓을 한 후에야 알게 된 것이었다.

황윤이 갑자기 시답잖은 농담을 던진 이유가 아마 맹도굉이 나타났기 때문인 모양이었다.

다가온 맹도굉이 누워 있는 진소천 옆에 주저앉았다.

"왜 가만히 있었던 거야?"

진소천의 물음에 맹도굉이 잠시 고민하는 표정을 지었다.

감시 대상인 진소천이 외부의 다른 인물과 은밀하게 만나고 있는데, 왜 달려들어 잡지 않았던 건지 스스로도 확실한 이유를 알 수가 없었다.

"뭐, 딱히 위험하지 않은 느낌이랄까?"

결국 입 밖으로 꺼낸 것은 옹색한 답변이었다. 하지만 꽤 정확한 대답이기도 했다. 그만큼 진소천과 율천대의 관계가 기묘한 탓이었다.

마치 아슬아슬하게 외줄을 타는 것과 같다.

진소천은 무림맹의 특별 뇌옥에 갇혀 있던 죄수였고, 율천대 이조는 그들을 감시하던 간수였다. 하지만 오 년의 시간 동안 그들 사이에는 절친한 친구와 같은 느낌이 만들어져 있었다.

거기에 더해 이번 여정을 거치면서 진소천은 율천대에게 전적으로 도움을 주었으면 주었지 해를 끼친 적은 없었다. 더불어 이제는 여정을 주도하면서 이끄는 것과 같은 상황이 되었다.

그러한 상황이 지속되다 보니 맹도굉과 율천대, 거기에 구양결까지도 진소천에 대해 지언스레 경계심이 옅어지고 있었던 것이다.

물론, 진소천이 조금이라도 적대적인 모습을 보인다면 그때도 여전히 이러한 관계가 지속될 거라고 볼 수는 없었다.

하지만 현재로서는 같은 길을 가는 동료로 받아들이고 있었다. 그렇기에 방금과 같은 묘한 상황에서도 저도 모르게 나서지 않게 된 것이었다.

진소천이 농담하듯 말했다.

"조심해, 그러다 뒤통수 제대로 얻어맞는 수가 있어."

"허허, 걱정 말게. 그때가 되면 우리도 돌변하게 될 테니까."

"사람 말을 참 진지하게 안 받아들이네? 내가 뒤통수치면 그 다음이 없을 수도 있어. 그러니 조심하라고."

농담치고는 도를 넘는 농담이다. 하지만 맹도굉은 그 말에 화를 내지도, 웃지도 않았다. 오히려 진지한 표정으로 고개를 끄덕였다.

"그런 일이 없기를 바라지. 하지만 정말 그런 일이 생긴다 해도 우리가 그리 호락호락할 거라고는 생각지 말게."

"아, 너무 진지하게 받아들이니 괜히 한 번 떠본 내가 무안해지잖아. 걱정 마, 적어도 내가 '형'이라고 부르는 사람 뒤통수는 안 치니까."

"하, 알았네."

"이만 들어가. 내일이면 광서성으로 들어설 거야. 맹 형은 좀 긴장해야 되잖아?"

"그래야지. 자네는?"

"나?"

진소천은 누운 자세 그대로 검은 밤하늘로 시선을 옮겼다. 그리고 무언가 잠시 고민하는 듯하더니 벌떡 몸을 일으켰다.

"나도 들어가야겠다."

원래는 생각을 좀 해 보려 했었다. 무림맹주 구양제현의 진짜 노리는 것이 무엇인지, 구룡방은 무슨 이유로 그러는 것인지. 거기에 맞춰서 무얼 해야 할지.

혼자 누워서 고민을 해 보면 도통 풀리지 않는 문제의 답이 조금이라도 보일까 하는 생각을 했었지만, 이내 포기한 것이다.

 그렇게 머리를 쥐어짜도 떠오르지 않는 것이, 장소가 바뀌었다고 떠오르지는 않으리라.

 이런 문제의 단초는 오히려 갑자기 떠오른다. 밥을 먹거나, 잠을 자거나, 용변을 보거나. 그러니 괜한 청승은 하지 않기로 마음먹은 것이다.

 말을 마친 진소천이 훌쩍 지붕에서 뛰어내려 다시 객잔 안으로 들어갔다.

 "그 친구 참."

 지붕에 남은 맹도굉이, 발아래로 보이는 진소천의 모습을 한 번 확인하고는 자신도 아래로 내려갔다.

三章
목리계의 땅

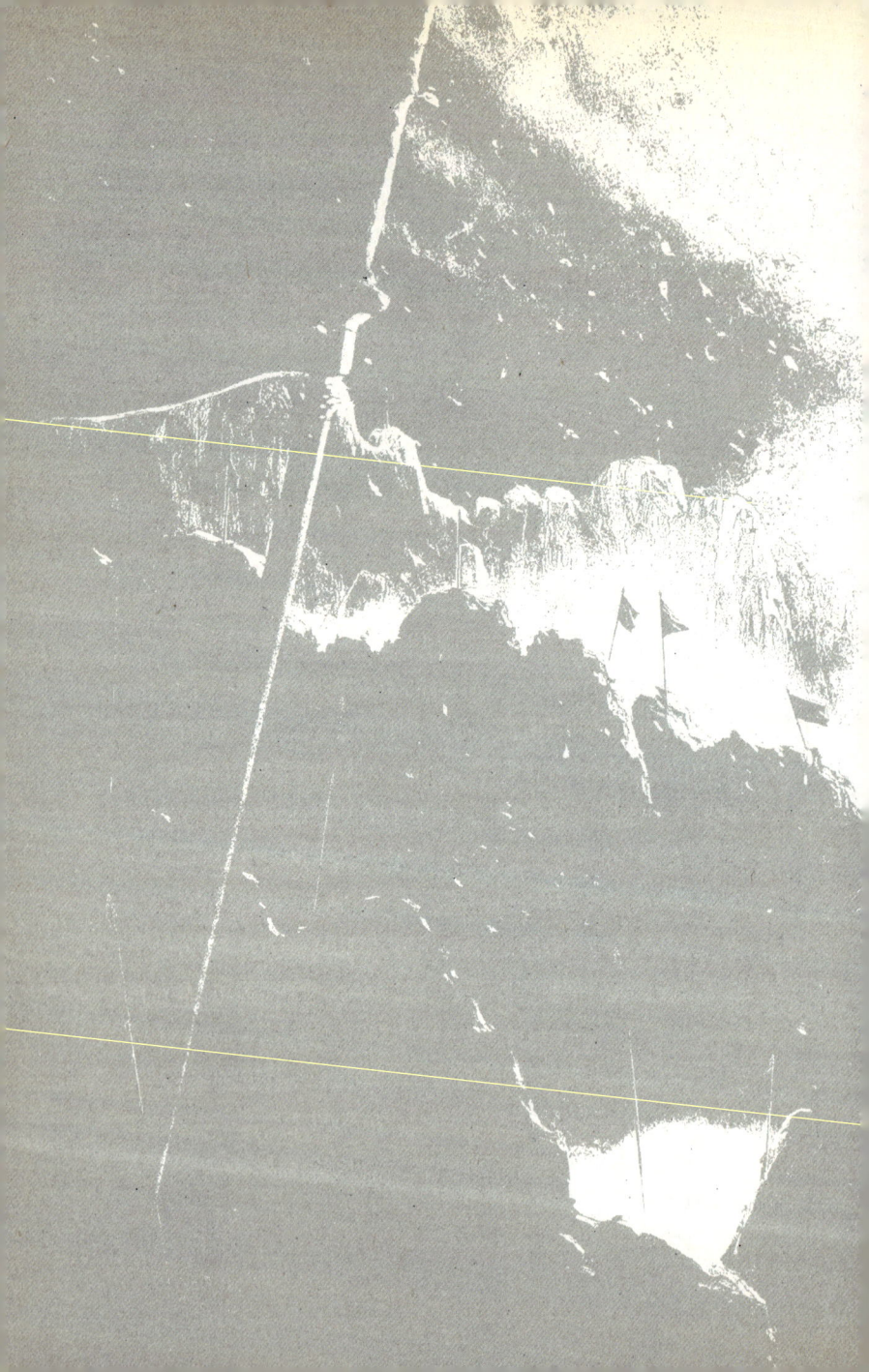

"어찌 되었나?"

차분한 목소리로 질문을 던지는 이는 마흔 중반쯤 되어 보이는 장년의 사내였다. 단정하게 자리 잡은 이목구비에 가지런히 수염을 기르고 난삼과 유건까지 차려입은 것이, 오랜 세월 공부를 해 온 유학자의 모습이었다.

실제로 그는 많은 책을 보았고, 공맹을 읊는데 있어 어지간한 유학자들은 입도 뻥긋하지 못할 정도의 지식을 가지고 있었다.

하지만 그는 유학자가 아니었다.

그의 이름은 범기천이었으며, 그 이름은 흑도제일방이라 일컫는 구룡방 방주의 이름이었다.

"방금 연락을 받고 온 참입니다."

범기천의 말에 대답한 이 역시 난삼에 유건을 걸친 유학자의 차림을 하고 있었다. 하지만 생김새는 전혀 그렇지가 않다. 뾰족한 턱에 입이 툭 튀어나오고 수염까지 가느다랗게 기르고 있는 것이 영락없는 쥐상이었다. 게다가 입고 있는 난삼도 떼가 묻고 온통 구겨져 꾀죄죄하기 이를 데가 없었다.

모습만 보아서는 과거에 낙방하고 유리걸식하며 돌아다니는 선비의 모습이다.

하지만 구룡방뿐만 아니라 전 무림에서 그 누구도 그의 생김새를 비웃는 사람은 없었다. 그가 바로 구룡방의 모사, 소재룡(召災龍) 공유염이기 때문이었다.

공유염의 말에 범기천이 더 이상 말을 하지 않고 다음 이야기를 기다렸다.

"일단 결과만 말씀드리겠습니다. 흑운향이 전멸에 가까운 상태가 되었습니다. 향주 고잔성을 포함한 대부분 무인들이 죽었고, 몇 명만 살아남아 겨우 연락을 취해 왔습니다."

흑운향의 전멸이면, 구룡방에 속해 있던 백여 명의 무인들을 잃었다는 뜻이었다. 하지만 범기천은 오히려 만족스러운 미소를 지어 보였다.

"잘됐군."

"하지만 글쎄요? 그 방법을 들어 보니 이대로 진행을 시켜도 될지 고민스럽습니다."

"방법?"

"산달공이라는 이름이 무색할 정도로 치졸한 방법이라고 해야 되겠군요, 크큭!"

공유염이 애매한 표정을 짓다가 갑자기 키득거리는 웃음을 흘린다. 범기천이 호기심을 드러내며 말했다.
"말해 보게."
"예, 분가루와 인단초를 이용했다고 합니다."
"분가루에 인단초?"
"분가루는 산공독으로 인단초는 해독약으로 사기를 쳤다고 합니다. 이런 놈이 천하의 산달공이라니, 웃기지 않습니까?"

공유염이 이곳에 오기 전에 받은 보고를 떠올리며 그 방법을 설명해 주었다.

싸움 중에 도망친 흑운향 무인 중 하나가 시체라도 수습하겠다는 생각으로 돌아갔다가 알아낸 사실이었다.

"하, 그거 걸작이군."

설명을 모두 들은 범기천이 제 손으로 무릎을 내리치며 말했다. 얼굴을 보아하니 더욱 마음에 드는 모양이다.

"이런 조잡한 수에 걸려든 멍청한 고잔성이 문제지, 방법 자체가 그리 대단한 건 아니지 않습니까?"

"평소의 그였다면 그런 게 먹혔겠나? 당시의 자세한 정황을 알 수는 없지만, 분가루가 산공독이라고 믿을 수밖에 없는 상황으로 내몰았겠지."

"뭐, 그리 보면 또 꽤 하는 놈으로 보일지도 모르지요. 하지만 흑운향을 전멸시킨 것은 그들만의 힘이 아니었습니다. 남궁세가와 모용세가의 무인들까지 포함되어 있었습니다. 그런 걸 생각한다면……. 글쎄요, 과연 그놈을 핵심에 두고 계획을 진행시켜도 될까요? 흐, 뭐 나름 재미는 있겠습니다만 그러다가 된통 당할지도 모릅니다."

공유염은 위험한 이야기를 하면서도 시종일관 입가에 떠올린 비릿한 미소를 지우지 않았다. 하지만 범기천은 공유염의 그런 모습에 그다지 신경 쓰지 않는 듯 단호하게 고개를 저으며 말했다.

"악운도 운이고, 운도 실력일세. 겨우 한 번으로 판단하는 게 성급해 보일 수도 있지만, 나는 이 정도면 충분한 것 같구먼. 이대로 진행을 하지."

범기천이 고잔성의 흑운향을 보내 진소천을 죽이라고 시킨 것은, 진소천을 시험해 보기 위함이었다.

진소천 본인은 그런 사실을 모르고 있지만, 현재 범기천이 꾸미고 있는 일의 핵심에 진소천이 있었다. 그렇기에 시험해 볼 필요가 있었다.

과연 진소천 하나만을 가지고 일을 진행해도 무리가 없을지에 대한 확인이 필요했던 것이다.

그렇게 해서 만약 고잔성의 손에 진소천이 죽는다면 미련 없이 계획을 철회하려 했었다. 하지만 진소천은 보기 좋게 고잔성을 막아 냈다. 아니, 흑운향 전체를 몰살시켰다.

그것이 계략을 이용한 것이든, 힘으로 한 것이든 상관없었다.

진소천은 살아남았고, 고잔성은 죽었다. 그러니 이대로 일을 진행해도 무리가 없다는 것이 범기천의 판단이었다.

범기천이 그렇게 말을 하니 공유염으로서도 더 이상 반대를 할 수는 없었다.

"알겠습니다. 어차피 진행을 하던 참이니 이대로 지켜보면 될 일이겠지요."

"그래야지. 그나저나, 구양제현의 의도는 우리가 생각하는 그것이 맞는 것 같은가?"

"현재로서는 그리 보입니다. 특별한 조치를 취해 놓지 않은 듯합니다."

"흐음……. 정말 둘째 아들을 버리는 패로 쓰겠다는 말인가? 나중에라도 그 사실이 밝혀지면 그는 모든 것을 잃게 될지도 모를 일이야. 구양제현 같은 능구렁이가 그런 위험을 감수할 거라고 보는가?"

"크흐흐, 더 기다렸다가는 빈손으로 물러나야 되는데, 구양제현 같은 자가 그걸 받아들이는 것이 오히려 이상한 일이라고 생각합니다. 위험을 감수하는 쪽을 택한 게 분명합니다. 그것도 아니라면, 그 조차도 빠져나갈 구멍을 파 놓았겠지요."

"그라면 충분히 그러고도 남겠지."

고개를 끄덕이는 범기천의 모습에 공유염이 깊이 허리를 숙이며 말했다.

"그럼 저는 이만 물러가겠습니다. 앞으로 일어날 일들에 대해서 다른 준비도 해 두어야 되지 않겠습니까?"

"알겠네. 하지만……."

범기천이 뭐라고 말을 덧붙이려 하자, 공유염이 그 말을 가로챘다.

목리계의 땅 79

"걱정 놓으십시오. 구양제현의 움직임에도 촉각을 곤두세우고 있으니, 문제가 생겨도 바로 대응할 수 있습니다."

범기천이 만족스러운 표정으로 고개를 끄덕였다.

"자네만 믿겠네."

"맡겨 주십시오."

정확하게 열일곱 기의 인마가 산길을 따라 달리고 있었다. 넓은 관도가 아닌 좁은 산길이다 보니 한 줄로 길게 늘어서서 달릴 수밖에 없고, 그러다 보니 줄이 꽤나 길다.

가장 선두에서 달리던 진소천이 슬쩍 고개를 내렸다. 말이 달리는 속도가 현저하게 떨어진 것이 꽤 지친 모양이었다.

다시 정면을 살펴보니 저 멀리 널찍한 공터가 보였다. 약간의 경사가 보이기는 했지만, 앉아서 쉬는 데는 크게 부족함이 없어 보였다.

잠시 공력을 끌어올려 청력을 돋워 보니 가까운 곳에서 물 흐르는 소리도 들렸다. 말에게 물도 먹이고 쉬게 하기에도 괜찮은 장소.

진소천이 바로 뒤에 있는 맹도굉을 향해 큰 소리로 외쳤다.

"맹 형, 저기서 좀 쉬어야겠어!"

그 말에 진소천의 어깨너머로 고개를 내밀고 정면을 살핀 맹도굉이 고개를 끄덕였다. 그리고 입술을 동그랗게 만들어 휘파람을 불었다.

삐이익!

짧은 소리였지만, 말발굽 소리에도 묻히지 않고 청량하게 퍼지는 그 소리에 율천대 무인들이 동시에 고삐를 늦춘다. 그리고 선두의 진소천부터 시작해 하나둘 공터 앞에서 말을 멈췄다.

"후우, 꽤 덥군."

중원에서도 꽤 남쪽으로 쳐져 있는 광서성 대부분의 지역에는 겨울이 없다. 다른 지역에는 겨울이 찾아와도, 광서성은 조금 서늘하거나 선선한 정도의 날씨였다. 남부의 해안을 접한 곳은 더위를 느낄 정도였다.

그런 곳에서 쉴 새 없이 말을 달리니 말도 사람도 꽤 지치는 것은 어쩔 수 없었다.

"진짜 이거 내가 계속해야 돼?"

곽제윤이 말들을 끌고 물소리가 들리는 쪽으로 향하며 버럭 소리를 지르지만, 대답하는 사람은 없다.

"젠장, 언젠가는 내가 널 시킨다!"

곽제윤이 진소천을 노려보며 외치지만, 진소천은 시선도 주지 않았다.

"그런데 아직도 목리계는 별다른 반응이 없네?"

바닥에 주저앉아 물주머니의 물을 마시고 호흡을 고르던 구양결이 넌지시 물었다.

그들이 동안현의 객잔을 떠난 지도 열흘이 지났다.

목리계의 땅 81

광서성으로는 이미 들어선지 오래. 벌써 계림부(桂林府)를 지나 류주부(柳主府)가 코앞이었다. 류주부에 도착하면 정서로 방향을 정하고 운남으로 갈 계획이었다.

하지만 그러는 동안에 목리계는 단 한 번도 만나지 못했다.

무림 세력을 극도로 싫어하고 배척한다며 맹도괴가 걱정을 하기도 했었고, 구양결 자신도 그런 이야기를 잘 알고 있었기에 불안해했었다. 그런데 그런 걱정을 비웃기라도 하듯 아무런 일도 일어나지 않으니 괜히 허탈한 기분이 들었다.

그 말에 진소천이 뭐 이런 놈이 다 있나 하는 표정을 지으며 물었다.

"그러면 목리계가 길 가는데 갑자기 앞을 막고 멈춰, 못 지나가! 그럴 줄 알았냐? 목리계가 무슨 산적이냐?"

진소천의 핀잔에도 구양결은 특별한 반응을 보이지 않았다. 그저 그러려니 하는 표정으로 어깨를 으쓱거리며 말했다.

"그야 그렇지만, 이렇게까지 반응이 없는 것도 이상하다고 생각하는데?"

"다 내 덕분인 줄 알아라."

"그게 무슨 말이냐?"

구양결이 이해할 수 없는 얼굴로 물었다. 뜬금없이 목리계와 만나지 않은 것이 자기 덕이라니 당연히 이해할 수 없는 말이었다.

"이미 연락해 놨다. 아마 류주에 도착하면 만나게 될 거다. 오랜만에 배에 기름칠 좀 해야지."

"연락을 해? 언제?"

구양결이 더욱 황당한 얼굴로 물었다. 그는 한시도 진소천과 떨어진 적이 없었다. 그런데 언제 그런 연락을 했단 말인가.

"그건 내 밑천이니 말 안 해 줄란다. 아무튼 류주에 들어서게 되면 장계인 염철산을 만나게 될 거다."

진소천은 광서성으로 들어서자마자, 목리계 분타를 통해 장계인 염철산에게 서신을 보내 둔 참이었다.

"으음!"

구양결의 두 눈 가득 의혹이 서린다. 가만히 생각해 보니, 진소천이 마차에 내린 이후부터 자기도 모르게 조금씩 그를 신뢰하는 마음이 커진 것 같았다.

이유는 모르지만 돌이켜 생각해 보니 자신의 행동이 그러했던 것 같다. 그러면서부터 경계심도 엷어신 것이 분명했다.

'조심해야겠군!'

새삼스레 무림맹을 떠나기 전 아버지가 했던 말이 떠올랐다. 절대적으로 조심하고 경계해야 할 인물. 바보처럼 지금까지는 왜 그 이야기를 잊고 있었을까.

그나마 다행인 건 이제까지는 큰 문제가 없었다는 점이다. 그러니 이제부터라도 더욱 조심해야겠다 싶었다.

두 사람의 이야기를 듣고 있던 맹도굉이 진소천을 향해

물었다.

"그런데 목리계 총타가 류주부에 있는 건가?"

"그렇지."

"으음, 그렇군."

생각해 보니 목리계에 대한 정보가 그리 많지 않았다.

지금까지 꽤 많은 무림 방파들이 광서성으로의 진출을 꾀했다가 큰 피해를 입고 물러났다. 그리고 가끔은 완전히 멸문당한 방파들까지 있었다.

그러다 보니 무림인들에게 광서성은 건드릴 수 없는 땅이 되었고, 점점 무림의 관심에서 벗어나게 된 것이었다.

그때 갑자기 요란한 소리가 들렸다. 일행들이 온 길 뒤쪽에서 나는 소리.

진소천을 포함한 모두의 고개가 일제히 그쪽으로 향했다.

"이제 오는군."

진소천이 피식 웃으며 말했다. 길 저편에서 이쪽을 향해 말을 달려오는 이들의 선두에 남궁무원이 있었다.

동안현에서부터 일정 거리를 두고 진소천 일행을 쫓아온 그들은, 광서성에 들어온 후에도 꾸준히 뒤를 따르고 있었다.

멀리서 진소천 일행이 쉬고 있는 것을 확인한 남궁무원이 서서히 속도를 줄였다. 그리고 공터에서 조금 떨어진 곳에서 말을 멈췄다.

그리고 자기들끼리 이런저런 이야기를 하더니, 창궁대와 건곤기 무인 몇 명이 말들을 끌고 물소리가 들리는 곳으로 향했다.

그러는 중에 슬쩍 이쪽을 노려보는 남궁무원의 눈빛이 아주 날카로웠다.

"원한이 뼛속까지 사무쳤네?"

진소천이 재미있다는 듯 씨익 웃으며 말했다.

"넌 그게 즐겁냐?"

"글쎄다?"

진소천이 모호한 말로 대충 넘긴다. 하지만 구양결이 볼 때는 분명 꽤 즐기고 있는 표정이었다.

'이상한 놈!'

구양결이 속으로 그런 결론을 내리며 두꺼운 나무에 등을 기댔다. 쉴 때는 확실히 쉬어 주는 게 좋았다.

그렇게 잠시 시간이 흐르고, 말들에게 물을 먹이러 갔던 곽제윤이 돌아왔다.

"가자!"

진소천이 벌떡 일어서며 하는 말에, 다른 일행들도 일제히 몸을 일으켰다.

모두가 말에 오르자, 진소천이 저만치 떨어진 남궁무원을 향해 큰 소리로 외쳤다.

"어차피 류주부에서 만날 테니 서두르지 말고 쉬엄쉬엄 와라!"

그 말을 듣는 순간 남궁무원의 표정이 잔뜩 일그러지는 것이 구양결의 눈에 들어왔다. 하지만 진소천이 바로 말을 달려 나가는 바람에 더는 지켜보지 못했다.

두두두두!

"절대 편하게 죽지는 않을 거다!"

뿌연 먼지를 남긴 채 진소천 일행이 사라진 길을 노려보며 남궁무원이 원한을 곱씹었다.

놈이 세가를 무시하며 자신을 향해 내보인 그 경멸에 가까운 표정을 잊을 수가 없었다. 그날 머리통을 울리던 그 소리 또한 영원히 기억에 남을 것 같았다.

구양결에 무림맹 율천대, 본가의 창궁대와 모용세가의 건곤기 무인들이 보는 앞에서 끊임없이 머리꼭지를 두드려대던 부채.

조금의 힘도 들어가 있지 않은 부채가, 이렇게나 자존심을 상하게 할 줄은 꿈에도 생각지 못했다. 백 번 양보해서 다른 이들 앞에서 그렇게 당한 것은 참아 볼 수도 있었다.

놈의 비열한 수법에 당한 것이라 자위할 수도 있었다. 하지만 죽어도 용서가 안 되는 한 가지가 있었다. 다른 이도 아닌 모용혜의 눈앞에서 그런 꼴을 당했다는 점이었다.

그러니 남궁무원에게 진소천은 절대 그냥 둘 수 없는 놈이었다.

반드시 자기 손으로 목을 쳐야만 하는 놈이었다. 그래야만 했다. 그래야만 모욕을 당한 후 복수를 했다는 이야기로 끝맺음이 난다. 그렇지 못하다면, 모욕을 당했다는 사실만 남게 된다.

그때 옆으로 슬쩍 다가온 모용혜가 조심스레 남궁무원의 손을 꼭 잡았다.

"진정하세요. 우리는 더 큰 것을 보고 있잖아요?"
"알고 있소. 하지만 저놈만은 절대 용서할 수 없소."
남궁무원이 이를 빠드득 갈아붙이며 말했다. 그러면서도 한편으로는 자신의 그런 굴욕적인 모습을 보고도 다정하게 말을 걸어 주는 모용혜가 고마웠다.
"남궁 공자의 그 기분을 왜 모르겠어요. 하지만 장부의 복수는 십 년도 늦지 않다 했으니, 일단 원한은 접어 두도록 하세요. 감정이 앞서면 될 일도 그릇되는 법이랍니다."
남궁무원의 손을 잡은 모용혜의 손에 지긋이 힘이 들어간다. 그리고 남궁무원의 거친 호흡이 천천히 잦아들었다. 모용혜의 말이 맞다. 일을 그르칠 수는 없었다.
치욕을 당했다 해도 언젠가는 기다리면 원한을 갚을 기회가 올 것이다.
하지만 검선유고는 다르다. 기다린다고 찾아오는 물건이 아니었다. 쫓아가 잡아야 했다. 그래야만 얻을 수 있는 물건.
그 검선유고 때문에 속에서 이는 불길을 애써 억누르고 있는 것이 아닌가. 그러니 지금 당장은 불필요한 원한을 곱씹을 필요가 없었다.
그런 생각과 함께 남궁무원은 천천히 평정심을 되찾았다. 물론 그렇다고 해서 원한을 완전히 억누르고 있는 것은 아니었다. 다만, 필요한 것을 얻을 때까지 잠시 묻어 두기로 마음을 정한 것뿐이었다.
완전히 호흡을 고른 남궁무원이 자신의 손을 강하게 잡고 있는 모용혜의 손을 한껏 쥐었다. 그리고 눈길로 고마움의 인사를 건넨다.

모용혜가 아닌 다른 사람의 말이었다면 귓등으로 흘렸으리라. 그러니 이렇게 짧은 순간 스스로를 추스를 수 있는 것은 온전히 모용혜의 덕이다.

살며시 휘는 모용혜의 부드러운 미소가 눈에 들어왔다. 그것을 확인한 남궁무원이 천천히 맞잡은 손을 풀었다. 그리고 일행들을 향해 외쳤다.

"충분히 쉬었으면 이만 갑시다!"


"으하하하!"

우렁차면서도 호쾌한 웃음소리가 방 안을 가득 메운다. 그리고 짧고도 명쾌한 외침이 뒤를 따른다.

"나부터!"

사발 한가득 찰랑거리던 액체가 사내의 거친 손길을 견디지 못하고 결국 밖으로 쏟아진다.

하지만 몇 방울 튀어 나가기도 전에 사발이 움직이더니, 찰랑거리던 액체가 빠른 속도로 사내의 입속으로 빨려 들어간다.

"크으!"

손등으로 입술 주위를 슥 닦은 사내의 두 눈이 아무것도 놓이지 않은 텅 빈 기다란 식탁에 둘러앉은 손님들을 훑어본다.

하나같이 얼굴에는 기겁을 한 표정이 떠올라 있다. 유일

하게 한 명, 몇 년 전 동생으로 삼았던 녀석만이 그 특유의 미소를 짓고 있었다. 진소천이었다.

사내의 눈빛을 받은 진소천이 한층 짙은 미소를 짓는다. 그 미소를 본 사내가 자신이 들고 있던 사발을 진소천 앞에 턱 내려놓고는, 옆자리에 내려놓았던 투박한 항아리를 집어 들었다.

쾅쾅쾅!

사내가 기울인 항아리의 주둥이에서 맑은 액체가 거칠게 떨어져 내리더니 이내 사발 한가득 그것을 담아낸다.

"자!"

사내가 사발을 들고 진소천에게 내밀었다. 진소천이 두 손으로 사발을 받아 들고는 툭 한마디 던졌다.

"보채기는."

진소천은 말을 끝내기 무섭게 손에 들린 사발이 입으로 가져갔다. 흔히 쓰는 사발이 아니다. 진소천의 머리통만큼이나 커다란 사발이었다.

그리고 그 사발에 가득 담긴 것은 독하기 짝이 없는 화주다. 그것이 구양결과 율천대 무인들을 머뭇거리게 만든 원인이었다.

꿀꺽, 꿀꺽!

요란하게 목울대를 울리는 소리와 함께 거대한 사발이 급격하게 기울어진다. 그리고 기울어지는 정도가 심해지는 만큼 담겨 있던 화주가 빠르게 사라진다.

"크하아아!"

사발을 깨끗하게 비운 진소천이 거친 숨을 토해 낸다. 그리고 그 숨에 섞인 독한 화주의 향이 식탁 주변으로 빠르게 퍼져 나갔다. 진소천의 얼굴이 금세 붉게 물들었다.

"하하하, 역시 내 아우다! 잘했어!"

사내가 자신과는 무려 서른 살이나 차이가 나는 어린 의제를 보며 크게 고개를 끄덕이며 웃음을 터트렸다.

가만히 그 모습을 지켜보고 있던 구양결의 얼굴에 질린 표정이 떠올랐다.

방 안이 떠나갈 정도로 호쾌하게 웃어 대고 있지만, 사내가 그 정도로 호쾌하게 생겼는가 하면 전혀 그렇지 않다.

키는 껑충하게 크지만 몸은 오히려 마른 편에 속했다. 얼굴 역시 살짝 움푹하게 들어간 볼이 꽤 말라 보인다.

그럼에도 불구하고 웃음은 호탕하기 그지없고, 하는 행동 또한 그 웃음만큼이나 호방하다.

사내의 이름은 염철산이었다. 그는 광서성 전체를 휘어잡고 있는 목리계의 우두머리인 장계였다. 그리고 비형방 방주 산달공의 진면목을 아는 것으로도 모자라 개인적인 친분까지 있는 극히 드문 몇 명 중 하나였다.

염철산이 구양결을 향해 시선을 던지며 아까 했던 말을 다시 한 번 말했다. 아니, 구양결의 귀에는 말한 것이 아니라 외친 것으로 들렸다. 그만큼 염철산의 목소리는 우렁찼다.

"구양결이라고 했나? 뭘 그리 얼어 있나? 자!"

터엉!

염철산의 말이 끝나기가 무섭게, 진소천 앞에 놓여 있던 커다란 사발이 구양결 앞에 놓였다. 그리고 여지없이 항아리가 기울어지고, 사발에는 화주가 한가득 담겼다.

 구양결은 흠칫한 표정을 지으며 화주가 든 사발을 두 손으로 집어 들었다. 손에 매달리는 묵직한 무게만큼이나 기묘한 두려움이 구양결을 사로잡았다.

 '이걸 인간이 마시고 멀쩡하게 살 수 있는 건가?'

 구양결의 나이 올해로 스물이었다. 당연히 술도 마셔 봤다. 그리고 손에 들린 것만큼이나 독한 화주도 마셔 봤다. 하지만 이렇게 많은 양은 아니었다.

 고민과 동시에 구양결은 사발을 잡은 두 손을 부르르 떨었다. 하지만 염철산의 우렁찬 목소리가 구양결을 재촉했다.

 "뒷사람들 기다리는데 무슨 고민을 그리하시는가?"

 그 뒷사람들 중 몇 사람이 순간적으로 헐쑥한 표정을 지었지만, 염철산의 눈에는 보이지 않았다.

 구양결의 손에 들린 화주는, 목리계에서 친구를 맞이하는 일종의 환영 인사였다.

 목리계는 벌목장 주인들이 자신들의 이익을 지키기 위해 만든 모임이었다.

 그 과정에서 광서성에 뿌리박고 있는 무인 세력과 부딪치면서 자연스레 무인들을 영입하고, 그들 스스로도 무공을 익혔다. 그리고 세월이 흐르면서 하나의 무림 방파의 형태를 만들어 왔다.

 그러면서 섞여든 또 한 가지가 바로 벌목장 인부들의 거친 성정이나 방식들이었다.

　단체로 숙식을 해결하면서 고된 일을 하는 벌목장 인부들이 싸구려 화주로 신참을 맞이하는 것을 따온 것이다. 물론 그것이 아무런 이유도 없는 따온 행동은 아니다.

　자신들의 친구라면, 자신들 앞에서 몸을 가누지 못할 정도로 화주를 마실 수 있어야 한다는 생각에 만들어진 전통이었다.

　가만히 구양결을 바라보던 염철산이 묘한 웃음을 지으며 한마디 툭 던졌다.

　"허허, 생긴 건 패기 넘치는데 실상은 간이 좁쌀만 한 친구로구만!"

　순간 사발을 쥔 구양결의 두 손이 급격하게 움직인다.

　꿀꺽, 꿀꺽!

　진소천이 냈던 그 소리가 구양결의 목울대에서 똑같이 울려 퍼진다. 다만, 진소천보다 그 소리의 간격이 현저히 길다. 간이 작다는 말에 저도 모르게 울컥한 모양이었다.

　화주를 삼키는 소리 사이로 염철산의 당부가 곁들여졌다.

　"내공으로 술기운 밀어내기 없는 건 알지?"

　사발은 천천히 기울었다. 하지만 멈추지는 않았다. 끝까지 격하게 기우는가 싶더니 이내 말끔하게 속을 비운 채 식탁으로 내려선다.

　"끄으으윽!"

　구양결의 입에서는 쓰디쓴 숨이 아닌 신음이 터져 나왔다.

물기가 번들거리는 입술과 턱 아래로 흥건하게 젖은 앞섶이 보인다. 마신 게 반이고, 흘린 게 반이다. 하지만 그 정도로도 구양결을 쓰러트리기에는 충분한 양이었다.

쿠웅!

몇 번 혀 꼬부라진 소리를 읊어 대던 구양결이 갑자기 머리로 식탁을 들이받고 움직이지 않는다.

"크하하하, 술은 약해도 성정은 불같은 친구로구만!"

염철산은 뭐가 그리 즐거운지 연방 큰 웃음을 터트리며 떠들어 댔다. 하지만 아직 과정이 끝난 것은 아니다.

사발을 받아야 할 이들이 아직 열다섯이나 남아 있었다.

맹도굉에서 시작해 홍검인 곽제윤까지. 사발이 채워지고 비워진 후 옮겨 가기를 반복한다.

그리고 그중 절반이 머리를 박고 쓰러지고, 나머지 절반은 황급히 밖으로 뛰쳐나갔다.

밖에서는 연이어 토해 내는 소리가 들리는가 싶더니, 이내 하나둘 털썩하는 소리와 함께 잦아들었다. 염철산은 그마저도 재미있다는 듯 쉬지 않고 웃음을 터트린다.

그리고 진소천은 놀란 눈으로 한 사람을 보고 있었다. 얼굴이 붉게 달아오르고 어지러운 듯 연방 눈동자가 흔들리고 세차게 고개를 흔들고는 있지만, 그래도 꼿꼿하게 허리를 세우고 앉아 있는 맹도굉이었다.

"맹 대협, 정말 대단한 주당이시구려!"

큰 소리로 외치는 염철산의 말에 맹도굉이 저도 모르게 흠칫하는 표정을 지었다. 가만히 들어 보니 염철산의 혀가 상당히 꼬여 있었다.

'설마?'

맹도굉은 식탁이 자신을 덮치려 들 정도의 어지러움 속에서도 애써 생각의 끈을 붙잡았다. 하지만 쉬이 정리가 되지 않는다.

한참을 애를 쓰다 포기한 맹도굉인 결국 다른 방법을 택한다.

시선을 염철산에서 진소천에게 돌리고, 힘겹게 한 손을 들어 염철산을 가리킨다.

이미 정신을 반쯤 놓고 있는 탓에, 자신이 목리계의 장계에게 손가락질을 하고 있다는 것조차 깨닫지 못한다.

그리고 진소천이 입을 열었다. 놀랍게도 멀쩡해 보이는 진소천 또한 심하게 혀가 꼬여 있었다. 진소천이 이상한 웃음을 흘리며 말했다.

"으흐흐, 맞아. 취해서 저러는 거야."

역시나 그랬다. 염철산 역시 뱃속으로 들이부운 독한 화주에 이미 정신이 반쯤 나가 있었던 것이다. 그것을 깨달은 맹도굉이 다시 힘겹게 고개를 돌려 염철산을 보았다.

쿠웅!

요란한 소리와 함께 염철산이 그대로 식탁 위에 머리를 들이받았다. 하지만 그 소리는 끝이 아니었다.

"젠장, 만날 저래!"

진소천이 꼬인 발음으로 버럭 소리를 지르더니 마찬가지고 식탁을 머리로 들이받았다.

순간, 맹도굉의 입가에 웃음이 걸렸다. 뭔가 아주 만족스러운 듯한 웃음이었다.

"으흐흐, 이겼다."

쿠웅!

마지막으로 맹도굉이 그대로 혼절했다.

식탁이 아무것도 차려져 있지 않은 빈 식탁인 이유였다.

"아으윽!"

지끈거리는 머리를 부여잡고 힘겹게 눈을 뜬 진소천이 저도 모르게 비명을 터트렸다. 역시 화주의 주독은 인간이 감당할 것이 아니다.

뱃속은 날카로운 무언가로 사정없이 긁어 대듯 쓰리고, 생각 자체를 불가능하게 할 정도로 지끈거린다. 한마디로 지독하기 짝이 없는 숙취다.

이럴 때는 운기 조식도 소용없다. 의원들은 숙취를 없애는 데는 한(汗), 하(下), 토(吐) 세 가지가 유용하다고 했었다. 먹을 것으로 속을 달래는 것은 그다음이다.

진소천은 그중 두 번째와 세 번째를 택했다. 물론 자의는 아니었다.

"젠장!"

비틀거리는 걸음으로 측간으로 달려갔던 진소천이 와락 인상을 구긴 채 밖으로 나왔다. 어찌나 게워 냈는지 입안의 시큼한 냄새가 코를 찌르는 것이 영 기분이 좋지 않다.

"비, 비켜!"

그때 갑자기 달려드는 외침에 진소천이 황급히 옆으로 비켜섰다. 그리고 간발의 차이로 진소천과 부딪치지 않은 구양결이 황급히 측간 안으로 뛰어들어 갔다.

진소천은 곧이어 들리는 절규에 가까운 소음에 한시라도 빨리 멀어지려는 듯 재게 걸음을 놀렸다.

그러는 동안에도 괴로운 얼굴로 측간을 향해 달려가는 율천대 무인들이 진소천 옆을 스쳐 지나갔다. 모두들 진소천처럼 두 번째와 세 번째를 택한 모양이었다.

문득 진소천의 얼굴에 궁금증이 떠올랐다.

'설마 이거 때문에 측간이 저렇게 많은 건가?'

저절로 고개를 끄덕여진다. 실제로 목리계의 총타와 다름없는 목리장원에는 다른 곳에 비해 측간이 더 많았다.

'아무튼!'

진소천은 실없는 생각을 하며 어젯밤 묵었던 방으로 걸음을 재촉했다. 아무래도 조금 더 누워야 할 것 같았다. 하지만 진소천이 잤던 방 앞에 키가 크고 호리호리한 사내가 서 있었다.

"철산 형."

목리계의 장계, 염철산이었다. 염철산이 푸석푸석해진 얼굴로 힘겹게 웃으며 말을 걸었다.

"크흐흐, 괜찮으냐?"

"제길, 안 괜찮아!"

"그래도 육 년 전에 비해 많이 나아졌더구나."

염철산은 숙취로 인해 괴로워하면서도, 육 년 전 진소천

96

을 처음 만났을 때를 생각하며 뭐가 그리 재미있는지 크크 거리기 시작했다.

그 모습을 본 진소천이 슬쩍 인상을 구기며 볼멘소리를 뱉어 냈다.

"쳇, 겨우 열여섯 살짜리한테 그 독한 술을 먹인 사람이 취할 태도야?"

당시는 진소천이 아버지의 뒤를 이은 후계자로서, 그리고 꽤 긴 시간 공석이었던 방주의 자리를 새롭게 채운 신임 방주로서 처음으로 자신의 일을 시작했을 때였다.

즉, 목리계와의 인연이 진소천에게는 최초의 일이었던 것이다.

당시 진소천은 염철산과 인연을 맺었고, 그를 위해 화주를 마셨었다. 물론 채 삼할도 못 마시고 그대로 쓰러졌었지만.

"아무튼 필요한 게 무엇이냐? 말만 해라."

"후후, 염 형은 그렇게 화끈해서 내가 참 좋아하는 거야."

"동생 녀석이 부탁하는 건데 못 들어줄 이유가 없지."

"고마워."

진소천이 진심을 담아 인사를 건넸다. 그리고 염철산은 당연하다는 듯 인사를 받으며 고개를 끄덕였다.

"일단 운남에 들어서면 만날 수 있도록 밀방(密幇) 길잡이를 좀 알아봐 줘."

숙취에 찌든 염철산의 얼굴에 흠칫한 표정이 떠올랐다.

그리고 주위를 한 번 살핀 후 조심스레 물었다.

"그렇게 은밀한 일이냐?"

밀방이란, 서장에서 차를 구하기 위해 넘어오는 불법적인 마방을 부르는 말이었다.

과거에는 서장에서 넘어오는 마방들이 말과 차를 바꾸는 교역이 자유로웠다. 하지만 명대에 들어서면서 새로운 황조는 사사로운 차마(茶馬)의 교역을 전면적으로 금지하고 조공을 통한 교역만을 허가했다.

그러다 보니 과거 차와 말을 바꾸어 가던 마방들 중 일부가 밀거래를 하기 시작했는데, 그런 마방들을 두고 밀방이라고 불렀다.

그리고 밀방들이 감시를 피해 안정하게 움직일 수 있도록 돕는 길잡이들이 있었는데, 그들은 운남의 지리를 제 손바닥 보듯 훤하게 꿰뚫고 있었다. 진소천은 지금 그 길잡이들을 구해 달라는 말이었다.

그런 길잡이가 필요하다는 말은, 진소천이 그만큼 조심스럽고 비밀스럽게 움직여야 한다는 뜻이기도 했다. 그리고 은밀하게 움직여야 한다는 말은, 그 만큼 위험한 일이라는 의미이기도 했다.

염철산의 얼굴에 떠오른 걱정을 읽은 진소천이 씩 웃으며 말했다.

"뭐, 목숨을 걸 정도의 일은 아니니까 걱정 마."

"알았다. 가장 뛰어난 길잡이를 수소문 해 두마."

더 이상 말하지 않고 고개를 끄덕이는 염철산을 보며, 진소천은 다시 한 번 고마움을 느꼈다.

 연락 한 번 없다가 거의 육 년 만에 찾아온 것이었다. 게다가 목리계가 싫어하는 무림인들, 그것도 무림맹 무인들을 이끌고 찾아왔다.

 그럼에도 불구하고 염철산은 말 한마디 하지 않고 반갑게 맞이해 주었다. 그리고 지금은 어려운 일이라는 걸 짐작하면서도 말리거나 캐묻지 않고 부탁을 들어준다.

 "그리고 또 있어."
 "말해라."
 "어제 우리를 따라 류주부로 들어온 놈들이 있거든."
 "남궁세가와 모용세가 말이냐? 그렇지 않아도 네가 보낸 서신을 받고 따로 지켜보고 있는 참이었다."
 "그놈들 한 사흘만 붙잡고 있어 줘."
 "사흘?"

 염철산이 이번에도 고개를 갸웃거렸다. 아예 막아 달라는 것도 아니고 사흘만 붙잡아 두라고 한다. 거기에도 뭔가 이유가 있을 것 같았지만 염철산은 더는 묻지 않았다.

 "고마워."

 진소천이 또 한 번 인사를 했다. 그러더니 갑자기 품으로 손을 집어넣었다가 바로 빼냈다.

 그렇게 튀어나온 진소천의 손에는 두툼한 전표 뭉치가 들려 있었다.

 "이게 뭐냐?"
 자신에게 내민 전표를 보는 염철산의 표정이 곱지가 않

다. 대가를 바라고 한 일이 아닌데 돈을 내미니 기분이 좋을 수가 없었다.
 하지만 진소천은 고개를 저었다.
 "왜 갑자기 이상한 오해를 하고 그래? 그런 거 아니라 내 대신 따로 해 줬으면 하는 일이 있어서 그러는 거거든."
 진소천의 말에 바로 오해를 푼 염철산히 괜히 무안함을 감추려 미소를 지어 보인다. 그리고 더 이상은 말하지 않고 전표를 받아 들었다.
 "그래, 뭘 해 줘야 되느냐?"
 "그건 말이지……."

四章
음모의 단초

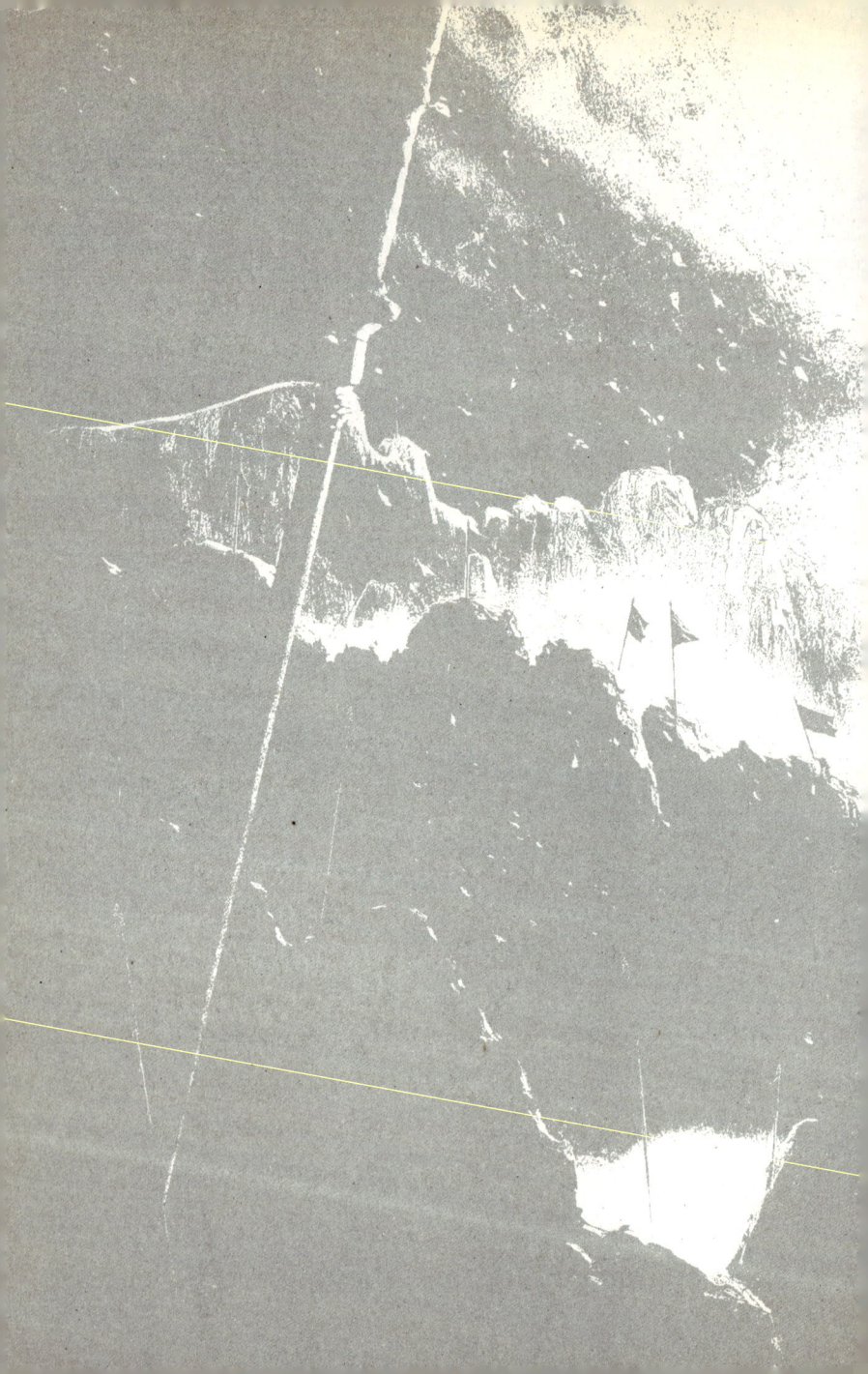

거친 산길을 따라 열심히 발을 놀리면서도 맹도굉의 시선은 구양결의 얼굴에서 떨어질 줄을 몰랐다. 그런 맹도굉의 얼굴에는 한가득 궁금증이 떠올라 있었다.

구양결의 얼굴이 잔뜩 구겨진 이유는 당연히 알고 있었다. 말을 버리고 걸어서 이동을 하고 있기 때문이었다.

무림맹을 떠난 지 두 달이 지난 시간. 현재 일행들이 걷고 있는 길은, 운남성 광남부(廣南府)의 외진 산길이었다.

진소천이 운남성 부주(富州)를 지나 광남부에 도착한 후 일행들이 타고 왔던 말을 모두 팔아 버린 탓이었다.

목적지인 옥룡설산(玉龍雪山)까지 가려면 아직도 이천오백 리 길을 가야 했다. 평지 길이라고 해도 보통 사람들은 보름이 넘게 걸리는 거리인데, 운남성의 험난하고 복잡한 길을 생각하면 무려 한 달은 걸릴 여정이었다.

음모의 단초 103

물론 일행들 모두가 고수라는 점을 감안하면, 내공을 바탕으로 한 훌륭한 체력과 경공을 통해 그 절반인 보름 정도에 도달하는 것이 가능하기는 했다.
 하지만 가장 선두에는 길잡이가 있었다. 무공을 모르는 길잡이의 속도를 생각하면 시간을 단축하는 것은 힘들었다. 그러니 굳이 타고 있던 말을 버리고 걸어서 갈 이유가 없는 것이다.
 그 이유를 알고 있는데도 맹도굉이 이해할 수 없는 사실은, 저렇게 인상을 구기고 있으면서도 입 한 번 뻥긋하지 않고 열심히 걸음을 옮기고 있다는 사실이었다.
 즉, 구양결은 지금 진소천의 방식에 한마디도 토를 달지 않은 것이다. 무림맹을 출발할 당시만 해도 생각도 할 수 없는 일.
 맹도굉의 입가에 피식 미소가 그려졌다. 생각해 보니 자신 역시 그렇게 하고 있기 때문이었다.
 "이쯤에서 쉬었다 가시지요."
 가장 선두에서 걸음을 옮기던 길잡이가 발을 멈추며 말했다.
 "그러지."
 그 뒤를 따르던 진소천이 고개를 끄덕이고, 일행들이 하나둘 편안해 보이는 자리를 찾아 바닥에 앉았다.
 가장 선두에서 걷던 길잡이 왕산이 물주머니를 기울여 타는 목을 축이고 흐르는 땀을 닦는다. 그는 진소천이 염철산에게 부탁해 수소문한 길잡이였다.

"후우!"

어느 정도 숨을 골랐는지 짧게 한숨을 내쉰 왕산이 진소천을 향해 넌지시 물었다.

"곤명(昆明)까지만 가시면 되는 겁니까요?"

길잡이의 말을 곱씹어 보던 진소천이 싸늘한 미소를 머금었다. 왕산이 뭔가 단단히 오해하고 있다는 것을 알아챘기 때문이었다.

왕산이 볼 때 진소천 일행은 뭔가 큰 죄를 짓고 도망치는 일행으로 보였다. 그렇지 않고서야 밀방도 아닌데 자신을 고용해 이렇게 몰래 움직일 필요가 없기 때문이었다. 그러니 곤명이 이들의 최종 목적지일 리가 없다고 생각한 것이다.

곤명의 지척에는 운남부가 있고, 그곳에는 운남성 전체를 다스리는 운남포정사가 있다.

죄를 지은 자들이 그런 곳에 갈리는 없으니, 곤명을 경유해 어딘가 다른 곳으로 산다는 의미였다. 그리고 그 목적지가 어디든 자신이 안내를 하게 되면 좀 더 큰돈을 받을 수 있으리라 기대한 것이었다.

진소천이 나지막한 목소리로 말했다.

"딴생각 말고 거기까지만 안내해라. 그다음은 우리가 알아서 할 생각이니까."

하지만 이 길잡이 사내는, 길은 밝은데 눈치는 영 없는 모양이었다. 목소리를 낮춰 말하는 진소천의 모습을, 좀 더 은밀한 이야기를 요구하는 것으로 받아들인 것이다.

"후후, 어디까지 가시는지 말씀만 하십시오. 서장은 물론, 안남(安南)으로 빠지는 길도 훤합니다요."

자기만 믿으라는 듯 어깨를 크게 펴고 말하는 모습에 진소천은 저도 모르게 코웃음을 쳤다.

그러거나 말거나 왕산은 끊임없이 말을 늘어놓았다.

"그런데 왜 하필이면 곤명을 경유하십니까? 안남으로 가시려면 남쪽으로 가셔야 하고, 서장으로 가신다 해도 그대로 서쪽으로 가시는 게 나을 텐데요? 굳이 위험을 자초하시는 이유가……."

끝없이 주절대는 왕산의 말에 진소천이 이쯤에서 말을 끊어야겠다고 생각했다. 그런데 하필이면 그때 구양결이 불쑥 끼어들었다.

왕산과 진소천이 낮은 목소리로 소곤대니 무슨 이야기를 하는지 궁금하기도 하고, 새삼스레 진소천이 다른 마음을 품은 건 아닌지 의심도 됐던 탓에 청력을 돋워 귀를 기울이고 있었던 것이다.

"그래, 나도 그게 궁금했어. 어차피 애뢰산(哀牢山)으로 갈 건데 곤명을 거치는 이유가 뭐냐? 그렇게 가면 돌아가는 길인데."

진소천이 저도 모르게 눈살을 잔뜩 찌푸리며 구양결을 노려보았다.

"뭐, 왜?"

갑작스러운 진소천의 눈초리에 구양결이 기어들어 가는 목소리로 물었다. 하지만 진소천은 대답은 하지 않고 왕산을 보며, 일행의 뒤쪽으로 손짓을 했다. 이야기를 해야 하니 뒤로 가 있으라는 뜻이었다.

그래도 이 정도 눈치는 있는지 왕산이 슬그머니 자리에서 일어나 뒤로 물러섰다. 그리고 진소천이 맹도굉을 향해 조금은 큰 소리로 말했다.

"맹 형, 그놈이 아주 쓸데없는 호기심이 왕성하네?"

그 말에 맹도굉이 진소천을 향해 살짝 고개를 끄덕였다. 그것까지 확인한 진소천이 구양결을 향해 딱하다는 얼굴로 물었다.

"넌 멍청한 거냐, 멍청한 척하는 거냐?"

"그러니까 왜?"

"단순히 길 안내만 하는 놈 앞에서 우리가 어디로 가는지 그렇게 말을 하고 싶냐?"

"어차피 거기로 가는 건데 뭐?"

"쯧, 우리를 쫓아오는 놈들이 있다는 건 생각을 안 히냐?"

"남궁무원이야 목리계에서 잡아 두고 있었고, 구룡방 놈들도 더 이상은 못 쫓아오는…… 아!"

말을 하던 구양결이 그제야 아차 하는 표정으로 황급히 시선을 돌렸다.

자신들이 무림맹을 떠나 운남으로 향한다는 사실은 이미 무림 전체에 소문이 퍼져 있었다. 즉, 중간에 놓쳤다 해도 어차피 운남으로 들어오면 만나게 되는 것이다.

그나마 다행인 것이 정확한 목적지가 알려지지 않았다는

사실이었는데, 방금 그 정확한 목적지를 구양결이 제 입으로 말한 것이었다.

마른침을 꿀꺽 삼킨 구양결이 여전히 시선을 피한 채로 말했다.

"그렇기는 해도, 우리가 죄를 지은 것도 아닌데 굳이 말까지 처분하고 이런 외진 길로만 걸어갈 이유는 없지 않냐?"

진소천은 저도 모르게 길고 긴 한숨을 내쉬었다.

"하아, 이 물건을 데리고 다녀야 하나?"

"왜?"

영문을 모르겠다는 얼굴로 되묻는 구양결의 모습에 진소천은 잠시 고민에 잠겼다. 이걸 꼭 대답해야 하는지 고민이 된 탓이었다. 하지만 결국 포기한 듯 입맛을 다시며 말했다.

"동족(獞族), 묘족(苗族), 노족(怒族), 율속족(傈僳族), 납호족(拉祜族) 이게 뭔지 아냐?"

"묘족이나 노족은 운남에 있는 오랑캐들……."

"쯧, 오랑캐는 무슨. 아무튼 그래 운남에 사는 민족들이다."

"그런데 왜?"

"그들 중 일부는 황실의 통치에 따르며 도시에서 살지만, 아직까지 꽤 많은 민족들이 숲에서 부족을 꾸리고 산다."

"그래서?"

여전히 이해를 못하고 되묻는 구양결의 모습에 진소천은 오랜만에 답답함을 느꼈다.

무림맹을 출발해 이곳까지 오는 동안, 나름 눈썰미도 생기고 시야도 넓어졌다고 생각했는데 그게 아니었던 모양이다.

"그들 중에 어떤 놈들은, 외지인을 보면 일단 칼부터 들이대는 놈들도 아주 많거든. 그걸 번거롭게 일일이 다 상대하고 갈 거냐?"

"아!"

구양결이 그제야 이해를 한 듯 크게 고개를 끄덕였다. 그와 동시에 두 사람은 서로 눈짓을 주고받았다.

살짝 고개를 끄덕인 진소천이 슬쩍 뒤쪽으로 눈길을 돌려 왕산의 모습을 살폈다.

그가 구양결과 이야기를 하는 동안, 왕산은 살기가 담긴 율천대 무인들의 시선을 한 몸에 받고 있었다. 말은 필요 없었다. 왕산이 이런 일을 하는 것 치고는 눈치가 둔한 편이었지만, 그래도 자신의 안전과 관련된 눈치는 아주 빠르기 때문이었다.

"조, 조심하겠습니다!"

뭐라고 말도 하지 않았는데 알아서 먼저 큰 소리로 다짐을 한다. 목소리는 물론 다리까지 덜덜 떨고 있는 모양새가 정말 진심으로 그렇게 하리라 생각하는 모습이다.

하지만 진소천은 왕산이 그렇게 하면서도 이쪽의 대화에 귀를 기울이고 있다는 것을 알고 있었다.

'이 정도면 되려나?'

그들의 목적지는 당연히 애뢰산이 아니다. 일행이 가려는

음모의 단초 109

곳은 여강(麗江)에 있는 옥룡설산이었다. 진소천과 구양결이 했던 이야기는 모두 미리 짜놓았던 내용이었던 것이다.

오는 동안 진소천은 길잡이가 자신들을 보는 눈빛에서 뭔가 엉뚱한 생각을 한다는 느낌을 받았다. 그러면서 이후에 자신들의 행적에 대한 정보를 돈을 받고 팔지도 모른다는 생각이 들어, 미리 잘못된 내용을 흘려 착각하게 만들려고 한 것이다.

'일단은 두고 보는 수밖에.'

뒤통수를 긁적이며 무안한 척하고 있는 구양결을 향해, 진소천은 짐짓 고개를 설레설레 저으며 인상을 찌푸렸다. 그러더니 슬그머니 몸을 일으켰다.

"가자."

그 말에 왕산이 기사회생한 표정으로 황급히 앞으로 내달렸다.

"따라오시지요. 앞장서겠습니다."

그 모습에 진소천이 피식 웃으며 발을 떼었다. 그때 뒤에서 구양결의 구시렁거림이 들려왔다.

"에이, 차라리 저놈을 엎고 경공이라도 써서 가지."

왕산의 속도에 맞춰 걸으려니 꽤 답답한 모양이었다.

'쯧!'

물론 진소천도 그렇게 하는 것이 훨씬 빠르다는 것은 알고 있었다. 하지만 그럴 수는 없었다. 공력을 끌어올린 상태를 긴 시간 유지할 수 없으니 어쩔 수 없었다. 그랬다가는 당장 허세를 부려 놓았던 무공이 들통 날 게 뻔했다.

'이 일을 마무리하고 돌아가면, 현령무극귀공도 마무리가 되겠군.'

❖  ❖  ❖

심연처럼 깊고 맑은 한 쌍의 눈동자. 그 눈동자를 품고 있는, 언뜻 피곤한 기색이 가득한 두 눈의 눈꼬리가 잘게 떨린다. 그리고 그 떨림에 따라 짙고 까만 눈동자 또한 초점을 잡지 못하고 흔들린다.

그럼에도 불구하고 두 눈의 주인은 한곳을 보기 위해 애를 쓰고 있었다.

"후우!"

작고 앙증맞은 입술이 동그랗게 벌어지며 참았던 한숨을 짧게 토했다. 그리고 초점을 잡지 못하는 눈을 아예 질끈 감아 버린 채 크게 심호흡을 했다.

그렇게 한참을 호흡을 고르고 나니 쿵쾅거리던 심상이 겨우 안정을 찾는 것 같았다. 혼란스럽던 머릿속도 그제야 진정이 되었다.

서서히 감았던 눈을 뜬 그녀가 아까부터 보려던 물건으로 시선을 던졌다. 이제는 확실히 그 물건이 정확하게 두 눈동자에 담겼다.

탁자 위에 우두커니 놓여 있는 한 통의 봉서. 누가 보낸 것인지 말도 없었고, 겉에도 아무것도 씌어 있지 않았다. 하지만 그녀는 봉서를 보낸 이가 누구인지 알 수 있었다.

얼마나 주먹을 꽉 쥐었는지 피가 통하지 않아 하얗게 바래 버린 손가락이 천천히 봉서의 밀봉을 뜯었다. 그리고 안에 들어 있는 서신을 꺼내 들었다.

봉서를 열기 전까지는 한참을 긴장하고 망설였지만, 일단 뜯은 이상 시간을 지체하지 않는다. 거침없이 서신을 펼쳐 든 그녀의 단아한 두 눈이 크게 벌어졌다.

경쾌하면서도 힘차게 뻗어 나가는 필체. 그녀가 익히 알고 있는 그의 필체였다. 서신의 내용은 아주 짧고도 간결했다.

미안해.
한 달 후, 이릉에서 만나.
기다려.

더 생각할 것도 없다는 듯 그녀가 벌떡 몸을 일으켰다. 방금 전까지 피곤한 기색이 가득했던 얼굴은, 언제 그랬냐는 듯 생기가 돌고 힘이 넘친다.

힘차게 걸음을 옮긴 그녀가 활짝 자신의 방문을 열었다. 순간 문 앞에 있던 시녀가 깜짝 놀라 황급히 허리를 숙이며 작은 목소리로 외쳤다.

"군주마마!"

시녀의 말에 그녀, 의정군주(擬貞郡主) 주세연이 침착한 목소리로 물었다.

"아바마마는?"

주세연의 물음에 시녀가 다시 한 번 허리를 굽히며 말했다.
"전하께서는 지금 후원에 계십니다."
"후원? 호연정에 계시느냐?"
"예, 마마."
고개를 끄덕이는 시녀의 말에 주세연이 성큼성큼 걸음을 옮겼다. 잠시 멍한 표정을 짓던 시녀가 황급히 뒤를 따르려 했으나, 주세연이 멈칫하며 시녀에게 말했다.
"혼자 갈 것이다. 너는 들어가서 떠날 준비를 하거라."
"예, 예? 떠나시다니요? 어, 어디로요?"
당황한 시녀가 놀란 표정으로 물었다. 하지만 일일이 대답을 해 줄 정도로 주세연은 마음의 여유가 있지 않았다. 물론, 서신에서는 한 달 후라고 했으나, 그녀는 그렇게 기다릴 수가 없었다.
"옷가지만 몇 개 챙기도록 해라. 그리고 소명에게 일러 떠날 채비를 하라 이르거라."
"예, 마마!"
시녀가 허리를 숙이며 대답을 하는 사이, 주세연은 이미 성큼성큼 복도를 따라 걷고 있었다.
시녀의 두 눈에 놀람이 담겼다.
일 년이었다. 주세연이 왕부 안에 틀어박혀 외출을 하지 않은 것이 벌써 일 년이었다. 그리고 그 전의 사 년 동안은 뭔가에 홀린 사람처럼 정신없이 바깥으로 나돌았었다.
그러다가 어느 날 시름에 잠겨 왕부 밖으로 나가지도, 옷지도 않은 채 멍하게 하루하루를 보낸 것이 일 년이었다.

그러니 주세연의 갑작스러운 외출이 시녀에게는 놀라운 일일 수밖에 없었다.

걸음을 재촉해 후원으로 나온 주세연이 향한 곳은, 연못 앞에 지어 놓은 호연정이라는 작은 정자였다. 초왕은 호연정에서 연못을 바라보며 느긋하게 술잔을 기울이고 있었다.

명 황조의 번왕들의 실권은 아무것도 없는 그저 이름뿐인 왕이다. 홍무제 때만 해도 강력한 병권까지 가지고 자신들의 세력을 형성하고 있었지만, 건문제와 영락제를 거치면서 가지고 있던 거의 모든 권한을 잃었다.

남은 것이라고는 거대하게 지어진 왕부 건물과 녹봉 대신 받은 토지뿐이었다.

당연히 정사(政事)를 논할 일도 없고, 골치를 앓을 문제도 없고, 신경을 써야 할 백성도 없다.

그러니 이렇게 유유자적 세월을 보낼 수 있는 것이었다.

"아바마마."

주세연의 말에 술잔을 기울이던 초왕이 흠칫 손을 멈췄다. 동시에 눈가에 짙은 주름이 잡혔다. 뭔가 속으로 아차 싶은 듯한 표정이었다.

주세연은 그런 아버지의 표정에서 뭔가 이상하다는 것을 느꼈지만, 이내 해야 할 말이 있다는 것을 떠올렸다.

"드릴 말씀이 있어요."

술잔을 내려놓은 초왕이 고개를 돌려 딸의 모습을 살폈다. 할 말이 있다면서도 자리에 앉을 생각이 없어 보인다.

오히려 연방 뒤를 돌아보는 것이 당장이라도 어디론가 가려는 모양새였다. 짐작 가는 일이 있었다.

'제길, 어떻게 알았지? 그렇게 함구하라고 일렀는데!'

오 년 전, 딸은 무언가 아주 중요한 것을 잃은 듯, 쉴 새 없이 밖으로 나돌며 무언가를 찾아 헤맸다. 초왕은 딸이 찾는 것이 무엇인지 알고 있었다. 하지만 자신이 말을 한다고 해서 그 말을 들을 리가 없다는 것을 알기에 묵묵히 지켜보기만 했었다.

그러기를 사 년. 주세연은 마침내 모든 것을 포기했는지 공허한 표정으로 왕부 밖으로 나서지 않았다. 초왕은 그런 딸의 모습에 마음이 아팠지만 여전히 아무런 말도 하지 않았다. 시간이 다 해결해 주리라 생각했다.

그런데 얼마 전, 무림으로부터 한 가지 소문이 초왕부로 날아들었다. 소문을 들은 순간 초왕은 심장이 내려앉는 기분이었다.

이제 조금만 더 시간이 지나면 딸도 더 이상 생각지 않을 것 같은데 왜 하필 지금 그가 다시 나타난 것일까.

그나마 다행이라면 딸이 왕부 밖으로 나서지 않는다는 점이었다. 주세연이 마음을 먹으면 자신은 절대 말릴 수 없으니, 그녀가 모르는 것이 가장 좋았다.

운이 좋으면 소문을 접하지 않을 수도 있겠다 싶었다. 그래서 딸의 호위대인 연화대에게도 바깥출입을 삼가라는 명령을 내렸었다.

그런데 지금 달려온 모양새를 보니 그저 초왕의 어리석은

음모의 단초

바람일 뿐이었던 모양이다.

초왕이 침중한 목소리로 물었다.

"나가려느냐?"

주세연은 그 한마디에 방금 전 아버지의 표정이 왜 그렇게 변했는지 알 수 있었다. 하지만 그에 대해 별다른 말은 하지 않는다. 그 마음을 모르지 않기 때문이다. 하지만 확인은 해야 했다.

"알고 계셨나요?"

"그랬단다."

"나가는 건 허락해 주실 건가요?"

"내가 널 말릴 수 있겠느냐?"

"고마워요."

"대신 한 가지는 약속하고 떠나거라."

"말씀하세요."

"이 아비가 마음 아플 일은 생기지 않도록 해야 한다."

그 말에 주세연이 빙긋 웃으며 말했다.

"한 번도 그런 적은 없는 것 같은데요?"

"그걸 말이라고 하느냐? 오 년 전부터 시작해 사 년간 이 아비가 얼마나 마음이 아팠는지 아느냐? 이제 겨우 마음이 놓이나 했는데……. 쯧!"

초왕이 혀를 차며 내려놓았던 술잔을 다시 들고 단숨에 들이켰다. 한동안은 이렇게 느긋하게 술잔을 기울일 수는 없을 것 같았다.

"드세요."

쪼로로록.

주세연이 술병을 들고 아버지의 잔에 조심스레 술을 따랐다.

초왕이 게슴츠레한 눈으로 술잔과 딸을 번갈아 보더니, 단숨에 술잔을 기울였다. 그리고 딸을 향해 말했다.

"다음번에는 그 망할 놈이 술을 따라야 할 것이다."

주세연의 눈에 이채가 어렸다. 그를 못마땅해 하던 아버지였다. 그런데 저런 이야기를 하는 것을 보니, 이제는 포기를 한 모양이었다.

"다녀오겠습니다."

"조심해서 다녀오너라."

사위가 모두 고요하게 내려앉은 깊은 밤, 거대한 호수의 잔잔한 수면 위로 푸른 달이 떠올랐다.

고고한 자리 잡은 달빛이 호수 주변을 은은하게 밝히며 고즈넉한 풍광을 만들어 낸다.

곤명의 유명한 풍광 중 하나인 전지(滇池) 호수였다.

동정호처럼 거대하지는 않지만 좌우로 솟은 산과 호수 안에 자리 잡은 두 개의 섬으로 인해, 나름의 독특한 풍경을 품고 있기에 많은 이들이 유람을 오는 곳이었다.

호수 주변으로는 전지 호수가 내려다보이는 자리에 객잔들이 자리를 잡고 있었는데, 그중 가장 널리 알려진 곳이 바로 호수 북쪽에 자리한 관원루였다.

그 관원루의 꼭대기 층에는, 북쪽 면에 복도가 있고 복도를 따라 객방들이 자리를 잡고 있었다. 그래서 객방에서 창문만 열면 전지 호수의 풍광을 감상할 수 있는 형태로 지어져 있었다.

그 객방 중, 한 방의 창문이 소리도 없이 조용히 열렸다. 그리고 달빛을 등진 그림자 하나가, 스며들 듯 방 안으로 들어왔다. 자그마한 체구나 둥근 어깨, 머리에 꽂은 비녀 등이 분명 여자의 그림자였다.

그런데 뭔가 이상하다. 조용히 창문을 연 것이나, 소리도 없이 들어서는 행동은 분명 도둑의 그것이다. 하지만 달빛에 반짝이는 비녀에서부터 움직이면 소리가 날 수밖에 없는 화려한 궁장, 그리고 활짝 열어 놓은 창문을 보면 전혀 도둑처럼 보이지가 않는다.

방 안으로 들어서 여인은 천천히 시선을 움직여 방 안 전체를 훑기 시작했다. 그러는 중에 자연스레 달빛을 마주보게 되면서 얼굴이 드러났다. 현숙한 아름다움을 지닌 중년의 여인이었다.

처음 객방의 문으로 향했던 시선은 방 안에 놓인 탁자와 다탁 그리고 침상의 순서로 움직였다.

아무것도 없이 텅 비어 있는 방 안. 그런데 갑자기 여인의 시선이 다탁으로 향했다. 다탁 위의 다로 위에 놓인 찻주전자에서 김이 모락모락 올라오고 있었기 때문이다.

그와 동시에 여인의 뒤쪽에서 누군가의 목소리가 들렸다.

"장화 누님, 오랜만에 보니 더 예뻐졌네?"

흠칫한 여인이 소리가 난 쪽으로 재빨리 고개를 돌렸다.

짙은 그림자가 드리운 방의 모서리 쪽에서 누군가가 느긋하게 걸어 나오고 있었다. 열린 창으로 밝은 달빛이 들어와 비추는 곳까지 나온 인영의 얼굴은 다름 아닌 진소천이었다.

"방주님을 뵙습니다."

여인이 조심스러운 자세로 인사를 한다. 하지만 진소천은 피식 웃을 뿐이었다.

"어째 장화 누님은 오 년이나 지났는데 하나도 안 늙으셨네?"

그 말에 여인은 방금 전 보여 줬던 조심스러운 자세와는 전혀 다른 장난스러운 표정을 지으며 말했다.

"어머, 그거 욕이야?"

말투 역시 동생을 대하는 듯 자연스러운 말투로 바뀌었다. 진소천이 짐짓 호들갑스러운 표정으로 고개를 저으며 말했다.

"욕이라니? 젊어 보인다는 게 어떻게 욕이 돼?"

"젊어 보인다는 말이 아니라, 아직도 철이 안 들었다는 말이겠지?"

"여어, 역시 장화 누님은 못 속인다니까?"

진소천은 감탄했다는 듯 과장스럽게 말을 하고는 천천히 다탁 앞에 앉아 다기들로 손을 뻗었다. 진소천이 느긋하게 차를 우려내는 사이 중년 여인도 그 맞은편에 자리를 잡았다.

음모의 단초

중년 여인의 이름은 홍예운이었다. 인근에 알려지기로는 전지 호수의 명물인 관원루의 주인이었지만, 실제로는 비형방의 방도 중 한 사람이었다.

진소천이 부른 장화라는 호칭은, 기녀들을 뜻하는 노류장화에서 따온 이름이었다. 홍예운이 과거에는 기녀였기 때문이다. 물론 좋지 않게 들릴 수도 있는 호칭이다.

하지만 그녀가 스스로 그렇게 불리기를 원했다. 물론 비형방 내에서 그녀에게 거리낌 없이 장화라고 부르는 사람은 진소천이 유일했지만.

잠깐의 시간이 흐르고, 두 사람의 찻잔에는 청량한 향이 감도는 맑은 찻물이 담겼다.

먼저 입을 연 사람은 진소천이었다.

"배는?"

"당연히 준비해 뒀지. 만들어 놓은 지는 꽤 됐고, 연락을 받자마자 확인을 해 놨어. 다만, 눈에 띄면 안 되니 숨겨 놓았지. 사흘이면 될 거야."

"사흘이라……. 변검도 만나야 하니 며칠 기다릴 수밖에. 어쨌든 장화 누님한테 맡겨 놓기를 잘했다니까."

"후훗, 다 이 누님께 맡겨 둬. 그런데……."

웃으며 말을 하던 홍예운이 갑자기 모호한 눈빛으로 진소천을 바라보며 슬쩍 말꼬리를 돌렸다.

"뭐, 또 할 말이 있는 거야?"

"뭔가 고민이 있는 표정이네?"

"쳇, 아무튼 장화 누님 눈은 못 속인다니까!"

"어머, 그럼 속일 수 있을 거라 생각한 거야?"
"크, 뭐 그런 건 아니지만."
어깨를 으쓱거린 진소천이 조심스레 찻물을 목구멍으로 넘겼다. 그리고 머쓱한 미소를 지으며 고개를 끄덕였다. 사실은 먼저 이야기를 하려고 했는데 뭐라고 말을 꺼내야 할지 잠시 고민하던 참이었다. 그러던 참에 먼저 물어 오니 이야기를 꺼내기가 한결 편해졌다.

진소천의 고민은 무림맹을 나선 첫날 기습을 받으면서부터 시작되었다. 그때부터 지금까지 쭉 그것을 풀기 위해 고민을 하고 있었지만, 아직도 해답을 얻지 못하고 있었다.

그로 인해 진소천은 함께 생각을 나눌 사람이 절실히 필요한 상태였다. 사람의 생각이라는 것은 무조건적으로 열려 있을 수가 없다.

어떤 사람이든 사고하는 방식에는 각자의 성향이라는 것이 존재하기 마련이고, 넓힐 수 있는 사고의 확장은 한계가 있을 수밖에 없다.

그리고 그 편향된 사고의 틀을 깨는데 필요한 것이 생각의 교환, 즉 대화였다. 그것을 통해 틀을 깨고 한계선을 넘어 사고를 확장할 수 있는 것이다.

하지만 그동안은 그렇게 생각을 나눌 수 있는 사람이 없었다. 같은 비형방의 방도인 장마노나 황윤이 있기는 했지만, 그들은 그런 역할을 해 줄 수 있는 상대가 아니었다. 그리고 지금 마주 앉은 홍예운은 그 역할을 해 주는 사람이었다.

비형방의 모든 계획은 진소천의 머리에서 나온다. 하지만 뛰어난 머리와 깊이 있게 세상을 보는 눈은 전혀 다르다. 그런 의미에서 홍예운은 깊이 있게 흐름을 보는 눈을 가지고 있었다. 그리고 그런 그녀의 눈이 진소천에게는 훌륭한 조언자가 되어 주는 것이었다.

"일이 꼬였어."

"구양제현이 나를 감옥에서 꺼내야겠다고 생각한 순간부터."

"응? 그거야 동생이 일부러 그런 상황을 만든 거잖아."

"그건 그런데……. 아무리 필요하다고 해도 처음부터 나가자고 할 리가 없거든. 처음에는 방법을 묻고 내가 대답을 거부하면 그다음에 나가는 것을 제안해야 순서가 맞단 말이야. 그런데 그런 과정도 없이 대뜸 나를 감옥에서 나오게 했으니, 분명 다른 흉계를 꾸미고 있다고 봐야 된다는 거야."

"그건 확실히 그러네. 그리고 그 외에는?"

진소천은 차분한 목소리 첫날부터 기습을 당했다는 것부터, 구룡방의 움직임, 무림맹주의 행동 등 지금까지 이상하게 생각했던 부분들을 이야기했다.

진소천의 말을 끊지 않고 조용히 이야기를 모두 들은 홍예운이 물었다.

"그래서 구양제현이 뭘 노리는지 알 수가 없다고?"

"다른 놈들의 움직임도 상당히 의심스러운 면이 많은데, 그래도 구양 늙은이의 행동이 가장 이해가 안 가. 현령무극귀서를 찾으려면 그렇게 움직이면 안 되는데 말이야."

"그렇군. 그러면 구양제현이 그 현령무극귀서를 포기할 가능성은?"

진소천이 아무런 망설임도 없이 고개를 저었다.

"없어. 아, 아니 잠깐!"

자신만만하게 고개를 젓던 진소천이 갑자기 표정을 굳히며 고개를 갸웃거렸다. 그리고 여느 때와는 달리 얼굴에 떠오른 표정은 뭔가 자신감이 보이지 않는 그런 것이었다.

"뭐 걸리는 거라도?"

"그렇다기 보다는……. 생각해 보니, 그럴 가능성에 대해서는 여지를 둔 적이 없어."

덤덤하게 말했지만 눈의 초점이 심하게 흔들리고 있는 것이, 꽤나 충격을 받은 모습이었다. 그리고 그 속으로는 아주 혼란스러움을 느끼고 있었다.

현령무극귀서는 진소천과 구양제현 사이에 지독한 악연을 만들어 준 원인이었다. 진소천은 그 현령무극귀서 대문에 구양제현과 이호겸, 청허가 무슨 짓을 저질렀는지 알고 있었고, 그렇기 때문에 현령무극귀서를 포기할 리가 없다고 생각했다.

오 년 전 그들에게 붙잡힐 때만 해도 그것은 분명한 진실이었다.

하지만 지금도 그러한가에 대한 질문을 다시 던져 보니, 선뜻 확신을 하기가 어려웠다.

그 사실은, 진소천의 머릿속에서는 절대 변하지 않을 진실이었다. 그렇기 때문에 여태껏 거기까지 생각이 미치지 못했고, 그런 가능성을 떠올려 보지 못했던 것이다.

하지만 지금 홍예운의 말을 듣고 되짚어 보니, 그것은 자신의 선입견이었다.

시간의 흐름, 아니 단지 작은 계기만으로도 어떤 것에 대한 가치는 아주 쉽게 바뀐다. 목숨처럼 중요하게 여기던 것이, 어느 날 자고 일어나니 아무런 가치도 없이 다가오는 일은 그리 드물지 않다.

진소천은 그 부분을 간과했던 것이다.

"그럼 지금이라도 생각해 봐야지."

홍예운의 말에 진소천은 순순히 고개를 끄덕이며 물었다.

"그래야지. 그런데 그걸 포기하면서까지 노릴 만한 가치가 있는 것이 뭘까요?"

"흐음, 글쎄? 구양제현이 노릴 만한 것이라……. 역시나 권력이 아닐까?"

"음!"

진소천의 입에서 옅은 신음이 새어 나왔다.

구양제현은 정파무림의 뜻을 대표하는 무림맹의 맹주였다. 하지만 그것이 그저 허울뿐인 이름이라는 것을 모르는 사람은 없다.

소속 문파에 명령을 내리는 것이 아니라, 그들의 의견을 취합하는 것이 맹주의 역할이기 때문이었다.

잠시 뭔가를 생각하던 진소천이 다시 물었다.

"그렇다면 미리 소문을 낸 것은 무슨 이유일까? 나에 대해서 알려지고, 내가 공격을 받아서 구양제현이 취할 수 있는 이득이 뭐지? 정황으로 봐서는 구룡방에서는 이쪽의 정보를 완전히 쥐고 있는데……. 무슨 방법으로 정보를 흘렸을까? 그리고 나를 잘못 건드리게 되면 화산이나 무당의 무공이 유포될 위험까지 있는데?"

입에서 쉴 새 없이 질문이 쏟아져 나왔다. 관점이 바뀐다는 것은 새로운 해석이 가능하다는 것을 의미하고, 그것은 곧 새로운 의문을 만들어 낸다.

조금은 당혹스러워하는 진소천의 모습에 홍예운은 차분하게 자신이 답할 수 있는 것부터 이야기를 시작했다.

"구양제현의 입장에서 이호겸이나 청허가 그렇게 챙겨 줘야 할 인물들은 아닐 것 같은데?"

"응?"

"친구라는 관계를 빼면 그들 세 사람 중 우두머리는 구양제현이야."

그들 세 사람은 젊은 시절부터 막역한 관계였다. 그것은 전 무림이 다 알고 있는 사실이었다.

하지만 두 사람만 모여도 이끄는 사람과 따르는 사람으로 나뉘는 것이 인간의 습성이었다. 그들 세 사람 역시 그러한 관계가 형성되어 있었고, 항상 먼저 이끌어 가는 자는 구양제현이었다.

그런데 실제로 무림에서의 위치를 보면, 구양제현이 훨씬 못한 자리에 있었다. 구양제현의 입장에서는 달갑지 않은 상황이다.

음모의 단초

"일단 상황은, 일부러 정보를 흘려서 구룡방이 나를 노리도록 유도한 거라고 볼 수 있겠네. 하지만 그게 구양제현에게 무슨 이득이지? 단순히 무림의 이목을 나에게 집중시키기 위해서인가? 뭔가 꿍꿍이가 있다면, 나쁜 방법은 아니지만……. 그렇게 하면 자기 아들도 위험해질 텐데?"

 "구양제현이라면 자기 아들도 버릴 수 있지 않을까?"

 "뭐!"

 진소천이 저도 모르게 큰 소리로 되물었다. 구양제현을 아주 싫어하기는 했지만, 그렇다고 자신의 욕망 때문에 아들까지 버리는 패로 쓰는 게 가능할까?

 하지만 홍예운은 충분히 그것이 가능하다는 사실을 알고 있었다.

 "권력이라는 건 그런 거잖아."

 "그래 불가능한 건 아니지. 핏줄이라는 건 생각만 바꾸면 남보다 더 못한 존재가 될 수도 있는 거니까."

 "그렇다면 나와 구양제현, 그리고 율천대까지 구룡방에게 던져 주면서 무슨 짓을 꾸미는 거지?"

 "당장은 알 수 없지 않을까? 이다음의 수를 보기 전까지는 힘들 것 같은데?"

 홍예운의 말에 진소천이 천천히 고개를 끄덕였다.

 관점을 바꾼 후 구양제현의 행동은 대부분 이해할 수 있는 범주에 있었다. 물론 여전히 풀리지 않는 부분들이 남아 있기는 했지만, 그것들은 당장 답이 나올 것 같지가 않았다.

 "구양제현은 그렇다 치고, 구룡방이 노리는 건 뭘까?"

"구룡방이라……. 참, 구룡방이 동생을 노릴 만한 특별한 이유라도 있어?"

"아아, 그거?"

진소천이 저도 모르게 피식 웃었다. 그리고 장난스러운 표정으로 설명을 했다.

"예전에 우연히 구룡방의 연락을 받은 적이 있어. 물론, 관제묘에 서신을 놓아두는 형태였는데……. 구룡방의 자기 밑으로 들어오라고 하더라고. 그래서 편지를 한 장 남겨 줬지. 나는 용을 섬길 마음은 충분히 있지만, 아무것도 되지 못하는 구렁이 따위는 안 섬긴다고."

"동생다운 대답이네."

흑도제일방인 구룡방의 방주 범기천을 한낱 구렁이에 빗댄 일이었다.

다른 사람이었다면 기겁을 할 일이었지만, 홍예운은 재미있다는 듯 키득거리며 고개를 끄덕인다.

하지만 이내 정색을 하고 입을 열었다.

"흐음, 그렇다면 구룡방은 동생을 노리는 건 아니라는 뜻이네?"

"그런 것 같아. 나를 싫어할 만하긴 한데, 움직이는 규모가 겨우 나 하나 잡자고 하는 건 아닌 것 같거든. 호광성을 벗어나기 직전에 기습을 받은 적이 있는데……. 그런 느낌이었어. 물론, 공격한 장본인은 기를 쓰고 달려들었지만, 범기천 본인은 딱히 내가 죽기를 바라고 공격을 명령한 건 아닌 듯한 느낌이 들었거든."

음모의 단초

그 말에 홍예운이 눈을 빛내며 말했다.
"시험?"
"뭐?"
"범기천 본인은 딱히 기를 쓰고 죽으려고 한 것 같지 않다고 말했잖아. 동생의 그 느낌이 맞다면, 그건 일종의 시험이 아닌가 싶어서."
"그럴 수도…… 있겠군."
 죽일 생각은 없지만, 죽일 것처럼 행동을 했다는 건 결국 반응을 본다는 말이다. 그리고 반응을 확인하는 것은 결국 시험의 일종이라고 볼 수 있는 것이다.
"하지만 뭘 시험하는 거지?"
"글쎄?"
"쯧, 뭔가 좀 풀리나 했더니 더 모르겠군."
"어쩔 수 없어. 다음에 무슨 일이 벌어질지 기다려 보는 수밖에."
 답답한 듯 눈살을 찌푸린 진소천이 팔짱을 낀 채 등받이에 몸을 기댔다. 하지만 당장 뭔가를 더 고민할 필요는 없다는 걸 그도 잘 알고 있었다.
 잠시 머릿속을 정리한 진소천이, 가만히 앉아 자신을 빤히 보고 있는 홍예운을 향해 말했다.
"내일쯤 변검이 도착할 테니, 그때 새로운 이야기를 가져오길 기대해 봐야겠어."
"그러는 게 좋겠네. 그럼 동생은 쉬어."
 이야기를 끝낸 홍예운이 천천히 몸을 일으켜, 처음 들어

왔던 창문을 통해 스르륵 빠져나갔다.

그 모습을 지켜본 진소천이 피식 웃으며 고개를 설레설레 저었다.

"아무튼, 저 버릇은!"

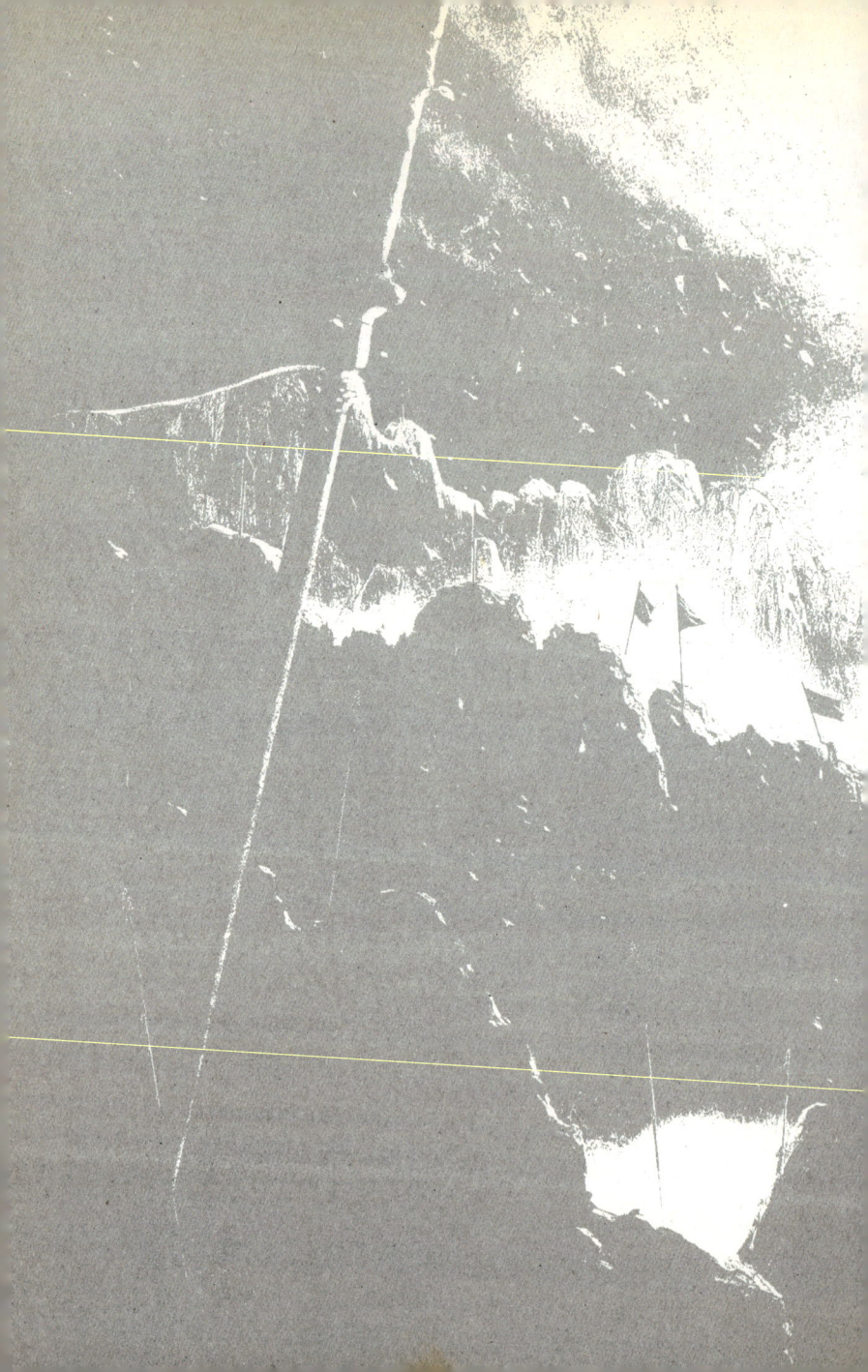

까앙!
날카로운 쇳소리가 고막을 찢고 심장을 울린다.
"끅!"
공동파 이대 제자 옥선은 튀어나오는 비명을 억지로 집어삼켰다. 손을 타고 올라오는 충격에 어깨가 뻐근할 정도였다. 그런 와중에도 옥선의 얼굴에는 짙은 의혹이 떠올라 있었다.
'정체가 뭐지?'
방금 전 자신과 검을 부딪친 사내는 비웃음이 분명한 미소를 지은 채 자신을 보고 있었다. 그때였다.
"아아악!"
높은 비명이 고막을 두드렸다. 귀에 익은 목소리. 슬쩍 시선을 돌리던 옥선의 두 눈이 화등잔만 하게 커졌다.

음모의 실체 133

"사제!"

함께 길을 나선 사제 중 하나가 앞섶을 붉게 물들인 채 쓰러지고 있었다.

"그럴 정신이 아닐 텐데!"

비꼬는 외침과 함께 날카로운 풍압이 옥선의 전면으로 쇄도했다.

황급히 정면으로 고개를 돌린 옥선의 눈에 흐릿한 잔상을 흩뿌리며 달려드는 세 개의 검영이 들어왔다. 원래는 하나였을 장검이, 방향을 종잡을 수 없을 정도로 극심한 변화를 안고 날아들고 있었다.

쾌검의 묘리까지 보탠 지독할 정도의 환검(幻劍).

'막을 수 없다!'

머리가 판단을 하기 전에 몸이 먼저 반응한다. 정신없이 보법을 밟는 발이 거칠게 땅을 쓸어 내며 뒤로 물러선다.

'흑!'

하지만 사내의 변화무쌍한 장검은 집요하게 옥선을 노리고 따라붙는다. 하지만 맞설 수 없다고 생각한 옥선은 한층 더 거세게 땅을 박차며 몸을 뒤로 물렸다.

"크아악!"

그러는 와중에도 끊임없이 비명이 울리며 귓전을 두드렸다. 하나같이 귀에 익은 사제들의 목소리였다.

'제길!'

옥선은 점점 마음이 급해지는 것을 느꼈다. 따라붙는 장검은 끈질기다 못해 집요할 정도였다. 더 이상 피하는 것도 무리다.

그리고 이렇게 정신없이 내몰리는 사이 사제들은 모두 몰살당할 것이 분명했다.

옥선의 두 눈에 짙은 후회가 어렸다. 강호 경험이 없는 사제들을 데리고 나온 것이 실수였다. 큰 위험이 없을 테니, 사제들의 경험이나 쌓게 하라던 사숙의 말을 듣는 것이 아니었다.

'젠장, 무슨 생각으로!'

옥선은 무림맹의 공동파 외무각인 초학소당(招鶴小堂)에 머무는 공동파 이대 제자 중 하나였다.

무림맹주의 아들과 율천대가 무림맹을 나선 후, 본문에서 내려온 명령에 따라 그 뒤를 따라나섰었다.

하지만 처음에는 지금 이 정도로 적은 인원이 아니었다. 스승과 같은 배분인 두 명의 사숙과 제법 경험이 많은 사제들까지 동행을 한 길이었다.

그런데 중간에 계획이 바뀌었다. 무림맹주가 마차에 대한 소문을 인정하면서부터였다. 그 이야기를 들은 두 사숙이 일정을 바꿨다.

무림맹주가 저렇게 공개적으로 이야기를 할 정도라면, 딱히 자신들이 무언가 얻을 만한 것은 없다고 판단한 것이었다. 그러니 강호 경험이 없는 사제들을 데리고 운남으로 갔다가 오라고 했다. 이왕 나선 길이니 먼 길을 움직이는 경험 정도는 해 보는 것이 좋다며.

하지만 옥선은 그것이 단순한 핑계라는 것을 알고 있었

다. 딱히 얻을 것은 없을 것 같은데 가자니 귀찮고, 그렇다고 아무것도 안 하자니 본문의 눈치가 보인 것이다.

'하는 것도 없이 자리만 차지하고 있는 무능한 것들!'

상대가 사숙이라는 생각도 잊고 절로 욕이 튀어 나왔다. 하지만 그런 쓸데없는 일에 신경 쓸 겨를이 없었다. 이대로 있다가는 사제들을 모두 잃을 수도 있었다.

얼핏 보니 자신과 검을 맞대고 있는 사내를 제외하면 극강의 고수는 없을 것 같았다.

옥선의 두 눈을 가늘게 좁혔다. 더 이상 시간을 지체할 수 없었다. 어떻게든 맞서는 수밖에.

각오를 다지고 뒤로 물리던 발을 멈췄다. 대신 뒤꿈치를 들고 앞으로 뻗어 나갈 채비를 한다.

순간 달려들던 장검이 슬쩍 속도를 늦췄다. 그리고 검영을 더욱 늘린다. 마치 이제야 포기했냐며 조롱하는 듯하다.

으득!

옥선을 이를 악물었다.

'팔 하나 정도!'

마음을 다잡는 순간 그대로 땅을 박찼다. 덮쳐드는 다섯 줄기의 검영.

카카캉!

장검을 휘둘러 검영을 뿌리쳐 보지만, 여전히 다른 검영들이 날아든다. 역시 손해 없이 막는 것은 불가능했다. 이미 바깥으로 휘두른 장검을 회수하기란 불가능한 시간. 옥선을 그대로 왼손을 뻗었다.

츠컥!

섬뜩한 감각과 함께 왼팔에 불로 지지는 듯한 통증이 타고 올라온다. 하지만 이미 각오했던 일.

옥선은 더욱 이를 악물고 발로 땅을 밀었다. 이미 회수한 장검은 상대 사내의 가슴팍을 향해 일직선의 궤적을 그리고 있었다.

푸우욱!

'됐다!'

검을 쥔 오른손을 타고 올라오는 섬뜩한 감각.

"끅!"

뒤이어 사내의 신음이 귓전을 때렸다. 뻗은 검은 정확하게 상대의 심장을 노렸고, 검봉이 가슴팍을 꿰뚫는 순간 격한 심장의 박동이 잠깐이나마 장검을 통해 느껴졌다.

왼팔이 어떻게 되었는지는 모르지만 목적은 이루었다. 밀어 넣었던 장검을 뽑는 것과 동시에 다시 땅을 박찼다.

파아아앗!

세찬 소리와 함께 시뻘건 핏물이 몸의 절반을 적셨지만 옥선은 신경 쓰지 않았다.

"크아앗!"

대성일갈을 터트리며 막내 사제를 공격하는 적의 뒤통수를 노렸다.

서걱!

적의 등판을 세로로 길게 갈랐다. 검봉이 적의 척추를 훑어 내리는 감각이 올라온다.

갑작스러운 상황을 인지하지 못하고 비척거리는 적의 몸뚱이가 사라지고, 온몸이 피투성이가 된 채 숨을 헐떡이고 있는 막내 사제의 모습이 눈에 들어왔다.
"도망쳐라!"
막내 사제를 향해 외치고는 다른 적을 향해 방향을 틀었다. 하지만 그 순간 갑자기 귓전을 때리는 무미건조한 목소리가 있었다.
"죽어."
아무런 감흥도 담겨 있지 않은, 그래서 더욱 섬뜩하게 느껴지는 목소리. 너무나 비현실적인 그것에 옥선은 저도 모르게 몸이 굳는 것을 느꼈다.
그런데 이상했다. 더 이상 몸이 움직여지지가 않았다. 잠시 목 언저리에 섬뜩한 느낌이 들기는 했지만 그 정도로 이렇게 몸이 움직이지 않는 것이 말이 안 된다.
털썩!
둔탁한 소리와 함께 옥선의 몸뚱이가 그대로 바닥을 굴렀다.
"사형!"
가까이 있던 옥선의 막내 사제가 목이 찢어져라 외쳤다. 하지만 그 막내 사제 역시 핏물로 잠겨 들고 있었다.
뒤이어 골짜기 가득 비명이 울려 퍼졌다. 그리고 공동파 도사들의 시체가 곳곳에 널브러졌다.
"흠, 다 마무리되었나?"
공동파 제자들의 시체를 훑어보던 푸른 장삼의 사내가 나직한 목소리로 물었다. 그러자 흑의 무복을 입은 장년의 사내가 허리를 굽혔다.

그 태도가 지극히 조심스러운 것이, 사내와 흑의인들의 사이는 단순한 상하관계를 넘어 주종관계에 가까운 듯 보였다.

"예, 도망친 자는 없습니다."

살짝 고개를 끄덕인 사내의 시선이 슬쩍 옮겨 갔다. 그곳에는 공동파 도사들의 시체 사이에 섞여 있는 두 구의 흑색 무복 사내들의 시체. 옥선에게 당한 두 사람이었다.

"쯧, 겨우 이딴 일에 죽다니."

일말의 동정심도 깃들어 있지 않은 눈빛으로 시체들을 일별한 사내가, 옆에 선 수하를 향해 말했다.

"공동파 도사들의 시체는 두고 우리의 흔적만 지워라."

"예."

"대사형이 간 쪽은 청성파와 아미파가 있는 쪽이었나?"

"그렇습니다. 이 공자와 삼 공자가 따라갔습니다. 사 공녀께서는 종남파 쪽으로 가셨고, 오 공녀께서는 곤륜파 쪽으로 가셨습니다."

"그랬었지. 우리 일은 끝났으니, 우리가 먼저 가서 기다리면 되겠구나."

"예."

"서둘러라."

휘영청 밝을 달이 잔잔한 수면 위를 떠다니는 광경을 가만히 지켜보던 진소천이 불쑥 입을 열었다.
"변검."
"예, 방주님."
"왜 항상 여기야?"
"네?"
황윤이 무슨 말인가 하는 표정으로 고개를 갸웃거렸다.
"왜 항상 지붕에서 만나냐고. 방도 있고, 뒤뜰도 있고, 으슥한 골목도 있는데."
"다른 데서 뵌 적이 있지 않습니까?"
"지붕이 없을 경우나, 내가 지붕으로 올라오지 못할 때나 그렇지."
"흐음, 그랬군요. 그런데 뭐 어떻습니까?"
그때 두 사람의 것이 아닌 다른 목소리가 들렸다.
"변검도 변한 게 없네?"
소리와 함께 지붕 위로 올라온 사람은 홍예운이었다.
"아, 홍랑(弘娘)은 여전하시군요. 그간 잘 지내셨습니까?"
비형방 내에서 황윤의 실제 나이를 아는 사람은 한 명도 없었다. 방도들에게 보여 주는 얼굴이 진짜인지 아닌지 확신할 수 없으니 나이도 가늠하기가 힘들었던 것이다.
그저 들리는 목소리와 홍예운에게 꼬박꼬박 존댓말을 하는 것으로 미루어, 홍예운보다 몇 살 적은 정도라고 추측하는 정도였다.

"나야 잘 지냈지."

두 사람이 인사를 끝내자, 지붕 끝에 걸터앉은 진소천이 자신의 좌우를 툭툭 두드리며 말했다.

"인사 끝났으면 앉지?"

두 사람이 고개를 끄덕이며 진소천의 좌우에 앉았다.

"그 동안 알아낸 건 없어?"

"운이 좋은 건지 딱 어제 알아낸 정보가 있습니다."

"뭔데?"

"청성파, 아미파, 공동파, 종남파, 곤륜파의 제자들이 당했습니다."

"응?"

진소천이 잠시 고개를 갸웃거렸다. 뜬금없이 당했다고 말하니 단번에 이해를 못한 것이다.

"방주님의 소식을 들은 구파일방과 사대세가가 운남으로 무인들을 보내지 않았습니까? 그들이 모두 시체로 발견됐습니다."

"모두?"

적잖이 놀란 표정으로 묻는 진소천을 향해 황윤이 고개를 끄덕였다. 하지만 진소천이 놀랄 이야기는 아직 꺼내지도 않은 참이었다.

"그리고 그들을 죽인 흉수는 아무래도 구룡방 범기천의 제자들인 것 같습니다."

"구룡방!"

깜짝 놀란 진소천이 나지막이 외쳤다.

"현장의 상황을 본 하오문의 말에 따르면, 그 현장에서 자신들의 흔적을 지우기는 했지만 끝까지 비밀에 부칠 생각은 없는지 꼼꼼하게 처리하지는 않았다고 합니다."

"범기천이 갑자기 미치기라도 했나?"

진소천이 믿기 힘든 표정으로 중얼거렸다. 무림맹의 가장 큰 기둥이 구파일방과 사대세가였다.

구룡방은 그중 다섯 개 문파 제자들을 죽인 것이었다. 이는 정파를 향한 명백한 도발, 아니, 선전포고였다.

구룡방이 거대하기는 하지만 무림맹 전체와 맞설 정도의 규모는 아니었다.

그때 홍예운이 불쑥 끼어들었다.

"어쩌면 그걸 노리는 거 아닐까?"

"음?"

"전쟁말이야."

"저지른 일만 보자면 충분히 그렇게 보이지만……. 구룡방이 지금 무림맹을 상대로 그런 도발을 할 리가? 그런 짓을 해서 얻을 수 있는 게 없을 텐데?"

홍예운 역시 같은 생각인지 모호한 표정으로 고개를 갸웃거렸다. 그녀가 보기에도 구룡방의 움직임은 이해하기 힘든 것이었다.

하지만 홍예운은 그 누구보다 넓은 사고를 가지고 있었다. 그것이 가끔은 아주 엉뚱한 이야기를 하게 만들 때도 있었지만, 그 덕분에 조금도 연관이 없어 보이는 것까지도 연관시킬 수 있다는 장점이 있었다.

"아!"

홍예운의 입에서 갑자기 짧은 탄성이 터져 나왔다.

"뭐 생각난 거라도……. 왜 그래?"

고개를 돌리던 진소천이 흠칫한 표정으로 물었다. 홍예운의 얼굴 한가득 불신의 빛이 떠올라 있었기 때문이다.

"이건 내가 생각해도 말이 되는지 모르겠는데……."

"말해 봐."

"구룡방과 무림맹의 일전이 벌어질 경우, 구양제현이 얻을 수 있는 건?"

"흡!"

진소천은 갑자기 등골을 타고 오르는 싸늘한 느낌에 저도 모르게 부르르 몸서리를 쳤다. 머릿속에 벼락이라도 떨어진 듯, 한순간에 모든 일이 아귀가 딱딱 맞아 떨어진 것이었다.

"구, 구양제현과 범기천이 밀약을 맺은 건가?"

"동생, 지금 뭐라고 한 거야?"

홍예운이 싸르르 눈꼬리를 떨며 물었다. 자신이 그 단초를 던져 주었음에도 불구하고 저런 결론이 나오니 믿기가 힘든 것이었다.

하지만 진소천의 머릿속에서는 모든 상황들이 한 치의 틈도 없이 맞아 들어가고 있었다.

"생각을 해 봐. 구양제현이 무림맹의, 그러니까 정파의 지존 위치에 오르고 싶다면 가장 손쉬운 방법이 뭐지?"

"으음……."

홍예운의 입에서 신음이 새어 나왔다. 무림맹 전체가 누군가와 일전을 벌이게 된다면 우선 필요한 것은 우두머리였다. 그리고 무림맹에서 그 자리를 차지해도 아무런 명분상의 문제가 없는 사람이 바로 구양제현이었다.

전쟁을 벌이는 데 있어서 우두머리라는 것은 무소불위의 권한을 소유할 수밖에 없다. 그리고 그 힘은 전쟁이 끝나서도 유지되는 경우가 많았다. 구양제현은 바로 그것을 노리고 전쟁을 벌이려 하는 것이었다.

"구파일방이나 사대세가에서 그걸 가만히 두고 보지는 않을 텐데?"

홍예운이 회의적인 표정으로 말했다. 하지만 진소천은 고개를 저었다.

"그렇지 않아. 그 전쟁을 통해서 구파일방과 사대세가의 힘을 약화시키는 건 충분해. 특히 구룡방과 밀약을 맺고 있다면 불가능한 일도 아니잖아."

"그렇기는 해. 하지만 구룡방이 그걸 감당할 수 있을까?"

"구룡방도 가만히 있지는 않겠지. 범기천 그 능구렁이가 얻을 것도 없는데 구양제현과 손을 잡았겠어? 아마 구양제현 측에서도 구룡방이 한 것과 같은 일을 해 줄 거야. 그러면 무림의 흐름은 정사대전으로 이어지게 돼. 그리고 정사대전이 일어난다면, 사파 측도 뭉칠 수밖에 없지. 그때 사파의 우두머리가 될 수 있는 곳은 구룡방밖에 없어."

"비약이 심한 것 아닐까?"

"그렇지 않다면 구룡방의 무모한 행동이 설명이 안 돼.

물론 우리가 생각지도 못한 다른 무언가가 있을 수 있겠지만, 지금은 그쪽에 훨씬 무게가 실려. 아니, 그래야만 구양제현의 행동이 설명이 돼. 나에 대한 소문을 낸 건, 구파일방과 사대세가도 운남으로 사람을 보내도록 유도하기 위한 거지."

홍예운도 천천히 고개를 끄덕였다.

"그러면서도 일부러 사실을 알렸어. 구파일방이나 사대세가가 적극적으로 개입하지 못하게 하면서도, 혹시나 하는 생각에 기웃거리도록 그걸 조정한 거야."

"그렇지. 화산과 무당이 가 있고 율천대까지 끼어 있는 판이니 자신들이 슬쩍 끼어들어 봐야 얻을 수 있는 건 많지 않을 테니까."

홍예운이 천천히 고개를 끄덕였다. 그들의 모든 행동이 설명이 되는 가정은 그것밖에 없었다. 그러다 홍예운이 갑자기 멈칫하며 물었다.

"그런데······. 그렇게 되면 어제 말했던 구양결에 대한 건?"

"희생양이지. 화산과 무당까지 쓸어버릴 생각을 하고 있는 거야. 거기에 자기 아들만 살아 돌아오면, 크게 의심을 받지는 않더라도 이호겸이나 청허와의 사이에 불화가 생길 수도 있어. 하지만 아들을 잃은 아버지가 된다면 전혀 문제가 없지. 오히려 아들을 잃고 복수를 다짐하는 아버지로서, 무림맹을 통솔하는 데 더욱더 강한 명분을 내세울 수 있어."

확신 가득한 진소천의 말을 끝으로 잠시 침묵이 찾아왔

다. 말로 정리를 하고 보니 간단하지만, 자기 아들은 물론 무림맹 소속 문파의 제자들을 모조리 희생시키며 판을 만들어 내려는 구양제현의 음모가 참으로 지독하게 느껴진 탓이었다.

하지만 멍하니 있을 수는 없었다. 가장 먼저 정신을 차린 홍예운이 물었다.

"동생은 어떻게 하려고?"

진소천 역시 그것을 생각하고 있었는지 망설이지 않고 대답했다.

"그래도 가야지."

"너무 위험해."

"어쩔 수 없어. 나는 반드시 무림맹으로 돌아가야 하니까."

"그렇다 해도……."

홍예운의 얼굴에 짙은 그늘이 드리워졌다. 아무리 그래도 스스로 범의 아가리에 머리를 들이밀 필요는 없지 않은가. 하지만 진소천의 결심은 확고했다.

"무려 오 년을 기다렸어. 그게 아니었다면 스스로 잡혀 들어가지도 않았을 거야. 그러니 가야 해."

재고의 여지도 없다는 듯 진지한 표정으로 말하는 그 모습에 홍예운은 어쩔 수 없다는 듯 고개를 끄덕였다.

"방주님이 그렇게까지 말한다면, 우리가 어찌할 수는 없지. 배는 내일 아침이면 출발할 수 있어."

"그래. 그나저나 혹시나 싶은 생각에 철산 형에게 미리

부탁을 해 놓았는데, 참 잘했다는 생각이 드는군. 물론, 계획은 좀 수정을 해야 하지만 말이야."

홍예운과 황윤이 천천히 고개를 끄덕였다. 무언가 준비를 해 놓았다고 하니 그나마 조금은 안심이 되는 기분이었다. 게다가 다른 사람도 아닌, 목리계의 장계인 염철산에게 부탁을 해 놓았다니 믿을 수 있다고 판단한 것이었다.

"그 전에 두 사람이 해 줘야 할 일이 있어."

홍예운과 황윤이 차례대로 대답했다.

"말해."

"말씀하십시오."

진소천은 잠시 마른침을 삼킨 후 입을 열었다.

"잠시 후에 서신을 두 통 써 줄 테니, 변검이 그걸 마노와 철산 형에게 가져다 줘."

"예."

"그리고 장화 누님은 당장 이릉으로 가 줘."

"이릉으로?"

"응, 이릉에서 기다리면 주 매를 만날 수 있을 거야."

"주 매? 설마 군주마마를 말하는 거야?"

흠칫 표정이 굳었던 홍예운이 말이 끝날 무렵에는 의미심장한 미소를 지으며 진소천을 흘겨보았다.

"뭐, 그렇게 됐어."

"나중에 고생 좀 하겠어?"

"어쩔 수 없지. 아무튼 주 매를 만나거든, 무림맹으로 들어올 때 함께 와 줘."

"괜찮겠어? 꽤 위험할 텐데?"

"위험할 것 같으면 데리고 오라고 하지도 않아. 걱정 마. 그리고 장화 누님한테도 필요한 걸 글로 써서 알려 줄 테니 다 읽고 태워."

"뭐, 알았어."

홍예운이 피식 웃으며 고개를 끄덕였다.

그렇게 상황이 일단락되자 갑자기 진소천의 생각이 다른 쪽으로 미쳤다.

"제기랄, 다 소용 없게 됐네."

"네? 뭐가요?"

황운의 물음에 진소천이 조금은 신경질 적으로 말했다.

"무림맹에 들어갔다 나온 후에 어떻게 할지 계획을 세워 왔는데, 구양 노물이 이렇게 나오는 바람에 아무런 소용도 없게 됐네, 젠장."

"크큭, 어쩔 수 없는 일이지요."

"쯧, 다시 머리 좀 싸매야겠군."

"이, 이게 뭔가?"

맹도굉이 두 눈을 끔뻑거리며 물었다. 하지만 대답을 돌아오지 않았다.

'음?'

왜 그러나 싶어 고개를 돌리던 맹도굉이 잠시 고개를 갸웃거렸다.
 진소천이 구양결을 보고 있는데, 그 얼굴에 이상하게도 안쓰럽다는 표정이 떠올라 있는 탓이었다.
 하지만 대답을 재촉하지는 않았다. 그 대신 다시 시선을 물 위로 돌려 스스로의 질문에 대한 답을 내리기 위해 생각에 잠겼다.
 진소천과 구양결, 맹도굉, 율천대 무인들이 서 있는 곳은 호숫가였다.
 아직 해가 뜨지도 않은 이른 새벽. 동녘하늘이 어슴푸레 밝아 오고는 있었지만, 그래도 여전히 사위는 어둠에 싸여 있었다. 그럼에도 불구하고 물 위에 떠 있는 길쭉한 그것은 맹도굉의 두 눈에 선명하게 들어왔다.
 '배.'
 물 위에 떠 있는 저것은 분명 배였다.
 흔히 볼 수 있는 커다란 배는 아니고, 대충 장정 예닐곱 명이 두 줄로 앉을 수 있을 정도의 크기였다. 바닥은 평평하면서 흘수는 깊고, 이물은 길고 뾰족하게 튀어나온 묘한 형태였다.
 하지만 무엇보다 맹도굉을 당황하게 만든 것은, 배의 좌우에 두 개씩 매달려 있는 큼직한 수차(水車)였다. 선체의 앞쪽과 뒤쪽에 굵은 축이 가로지르고, 그 축의 양쪽 끝에 수차가 달려 있었던 것이다.
 그때 어느 결에 옆으로 다가온 진소천이 말했다.
 "이름은 안 정했는데……. 뭐, 차륜선(車輪船)이라고 해

두지 뭐."

"차륜선?"

"송대(宋代)에 저 차륜은 잔뜩 매단 전투선(戰鬪線)이 있었다고 들었어. 그때는 차륜가(車輪舸)라고 불렀다던데, 전투선이라 백성들한테는 많이 알려지지 않은 모양이더라고. 뭐, 어쨌든 저 발판을 밟아 돌려서 배가 나가는 거야."

맹도굉의 시선이 진소천이 가리킨 곳으로 향했다. 들여다보니 수차가 달려 있는 축이 일자가 아니었다. 이리저리 직각으로 마구 구부러져 있었다. 그리고 그 구부러진 곳에 발을 끼울 수 있는 끈이 달려 있었다.

맹도굉이 당황한 표정으로 물었다.

"저, 저게 정말 나가기는 하는 건가?"

"당연하지. 우리가 어설프게 노 젓는 것보다 훨씬 나을걸?"

진소천이 자신만만하게 말했다. 하지만 사실은 진소천도 실물을 보는 것은 처음이었다.

손재주 좋은 장마노가 고안해 낸 물건이기 때문이었다.

그때 구양결이 다가와 물었다.

"그런데 이 배를 타고 어떻게 여강까지 가려고?"

진소천이 손을 들어 한쪽을 가리켰다. 전지 호수의 물이 빠져나가는 물길이었다.

"저기 호수 출구의 물길을 타고 가면 금사강(金沙江)과 합류하거든. 그러면 그때부터 물길을 거슬러 올라가는 거지."

진소천의 설명에 구양결이 깜짝 놀란 표정으로 되물었다.
"물길을 거슬러 올라가자고?"
"그래. 문제 있냐?"
"배를 다룰 줄도 모르는 우리가 무슨 수로 강물을 거슬러 올라가냐?"
"그러니까 저 배를 타는 거지. 그렇게 가면 육로로 가는 것보다 훨씬 빠르게 갈 수 있다."
"저, 저 배로?"
구양결은 아무리 봐도 못 미더운 표정으로 배를 보았다. 하지만 진소천은 구양결이 고민할 틈을 주지 않았다.

훌쩍 몸을 날려 두 척 중 오른쪽의 배에 오르더니, 선미 쪽에 삐죽 튀어나와 있는 방향타를 잡았다. 그리고 일행들을 향해 말했다.

"자, 맹 형은 저쪽 배 방향타를 잡고 나머지는 발판에 자리를 잡아."

히지민 모두들 범짓거리기만 할 뿐 배에 오르지는 않는다. 아무래도 처음 보는 모양새의 배다 보니 괜히 찝찝한 기분이 든 탓이었다.

하지만 목적지가 있는데 안 갈 수도 없었다. 한참을 고민하던 맹도굉이 먼저 나서서 다른 배의 뒤쪽 방향타를 잡았다.

그제야 구양결과 율천대 무인들이 하나둘 배에 오르기 시작했다. 모두 배에 오르자 진소천이 두 배에 올라탄 사람들의 수를 확인했다.

음모의 실체 151

진소천이 탄 배는 진소천을 포함해 여덟 명이었고, 맹도 굉 쪽은 아홉 명이었다.

진소천이 다른 배 쪽으로 외쳤다.

"야, 구양결. 넌 이쪽으로 와."

구양결이 자신을 지목하는 진소천의 말에 께름칙한 표정으로 물었다.

"뭐, 왜?"

"여기 숫자가 여덟 명뿐이잖아. 그럼 교대할 숫자가 안 맞아."

배에서 발판을 구를 수 있는 자리는 모두 네 개였다. 아홉 명이라면 한 명이 방향타를 잡고, 나머지 여덟 명이 서로 교대를 하면 된다. 하지만 여덟 명일 경우에는, 방향타를 잡는 사람도 교대로 발판을 굴려야 했다.

"그럼 이 배는?"

"그 배는 맹 형이 방향타 잡는 걸 교대하면서 가면 되지."

"니가 그러면 되잖아."

구양결이 별 이상한 놈 다보겠다는 얼굴로 말했다. 하지만 진소천은 곧장 고개를 저었다.

"안 돼."

"왜 안 되는데?"

"난 귀하신 몸이라 이런 거 하면 안 되거든."

"이런 싸가지!"

구양결이 날카로운 목소리로 내뱉는다. 하지만 진소천은

양보할 수 없었다.

공력을 긴 시간 유지할 수 없는 상황에서, 함께 발판을 구르는 것은 불가능한 일이었다. 그랬다가는 공력의 문제가 바로 들통 날 것이 뻔했다.

"여기까지 오는 경비도 내가 내고, 이 배도 내 돈으로 구한 거거든. 그런데 수차까지 구르라고?"

"허, 아무리 그래도 그렇지!"

구양결이 어처구니없는 표정을 짓는다. 진소천을 보는 눈이 뭐 이런 막 되먹은 놈이 다 있나 싶은 눈빛이다. 제일 연장자인 맹도굉에게는 발판을 구르게 하고, 두 번째로 어린 자신은 안 하겠다니.

그때 맹도굉이 구양결을 향해 말했다.

"구양 공자가 저쪽으로 가십시오."

"네? 그게 무슨 말입니까? 아무리 그래도……."

구양결이 기겁을 하며 고개를 내저었다. 하지만 맹도굉은 단호하게 고개를 지었다.

"괜찮으니 가십시오."

가볍게 손을 내저은 맹도굉이 슬쩍 진소천을 향해 눈짓을 했다.

'음?'

맹도굉과 시선을 마주치는 순간, 진소천의 얼굴에 흠칫하는 표정이 떠올랐다.

'뭐지, 저 눈빛?'

맹도굉이 자신을 바라보는 눈빛을 보니 괜히 기분이 찝찝

했다. 하지만 맹도꿩의 그 눈빛이 무슨 의미인지 감이 오지 않았다. 그저 뒷맛이 개운하지 못할 뿐이었다.

그사이 맹도꿩에게 떠밀린 구양결이 진소천의 배로 건너왔다. 물론, 자리에 앉으며 진소천을 한 번 쏘아보는 것도 잊지 않았다.

"가기 전에 주의할 것 하나. 발판을 세게 구른다고 축을 부러트리는 건 절대 금물. 그랬다가는 바로 내려서 걸어가야 될 테니까. 다들 그 정도 힘 조절은 충분히 할 수 있지?"

당연했다. 절정의 수준이라는 것은, 단순히 병장기에 기의 응집체인 삭(索)를 맺히게 할 수 있다는 의미가 아니었다. 그만큼 무공에 대한 이해가 깊고, 마음먹은 대로 자신의 몸을 쓸 수 있다는 의미였다.

"그럼 이제 가자고."

진소천의 말에, 발판 자리에 앉은 무인들이 서로 한 번씩 눈을 맞추고는 동시에 고개를 끄덕인다.

촤촤촤악!

동시에 차륜선 좌우에 달린 네 개의 수차가 세차게 물을 튀기며 배를 앞으로 밀기 시작했다.

쏴아아아!

배의 이물이 날렵하게 물살을 가르고, 선체의 좌우로 하얀 포말이 부서진다.

"허, 어어!"

배에 올라앉은 채 그 모습을 지켜보는 모두의 얼굴에 감탄의 빛이 떠올랐다. 차륜선이 생각했던 것보다 훨씬 빠르

게 앞으로 나가고 있기 때문이었다.

 신이 난 율천대 무인들이 힘차게 발판을 구르기 시작했다. 그에 따라 배의 속도가 한층 더 빨라졌다.

 진소천이 피식 웃으며 모두를 향해 주의를 주었다.

 "자자, 너무 흥분하지 마. 다시 한 번 말하지만 수차 축 부러지면 말짱 헛일이야!"

 하지만 배는 여전히 빠르게 수면을 달렸다. 물론, 모두가 수차 축이 부러지지 않을 정도로 힘 조절을 하면서 발을 구르고 있기에 우려하는 일이 벌어지지는 않는다.

 진소천이 피식 웃으며 말했다.

 "쯧, 무슨 어린애도 아니고."

六章
진소천의 계획

"장 대야(大爺)!"

손용후가 큰 소리로 외쳤다. 하지만 장마노의 고개는 좀처럼 손용후에게로 향하지 않았다. 그저 묵묵히 앞만 보며 마차만을 몰 뿐이었다.

"이 길이 아닙니다!"

손용후가 공력까지 실어 쩌렁쩌렁 울리도록 소리를 질렀지만, 장마노는 여전히 그에게 눈길을 주지 않았다.

"이익!"

순간 울컥한 손용후가 급히 고삐를 한쪽으로 틀었다.

두두두두!

손용후가 탄 말이 갑자기 괴로운 듯 머리를 흔들며 반항해 보지만 결국 손용후의 힘에 못 이겨 서서히 마차의 어자석 쪽으로 다가간다.

말이 어자석에 부딪칠 정도로 다가간 순간, 손용후가 그대로 옆으로 몸을 날렸다.

달리는 말에서 뛰어 나란히 달리는 마차로 오른다는 것은 단순히 무공으로 할 수 있는 일이 아니었다. 그것은 기마술의 문제였다. 그렇다고 손용후가 그 정도의 기마술을 알고 있는가 하면 절대 그렇지 않았다.

훌쩍 옆으로 뛰어 어자석에 내려선다고 자세를 잡았지만, 순간적으로 중심이 비틀어진다.

"어어어어!"

손용후는 급히 팔을 내질러 몸의 중심을 옮기고, 재빨리 공력을 실은 오른발을 뒤쪽으로 내질렀다. 그 힘이 상체를 살짝 앞으로 밀어 주고 동시에 뻗었던 손이 마차의 외벽을 붙들었다.

"후우!"

안도의 한숨을 내쉰 손용후가 털썩 장마노의 옆자리에 앉았다. 하지만 장마노는 여전히 눈길 한 번 주지 않았다.

"장 대야, 이 길이 아니라니까요!"

손용후가 말을 하면서 조원보와 눈을 마주쳤다. 그리고 조원보는 힐끔 뒤를 돌아본 후, 손용후를 향해 고개를 끄덕여 준다. 손용후의 말 대로 길을 잘못 들었다는 것을 확인시켜 준 것이었다.

"아, 뭐라고 말 좀 해 보십시오!"

결국 장마노의 시선이 슬쩍 손용후에게로 향했다. 그리고 짧게, 하지만 분명히 알아들을 수 있도록 말했다.

"이 길이 맞다."
"어어? 아니라니까요! 방금 지나친 두 갈래 길에서 오른쪽으로 가야 여강으로 갈 수 있습니다!"
"진소천 그놈이 가라고 한 곳으로 가려면 이 길이 맞다."
"그게 무슨 말씀입니까?"

손용후가 황당한 표정으로 되묻는다. 자신들이 왜 진소천의 말에 따라야 한단 말인가.

율천대는 어디까지나 무림맹주의 직속이었고, 자신들의 상급자는 맹도굉이었다. 하지만 장마노에게서는 더 이상 대답이 나오지 않았다.

답답해진 손용후가 버럭 소리를 질렀다.
"잠깐 세워 보십시오!"

물론 그럴 거라고 기대하고 한 말은 아니다. 하지만 손용후의 말이 끝나기가 무섭게 마차가 천천히 속도를 늦췄다.

덜그럭!

마차 바퀴가 격한 소음을 도하며 회선을 멈추고, 마차 역시 그 자리에 멈춰 섰다.

장마노가 진짜 마차를 세울 줄은 몰랐던 손용후가 잠시 당황한 표정을 지었지만, 이내 표정을 굳히며 말했다.
"다시 한 번 말씀해 보십시오. 진소천 그 자식이 가라고 해서 이쪽으로 가신단 말입니까?"

하지만 장마노가 마차를 세운 것은 손용후의 말 때문이 아니었다.
"누구냐!"

갑작스레 들려온 소리에 손용후가 고개를 돌려보니 곽태가 어느새 말에서 내려 정면을 노려보고 있었다. 양손에 건 곤쌍마를 바짝 쥐고 있는 모습에 손용후는 재빨리 곽태의 시선을 쫓았다.

"음?"

손용후의 두 눈이 가늘어졌다.

"저놈은!"

눈에 익은 얼굴이었다. 그날 밤, 다섯 노대가 기습을 받았던 그날 보았던 정체불명의 사내.

차르릉!

마차에서 훌쩍 뛰어내린 손용후의 손에서 철문의 철판들이 부딪치며 날카로운 소음을 흩뿌린다.

그때였다.

촤아아아!

세찬 소음과 함께 먼지가 풀썩 피어올랐다.

"장 대야?"

장마노가 채찍으로 땅을 후려쳐 손용후가 앞으로 나서는 것을 막은 것이었다.

"아는 놈이다."

"예? 아는……. 헛! 역시 그날 밤 그놈은 역시 너구리 그 자식이었구나!"

흥분한 손용후가 금방이라도 뛰쳐나갈 기세로 외쳤다. 그런데 돌아오는 반응이 없었다.

이상했다. 조원보를 비롯한 친구들이 아무런 말도 하지

않는다.

슬쩍 고개를 돌리던 손용후의 얼굴에 평소와 달리 멍청한 표정이 떠올랐다. 조원보는 물론이고 이영헌과 곽태, 윤걸 모두가 어느새 무기를 집어넣고 있었던 탓이다.

"뭐 하냐?"

대답한 사람은 조원보였다.

"장 대야가 아는 사람이라잖아."

"그게 뭐? 저자는 우리를 공격했었고, 더불어 너구리 그 자식이 그 복면 놈이었잖아!"

"몰랐냐?"

"알고 있었지. 하지만 그놈이 절대 아니라고 우겼잖아."

흥분한 손용후를 향해 조원보가 딱하다는 표정으로 고개를 설레설레 저었다.

"나이도 있는데 이제 그 성질 좀 죽이고 살아라."

"내 성질은 늙어 노망이 들어도 이대로다. 아무튼 이놈의 너구리 새끼!"

"쯧쯧, 왜 새삼스레 흥분하냐? 어차피 알던 사실인데."

"그럼 넌 아무렇지도 않냐?"

"뭐 가끔은 그런 것도 있는 거지. 서로 빤히 알지만 그냥 모른 척하는 게 더 편한 일들."

"그게 진소천 그놈이 우리를 공격한 거하고 무슨 관계냐?"

"뭐 악의가 있었던 것도 아닌데 괜히 꺼내 들고 따져 봐야 답도 안 나오는 문제니 그냥 넘어가라는 소리다."

진소천의 계획

조원보의 말에 손용후가 와락 인상을 구긴다. 그리고 시선을 돌려 다른 친구들을 본다.

"너희도 그렇게 생각하냐?"

이영헌이 늘 그렇듯 고개를 끄덕인다. 윤걸 역시 살짝 고개를 끄덕이며 말했다.

"대단한 일도 아닌데 뭐. 그냥 넘어가."

마지막으로 손용후의 시선이 향한 곳은 곽태였다. 곽태가 처음에 무기를 꺼내 든 이유는, 앞의 사내를 알아보았기 때문이었던 것이다.

하지만 곽태는 짐짓 호탕한 표정으로 말했다.

"하하, 사해가 동도라는데 겨우 그런 정도로 흥분할 필요가 있겠냐? 좋은 게 좋은 거지."

"니가 먼저 달려들려고 했던 거 같은데?"

"뭐 지금은 그렇다는 거지."

"쳇!"

친우들이 이렇게 나오니 손용후도 별도리가 없었다. 하지만 분이 식은 것은 아닌지 철문을 갈무리하는 손길이 거칠기 짝이 없었다.

"어쩐 일이냐?"

대략 상황이 정리되니 장마노가 어자석에서 내리며 물었다. 황윤이 품에서 봉서를 꺼내 들었다.

"이걸 전해 드리러 왔지요."

"음, 뭔가 급한 일이 있는 모양이구나."

"상황이 꽤 복잡하거든요."

"그렇구먼."

찌이이익!

서신을 꺼내 든 장마노가 재빨리 내용을 훑었다.

"음!"

중간쯤 읽어가던 장마노가 저도 모르게 신음을 배어 물었다.

"왜 그러십니까?"

뒤에서 가만히 지켜보던 조원보가 걱정스러운 표정으로 물었다. 하지만 장마노는 대답하지 않은 채 서신의 내용을 끝까지 확인했다.

"후우!"

서신을 모두 읽은 장마노의 얼굴에 살짝 걱정스러운 표정이 떠올랐다.

"문제라도 생긴 겁니까?"

하지만 장마노는 고개를 저었다. 그리고는 조원보가 뭐라고 말도 하기 전에 삼매진회로 서신을 태워 버렸다.

순간 조원보의 얼굴에 의혹이 서린다. 말로는 아무 일도 아니라고 하면서 바로 편지를 태워 버린 것은 충분히 의혹을 품을 만한 일이었다.

하지만 장마노는 다섯 사람을 지나쳐 마차 쪽으로 향했다. 그리고는 마차에 매여 있는 흑왕과 다른 말들을 모두 풀었다.

"장 형, 무슨 일이오?"

밖의 상황이 궁금했는지 어느새 밖으로 나와 있던 담무궐

진소천의 계획 165

이 궁금한 표정으로 물었다. 하지만 장마노는 묵묵히 말들을 풀어 놓기 시작했다.

가만히 그 모습을 지켜보던 조원보가 슬쩍 황윤에게로 시선을 돌리더니 천천히 다가갔다. 그리고는 상황에 어울리지 않게 포권을 하며 인사를 건넨다.

"무림맹 율천대 조원보라 합니다."

"두 번째 뵙는구려. 황윤이오."

황윤도 정중하게 포권을 하며 인사를 한다.

"뭐 살갑게 지낼 사이는 아니지만 왠지 앞으로도 종종 얼굴을 보게 될 것 같군요."

"아마 그럴 것이오."

"그래서 하는 말인데……. 내가 은원을 정리하는 데 좀 깐깐한 면이 있어서 말입니다."

"그래서 하시고 싶은 말씀이 무엇이오?"

"지금은 상황이 이렇지만, 나중에 꼭 갚아 드릴 거라는 말을 하려고 말입니다."

그 말에 황윤이 저도 모르게 웃음을 지었다. 생각보다 재미있는 친구라는 생각이 들었다.

"언제든지 그러시오."

하지만 조원보의 목적은 그 말을 하려는 것이 아니었다.

"그나저나 진 노제의 연락을 가지고 온 모양인데, 우리 대장은 별 탈 없습니까?"

"걱정 마시오. 무탈하게 잘 가고 있으니."

"알겠습니다."

그때였다.

"이쪽으로 좀 와라."

고개를 돌려보니 장마노가 여덟 마리 말을 모두 마차에서 풀어 놓고 손짓을 하고 있었다.

"음?"

말들을 살펴보던 조원보의 두 눈이 살짝 가늘어졌다. 흑왕을 포함한 다른 말들의 등에 안장이 얹혀 있었던 탓이다.

장마노가 담무궐을 향해 말했다.

"조금 서둘러야 할 상황이 되었소이다. 그러니 지금부터는 말을 타고 움직여야 할 것 같소."

그러면서 흑왕의 새끼 중 한 마리의 고삐를 당겨 담무궐에게 건넸다.

흑왕도 그렇지만, 흑왕의 새끼들도 장마노가 아니면 다가가는 것만으로도 흥분할 정도로 사납다는 소문이 있었다. 하지만 소문과 달리 말은 얌전히 담무궐에게 다가왔다.

"흑왕만 아니면 다른 놈들은 타고 움직이는 데 큰 무리는 없으니 걱정 마시오."

말을 끝낸 장마노가 다섯 노대들에게도 한 마리씩 말고삐를 건넸다.

다섯 사람은 이미 장마노가 담무궐에게 하는 말을 들었기에 군소리 없이 고삐를 건네받았다.

장마노는 마지막 한 마리의 고삐를 황윤에게 건넨 후, 담무궐에게 말했다.

"담 형."

"말씀하시오."

"데리고 왔던 수하들에게 저 마차를 처분한 후, 삼협으로 돌아가 있으라고 해 주시오."

담무궐은 이미 진소천과 이야기했던 일이 있기에 별말 하지 않고 고개를 끄덕였다. 그사이 장마노가 흑왕의 등에 올라탔다.

그리고 다섯 노대를 향해 나지막한 목소리로 말했다.

"이제부터 내 말에 무조건 따라 주어야 한다."

"이유라도 알아야……."

아직 기분이 가라앉지 않은 손용후가 뭐라고 말을 하려 했지만, 장마노는 그를 무시한 채 자신의 말을 이었다.

"시간을 지체했다가는 너희 대장은 물론 동료들의 목숨이 위험하다."

"헉!"

손용후가 하던 말을 집어삼키며 신음을 흘렸다. 방금 조원보가 황윤과 이야기했을 때는 별 탈 없다고 하지 않았던가.

하지만 장마노는 더 이상의 설명은 하지 않았다. 진소천의 서신에 적혀 있던 구양제현의 음모를 이들에게 말해 줄 수는 없기 때문이었다. 자신들이 쓰고 버리는 패로 사용되고 있다는 사실을 알려 줄 필요는 없었다.

그때 황윤이 장마노에게 인사를 했다.

"마노, 저 먼저 가 보겠습니다."

"서두르게."

"예!"

말이 끝나기가 무섭게 황윤이 탄 말이 땅을 박차고 달리기 시작했다.

수하들에게 해야 할 들을 시킨 후 담무궐이 돌아와 흑왕과 말머리를 나란히 했다.

"장 형이 말한 대로 하라고 일러두었소이다."

"고맙소. 그럼 좀 서두릅시다."

―맹 형.

맹도굉은 갑자기 귓속으로 파고드는 전음에 잠시 흠칫했다. 전음에 실린 목소리는 진소천의 것이었다. 그리고 일행 중 맹도굉을 '맹 형'이라고 부를 사람도 진소천밖에 없었다.

슬쩍 시선을 돌려 확인해 보니, 진소천이 고개를 푹 숙여 입을 가린 채 이쪽으로 곁눈질을 하고 있는 모습이 눈에 들어왔다.

맹도굉의 얼굴에 궁금한 표정이 떠올랐다. 굳이 말을 하지 않고 전음을 날린 데는 뭔가 이유가 있으리라. 맹도굉은 슬쩍 주변을 살폈다.

마침 허기진 배를 채우기 위해 강기슭에 배를 대 놓고 거친 식사를 마친 참이었다.

―무슨 일인가?

―맹 형은 뭔가 이상하다고 생각한 적 없어?
―이상하다니?
―주변 상황들이.
―흐음, 그거야 이상하기는 하지.

처음에는 몰랐지만, 나중에 구양제현이 한 이야기가 소문이 나면서 맹도굉도 자신들의 상황을 알고 있었다. 그러니 분명 이상한 일이었다.

무림맹을 나서면서부터 쉴 새 없이 받았던 기습과 구룡방의 공격. 거기에 뒤따라 붙었던 남궁세가와 모용세가. 단지 화산파와 무당파의 제자들을 구하러 가는 길인데 그런 일들이 일어나는 것은 평범한 일이 아니었다.

물론 검선유고라는, 무림인이라면 눈이 번쩍 뜨일 이야기가 얽혀 있기는 했다. 하지만 이렇게 확대될 만한 일은 아니었다.

―너무 놀라지 말고 들어.

진소천이 조심스레 주의를 주는 말에 맹도굉은 다시 한 번 주변을 살폈다. 자신들에게 관심을 가지고 있는 이가 없다는 것을 확인한 맹도굉이 고개를 끄덕였다.

―말하게.
―운남으로 오던 구파일방의 제자들이 몰살당하고 있어.

순간 맹도굉의 표정이 딱딱하게 굳었다. 검선유고의 이야기가 얽혀 있는 일이니 구파일방이나 사대세가 제자들이 운남으로 오는 것은 있을 수 있는 일이었다. 하지만 그들이 몰살당했다니. 그건 도대체 무슨 말인가.

―조금 있으면 소문이 돌 거야. 아무튼 이번 일은 단순히 화산이나 무당 제자들을 구하는 게 목적이 아니야.
―그러면?
맹도굉이 심각한 목소리로 물었다. 사정을 자세히 알지는 못하지만, 구파일방의 제자들이 당했다는 자체로도 확실히 심각한 상황이었다.
―일단 그것까지는 확실히 알 수가 없어.
진소천은 자신이 도달한 결론에 대해서는 말하지 않았다. 맹도굉에게 이 이야기를 꺼낸 이유는 다른 것이기 때문이었다.
―으음, 어쨌든 심각한 상황이기는 하구먼. 뭔가 커다란 것이 뒤에 도사리고 있다는 건데…….
―그 뒤에 도사리고 있는 게 뭔지는 아직 모르지만, 한 가지는 분명해.
―그게 뭔가?
―우리가 결코 안전한 상황은 아니라는 거.
―그렇기는 하겠지.
―그래서 맹 형에게 부탁할 게 있어.
진소천의 말에 맹도굉이 살짝 고개를 끄덕였다. 진소천과의 관계에는 아주 모호한 부분이 있기는 했지만, 적어도 신뢰할 수 있는 사람이라고 생각하고 있기 때문이었다.
―말하게.
―옥룡설산으로 들어선 다음에는, 무슨 일이 있어도 내 말대로 움직여 줘.

―뭐, 그거야 지금도 하고 있지 않은가?

맹도굉이 약간은 농담을 하는 듯한 어투로 말했다. 하지만 진소천은 시종일관 진지했다.

―내가 하는 말이 아무리 이상해도 반드시 그대로 해 줘야 한다는 말이야.

―이상한 말?

―그런 게 있어. 아무튼 절대적으로 그렇게 해 줘야 돼.

진지하기 짝이 없는 진소천의 말에 맹도굉은 괜한 불안감을 느꼈다. 진소천에 대한 불안이 아니라, 지금 하고 있는 일과 관련된 그 거대한 무언가에 대한 불안감이었다.

―알겠네.

맹도굉이 묵직하게 고개를 끄덕였다.

―약속했어.

―걱정 말게.

두 사람이 조용히 눈빛을 교환했다. 그때 구양결의 외침이 들렸다.

"이제 출발합시다!"

고개를 돌려보니 어느새 식사를 했던 흔적을 지우고 배도 끌어다 놓은 상태였다.

자리에서 일어난 진소천이 엉덩이를 툭툭 털며 말했다.

"배에서 내리면 한참 걸어야 되니까 피로는 알아서들 풀어 두는 게 좋아."

그 말에 구양결이 이해 못하겠다는 표정을 짓는다.

"한참 걸어?"

하지만 진소천도 이런 반응을 이해 못하기는 마찬가지다. 그러다 갑자기 뭔가에 생각이 미쳤는지 묘한 표정을 지으며 물었다.

"설마 호도협까지 배 타고 가려고?"

"그럼 멀쩡한 배를 두고 걸어가나?"

구양결의 말에 진소천이 그럴 줄 알았다는 듯 고개를 설레설레 저었다.

"호도협까지 배가 거슬러 올라가지는 못해. 중간에 내려서 걸어가야 된다."

"그, 그래?"

당황한 표정으로 되묻는 구양결을 향해 진소천이 슬쩍 고개를 끄덕이고는 훌쩍 배에 올라탔다.

민망해진 구양결이 슬쩍 맹도굉을 향해 말했다.

"가시지요."

"그럽시다."

두 척이 차륜선이 다시 물실을 가르기 시작했다.

북으로는 사시사철 눈으로 덮인 마룡봉(馬龍峰)을 비롯한 열아홉 개 주봉을 병풍처럼 등지고, 동쪽으로는 거대한 이해(洱海)를 바라보는 절경이 펼쳐진 곳에 수많은 전각들이 질서정연하게 자리하고 있었다. 바로 구파일방의 한자리를 차지하고 있는 점창파의 본산이었다.

진소천의 계획 173

그런데 그 점창파의 본산 입구가 아침부터 크게 소란스러 웠다.
"위경 사제, 이게 어찌 된 일인가!"
"이, 일단 안으로 들어오십시오!"
소란스러운 소리가 울려 퍼지는가 싶더니, 입구에 모여 있던 점창 제자들이 재빨리 좌우로 물러서며 길을 만들어 주었다. 그리고 그 길 한가운데로 피투성이가 된 사내를 업은 채 달리는 사내가 있었다.
등에 업힌 사내가 흘린 피로 인해, 업고 있는 사내 역시 온통 피를 뒤집어쓴 채였다.
점창 제자들이 한눈에 알아본 이는, 업혀 있는 피투성이 사내였다. 점창파 장문인 장후섭의 제자인 도위경이었다.
도위경을 업은 사내가 큰 소리로 외쳐 물었다.
"의원, 의원은 어디 있소?"
"이쪽으로 오십시오!"
한 점창 제자가 앞장서서 달리며 길을 안내했다. 황급히 그 뒤를 따라간 사내가 도착한 곳은, 탕약 냄새가 진동하는 한 전각 앞이었다. 점창파 제자들이 치료를 받는 의전(醫殿)인 모양이었다.
"이, 이쪽으로 뉘이시오!"
한 의원이 업혀 오는 도위경을 보자마자 큰 소리로 외쳤다.
사내가 조심스레 도위경을 자리에 눕히자, 의원이 떨리는 손으로 상처를 살핀다.

"어, 어쩌다가 이렇게 심하게!"

의원이 두 눈을 화등잔만 하게 뜨며 물었다. 도위경은 상체가 커다란 천에 싸매져 있었는데, 그 천에서 계속해서 피가 흘러내리고 있었다.

의원은 황급히 손을 놀려, 천을 잘라 내고 상처를 씻은 곧장 상처를 꿰맬 실과 바늘을 집어 들었다. 금창약 정도로 지혈시킬 수 있는 상처가 아니기 때문이었다.

그사이 점창 제자 하나가, 사내에게 다가와 조심스레 말했다.

"점창 문하 황지유라고 합니다. 귀하의 존성대명을 알 수 있겠습니까?"

그 말에 사내가 목덜미를 타고 흐르는 피를 훔치고는, 포권을 하며 말했다.

"구양윤이라 합니다."

구양윤의 나이가 올해로 마흔이었다. 스무 살 때 처음으로 강호에 출시표를 던졌고, 이제는 모르는 사람이 없을 정도로 이름을 날리고 있었다.

황지유 역시 구양윤에 대한 이야기를 들어 보았는지 크게 고개를 끄덕이며 아는 체를 했다.

"아, 구양 대협이시군요! 그런데 어찌 된 일인지 알려 주실 수……. 아니, 그보다 먼저 좀 씻으셔야겠습니다. 저를 따라오십시오!"

황지유가 길을 안내하려 하자, 구양윤이 손을 내저으며 말했다.

"괜찮습니다. 제가 구해 온 점창 문인께서 치료가 끝나기를 기다리고 싶습니다. 어쨌든 인연이 닿은 분이 아닙니까."

그때였다.

"위경이가 다쳤다니, 그게 무슨 말이냐?"

갑자기 의전 입구에서 큰 외침이 들려왔다. 고개를 돌려 보니 날카로운 기세를 품고 있는 반백의 사내가 비슷한 연배의 두 사람을 대동한 채 의전으로 들어서고 있었다.

"장문인을 뵙습니다!"

황지유가 먼저 인사를 하고, 뒤이어 구양윤이 재빨리 포권을 했다.

"그간 강녕하셨습니까?"

"구양 현질이 아니신가?"

의전으로 들어선 반백의 사내, 장후섭이 구양윤을 알아보며 아는 체를 했다. 하지만 한가하게 안부를 물을 때가 아니었다.

"혹시 내 제자를 업고 왔다는 사람이 구양 현질인가?"

"그렇습니다."

그때 도위경을 치료하던 의원이 땀을 뻘뻘 흘리며 밖으로 나왔다.

"어찌 되었느냐?"

"예, 출혈이 심하기는 했으나 저분께서 서둘러 준 덕분에 목숨을 건졌습니다. 운이 좋았던 것이, 천을 대고 업혀 온 덕분에 상처가 압박돼 죽음까지 이르지 않았던 것 같습니다. 한동안은 기력이 없겠지만 차차 나아질 것입니다."

의원의 말에 장후섭이 한시름 놓았다는 얼굴로 안도의 한숨을 내쉰다. 그리고는 구양윤을 향해 정중하게 포권을 하며 제대로 된 인사를 건넸다.
"내 제자를 구해 주어 고맙네. 어찌 보답을 해야 할지 모르겠구먼."
"별말씀을요. 강호의 동도로서 당연히 할 일을 했을 뿐입니다. 다만, 같이 있던 다른 분들은······."
 구양윤이 안타까운 표정으로 말끝을 흐렸다. 장후섭도 마침 그 이야기를 물으려던 참이었다.
 본산을 나선 제자들 중 가장 연장자인 도위경이 저 지경이 되어 왔다면, 다른 제자들이 어찌 되었을지 짐작이 갔기에 마음의 준비를 하고는 있었지만, 정작 그 말을 들으니 가슴 한쪽이 묵직한 돌이라도 얹은 듯 저릿하다.
"진작 불러들였어야 했는데······."
 장후섭이 침통한 표정으로 고개를 툭 떨어트렸다. 그 모습에 구양윤이 한 걸음 물러서서 장후섭이 감정을 추스르기를 기다렸다.
"하아!"
 잠시 정적이 흐른 후 장후섭이 힘겹게 고개를 들었다. 눈시울이 붉게 물든 것이 애써 마음을 진정시키고 있는 듯한 모습이었다.
 구양윤이 미안한 표정으로 조심스레 말했다.
"시신을 수습해 와야 했으나, 도 소협의 상처가 너무 위중해 그러지를 못했습니다."

"아닐세. 그 일은 우리가 해야지."

"지금 저의 동행 분들이 시신을 수습해 점창산으로 오고 있습니다. 상처 때문에 저만 먼저 오게 되었습니다."

"그랬군. 고맙네."

다시 한 번 인사를 한 장후섭이 황지유를 향해 말했다.

"정문에서 기다리고 있다가, 구양 대협의 일행들이 오거든 정중하게 안내하고 쉴 곳을 마련해 주도록 해라."

"장문인의 말씀을 따르겠습니다."

말이 끝나기가 무섭게 황지유가 황급히 밖으로 나섰다. 그사이 안으로 들어갔던 의원이 물로 적신 천을 가지고 왔다.

"감사합니다."

구양윤이 천을 받아 들고 얼굴과 목, 손 등에 묻는 피를 닦아 내는 모습에 장후섭이 미안한 표정으로 말했다.

"쉴 수 있도록 자리를 내주는 것이 예의겠으나, 상황이 상황인지라 일단 이야기가 먼저 듣고 싶구먼. 가면서 이야기를 좀 해 주겠는가?"

"그러시지요."

장후섭이 먼저 발을 내딛고, 구양윤이 한 걸음 뒤에 따라가듯 걸음을 옮겼다.

"정황을 좀 알려 주겠는가?"

"사실 정황이라고 하기도 힘듭니다. 동행들과 함께 근처를 지나는 길에 쓰러져 있는 점창파의 제자들을 발견했고, 그중 유일하게 살아 있는 도 소협을 급히 업고 달려온 것입니다. 인근에 마을도 없었을뿐더러 점창산과 가까운 곳이라 이곳으로 오는 것이 낫겠다는 생각이 들더군요."

장후섭이 침중한 표정으로 고개를 끄덕였다.

"그랬구면. 그렇지 않아도 운남으로 들어왔던 다른 문파의 제자들이 몰살당했다는 이야기에 급히 불러들이던 참이었는데……. 한발 늦었군."

장후섭이 자책감 가득한 목소리로 하는 말에 구양윤은 조용히 다음 말이 나오기를 기다렸다.

그렇게 말없이 얼마나 걸었을까.

'음!'

구양윤은 갑자기 신경을 자극하는 날카로운 기운에 흠칫하며 발을 멈추었다. 이미 초절의 경지에 들어서 있는 구양윤이 저도 모르게 공력을 끌어올려 반응할 정도로 진득한 살기였다. 그리고 그 살기의 진원은 다름 아닌 장후섭이었다.

"그놈들, 이번에도 구룡방 놈들의 소행인가?"

운남으로 들어온 공동파를 비롯한 문파의 제자들을 몰살시킨 것이 구룡방의 소행이라는 소문은 이미 파다하게 퍼져 있었다.

말이 소문이지 이미 전 무림에서는 그 소문을 기정사실로 받아들이고 있었다. 그러니 장후섭의 의심은 당연한 방향이었다.

물론 구양윤이 대답할 수 있는 이야기는 아니었다.

"후우!"

장후섭이 힘겹게 고개를 떨치며 깊이 호흡을 뱉었다. 구양윤의 앞에서 살기를 주체하지 못하는 그런 모습을 보일 수는 없는 노릇이었다.

걸음을 멈춘 장후섭이 구양결을 향해 말했다.

"미안하지만 내가 지금 당장 해야 할 일이 있어 가 봐야겠네. 안내는 내 사제가 해 줄 테니 그들을 따라가서 편히 쉬게나. 손님 대접이 시원찮은 것은 나중에 보답함세."

"충분히 환대를 받았다고 생각합니다. 장문인께서는 어서 가 보십시오."

"고맙네. 사제는 구양 현질에게 방을 안내해 주고 오게나."

장후섭은 두 사람의 뒤를 따르던 자신의 사제에게 당부를 한 후, 어디론가 바쁘게 걸어갔다.

'점창의 일은 마무리가 되었군.'

장후섭의 뒷모습을 지켜보던 구양윤의 입가에 비틀린 미소가 떠올랐다. 하지만 그것도 잠시, 이내 무거운 표정으로 뒤에 서 있는 정창 문인을 보았다. 장문인인 장후섭의 사제라면 정창파의 일대 제자.

"길만 알려 주시면 저 혼자 찾아가도 괜찮습니다만."

"아닐세. 내가 안내를 하겠네. 따라오게."

"그럼 부탁드립니다."

"여기로 올라가자고?"

구양결이 황당한 표정으로 산꼭대기를 쳐다보았다. 하지만 짙은 운무에 가려져, 그 아래로 가끔 드러나는 흰 눈만 보일 뿐 제대로 된 능선은 보이지 않았다.

옥룡설산. 운무가 걷히는 맑은 날이면 한 마리 옥빛의 용의 형상을 한 긴 능선을 볼 수 있다 해서 붙여진 이름이었다. 하지만 일행들은 절경을 구경하기 위해 이곳에 온 것이 아니었다.

옥룡설산 취현곡의 한 동굴에 갇혀 있는 화산과 무당의 제자들을 구하기 위해 이곳에 온 참이었다. 그렇기에 구양결의 얼굴에 황당함이 떠오른 것이었다.

문제의 취현곡이 옥룡설산의 서쪽 사면에 자리 잡고 있었다. 그런데 지금 그들이 배에서 내린 곳은 옥룡설산의 동쪽 사면 산기슭이었다.

정확하게는 금사강이 옥룡설산의 서쪽 사면을 타고 북쪽으로 흐르다가 다시 굽이쳐 동쪽 사면을 따라 남쪽으로 꽤 내려온 지점이었다.

이곳에서 취현곡으로 가려면, 산을 넘어야 했다. 구양결이 볼 때는 여기서 좀 더 물길을 거슬러 올라갈 수 있을 것 같았다.

그런데 진소천은 이곳에 배를 정박한 것이었다. 몇 번을 생각해 봐도 쉬이 이해하기 힘든 일이었다. 그나마 주봉보다는 얕은 능선을 넘기는 하겠지만, 어쨌든 산을 넘어야 했다.

산 아래는 봄 날씨에 가깝지만, 능선 쪽은 눈이 녹지 않는 한겨울 날씨다. 게다가 제대로 길도 나 있지 않았다. 그런 곳을 넘는 것은 아무리 생각해도 미친 짓이었다.

그런데 진소천이 고개를 갸웃거리며 의아한 표정으로 물었다.

"내가 언제 산을 넘는다고 했냐?"

"뭐? 그럼 어떻게 취현곡까지 간다는 말이냐?"

"가로질러야지."

구양결의 얼굴이 더욱더 황당함으로 일그러졌다. 산을 가로지른다는 말은 난생처음 듣는 말이었다.

"저 산을 무슨 수로 가로지른다는 거냐? 산을 관통하는 동굴이라도 있냐?"

그 말에 진소천이 크게 고개를 끄덕였다.

"있어."

"뭐?"

구양결의 얼굴은 더 이상 알아볼 수 없을 정도로 일그러져 있었다. 황당함이 극에 달해 더 이상 표정을 짓는 것이 힘들 정도였다.

"도, 동굴이 있다고?"

"그래."

"서쪽 사면으로 통하는 동굴?"

"아니."

구양결이 발끈하는 표정으로 버럭 소리를 지르려 했다. 사람을 놀리는 것도 아니고 이게 뭐 하는 짓인가.

하지만 뒤이어 나온 지소천의 말에, 구양결은 튀어나오던 말을 황급히 삼켜야 했다.

"취현곡으로 통하는 동굴이다."

"쿨럭, 쿨럭! 지, 진짜냐?"

구양결은 소리를 지르려던 찰나에 너무 놀라운 말을 들은 탓에 격하게 기침을 하며 물었다.

"진짜지, 가짜겠냐? 난 그런 걸로 거짓말 안 해."

"넌 도대체 어떻게 생겨먹은 놈이냐?"

"왜?"

"도대체 그런 건 왜 알고 있는 건데?"

진소천이 갑자기 고개를 외로 꼬며 뭔가를 생각했다. 그러더니 설마 하는 표정으로 되물었다.

"어? 내가 말 안 했냐?"

"뭘?"

"이게 다 내가 꾸민 일이라고."

"헉!"

모두의 얼굴에 새하얗게 질렸다. 이건 또 무슨 말인가. 자신이 꾸민 일이라니.

옆에서 듣고 있던 맹도굉이 급히 놀란 마음을 진정시키며 물었다.

"그, 그게 무슨 말인가? 자네가 꾸민 일이라니?"

"내가 검선유고에 대한 소문을 만들어 흘렸거든. 그럼 그 다음은 대충 짐작이 되지?"

"그러면 화산과 무당 제자들이 갇혀 있는 동굴의 기관도

진소천의 계획 183

진 노제가?"

"정확해. 그래야 나를 밖으로 불러낼 테니까."

물론 진실은 조금 달랐다. 기관과 소문은 진소천이 아닌 장마노와 변검이 만든 것이었다.

검선유고의 소문에는 현령검이라는 이름을 섞어 구양제현, 이호겸, 청허가 탐을 내도록 만들었다. 그리고 화산과 무당에만 취현곡과 관련된 정보를 흘렸다. 하지만 그 이야기를 굳이 해 줄 필요는 없었다.

"감옥에 갇혀 있던 자네가 무슨 수로?"

"비형방 전체가 감옥에 갇혀 있었던 건 아니잖아. 그런데 정말 몰랐던 거야? 곤명에서 내가 그 배 보여 줄 때 이미 눈치챘어야 하는 거 아닌가? 나 참 이렇게 둔한 사람들은 또 처음 보네."

누구도 대답하지 않았다. 다들 머릿속이 멍해져서 생각이라는 것이 떠오르지 않은 탓이었다.

하지만 진소천은 그들에게 시간을 주지 않았다.

"자, 나는 지금부터 화산과 무당 놈들을 구하기 위해 갈 거야. 그러니 따라올 사람은 따라와."

가장 먼저 정신을 차린 맹도굉이 알 수 없다는 얼굴로 물었다.

"그게 무슨 말인가? 원래의 목적이 그것인데 우리도 가야지."

"지금 말했지? 이 모든 일은 내가 꾸민 거라고. 즉, 나하고 같이 갔다가 나한테 뒤통수 맞으면 뒈질 수도 있어. 그래도 갈 사람이 있으면 따라와."

모두의 표정이 복잡하게 변했다. 갑작스러운 상황도 상황이지만, 지금 진소천이 한 말로 인해 새삼 머릿속에 떠오르는 사실이 있기 때문이었다.

진소천이 죄수였다는 사실. 그것도 율천대 한 개 조가 전담하여 간수 노릇을 했던 특별 뇌옥의 죄수. 그 사실이 새삼스럽게 다가온 탓이었다.

하지만 진소천은 그들에게 생각할 시간을 주지 않았다.

"난 이제 간다."

말이 끝나기가 무섭게 성큼성큼 발을 옮겼다. 그와 동시에 누군가 황급히 진소천의 뒤로 따라붙었다.

"같이 가자."

구양결이었다. 그다음으로 맹도굉이 따라붙으며 뒤에 있는 수하들을 향해 말했다.

"안 갈 생각인가?"

그 말에 다시 율천대 무인 중 곽제윤을 포함한 네 사람이 황급히 이쪽으로 걸어왔다. 남은 율천대 무인은 모두 열 명.

맹도굉이 천천히 그들과 시선을 마주쳤다. 하지만 그들은 모두 맹도굉의 눈길을 외면했다.

그들로서도 아주 고민스러운 순간이었다. 무림맹에 들어와 줄곧 따르던 대장의 뒤를 따라 율천대로서의 사명을 다할 것인가, 아니면 한시라도 빨리 무림맹으로 돌아가 보고를 할 것인가.

갑자기 생긴 불신감으로 인해 발이 움직이지가 않았다.

하지만 그렇다고 맹도굉이 따라가는데 자신들은 안 가겠다고 말하기도 힘들었다.

그런 수하들을 향해 맹도굉이 작은 배려를 해 주었다.

"자네들은 배를 타고 무림맹으로 돌아가 맹주님께 보고를 하게. 금사강의 물길은 곧장 동정호까지 이어지니 올 때보다 훨씬 빨리 도착할 수 있을 걸세."

맹도굉의 명령에 율천대 무인들이 반색을 하며 대답했다.

"알겠습니다."

"부디 몸조심하십시오."

"맹에서 뵙겠습니다."

그리고는 재빨리 차륜선이 있는 쪽으로 움직였다.

'쯧!'

진소천은 바쁜 걸음으로 멀어져 가는 율천대 무인들을 보며 딱하다는 표정을 지었다. 하지만 그들은 더 이상 뒤를 돌아보지 않았기에, 진소천의 얼굴 또한 확인할 수 없었다.

다시 정면으로 고개를 돌린 진소천이 비탈을 따라 성큼성큼 걷기 시작했다.

"서둘러."

七章
기다리는 자들

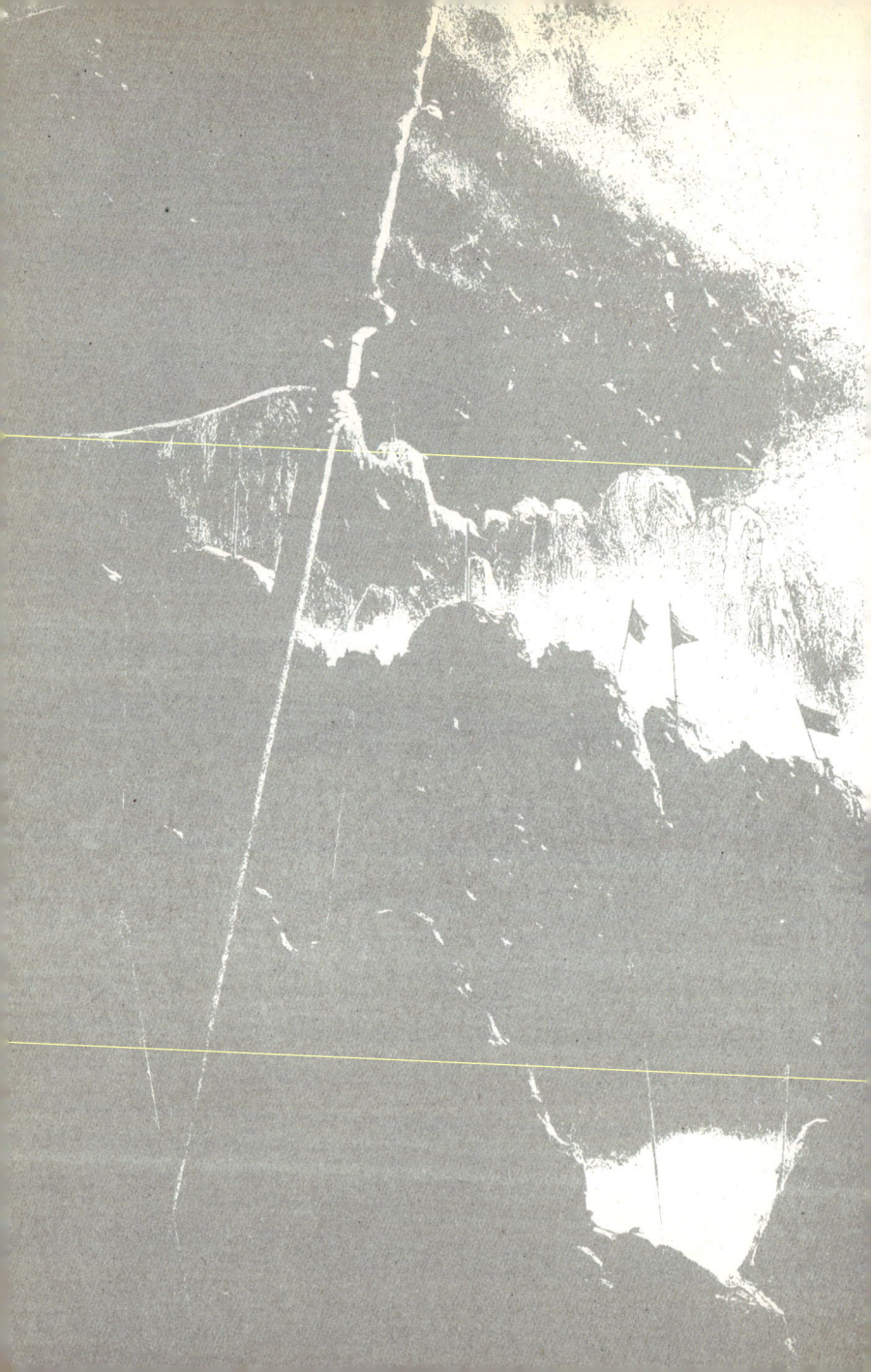

콰아아!

 세찬 물소리가 좁은 협곡을 따라 메아리친다. 위로 올려다보면 한참을 고개를 젖혀야만 하늘이 보일 정도로 좁은 협곡. 금사강 상류의 물길 중 가장 폭이 좁다고 알려진 호도협(虎跳峽)이었다.

 그 호도협의 물길을 거슬러 올라가다 보면 만날 수 있는 가파른 능선의 위로, 사람들의 눈에 잘 띄지 않는 골짜기가 자리하고 있었다.

 그 골짜기 가장 안쪽에 시커먼 동굴이 뚫려 있고, 그 동굴 입구 근방에 조금은 지루한 표정의 세 사람이 앉아 있었다. 한 사람은 도사, 그리고 나머지 두 사람은 속인이었다.

 그중 도사가 동굴 안쪽으로 고개를 돌렸다. 그리고는 이내 고개를 설레설레 저으며 긴 한숨을 내쉰다.

"후우."

도사의 시선이 머물렀던 곳, 동굴 입구에서 채 일 장도 들어가지 못한 곳에 시커먼 벽이 길을 막고 있었다. 그런데 뭔가 이상했다. 마치 석공이 다듬고 갈아 놓은 듯 평평한 벽이었다. 절대 자연적으로 만들어질 수 없는, 사람의 손이 닿은 모양이었다.

"언제까지 기다려야 할지 모르겠소."

그 말에 두 속인이 힘겨운 표정으로 고개를 끄덕였다.

도사는 무당파 삼대 제자인 운광이었고, 나머지 두 사람은 화산파 삼대 제자인 진사건과 단대건이었다.

지금 세 사람이 들어와 있는 협곡의 이름은 취현곡이었다. 그리고 동굴의 벽 너머에는 무당과 화산의 이대 제자들과 일대 제자들이 갇혀 있는 상황이었다.

동굴 안에 있는 이들이 검선유고를 찾기 위해 파견된 무당파와 화산파의 제자들이었다. 그리고 동굴 밖에 있는 이들은, 혹시 모를 사태를 위해 동굴 입구를 지키기 위해 나중에 이곳으로 왔다. 지금은 무림맹에서 오는 이들을 기다리는 중이었다.

"그나저나 운선 도인께서는 많이 늦으시는군요."

"그러게 말입니다. 이제 올 때가 된 것 같은데……."

그때 취현곡 바깥쪽에서 누군가 달려오는 모습이 보였다. 운광이 느릿하게 몸을 일으키며 말했다.

"이제 오는 모양입니다."

진사건과 단대건이 뒤따라 몸을 일으키며 동굴 밖으로 나섰다. 운선은 식량을 구하러 협곡 밖으로 나갔던 것이다.

"음? 왜 저러지?"

운광이 목을 길게 빼며 혼잣말처럼 중얼거렸다. 달려오는 운선이 뭔가 아주 서두르는 듯한 모습이었기 때문이다. 그리고 잠시 후, 세 사람이 황급히 운선을 향해 몸을 날렸다. 달려오는 운선이 크게 놀란 표정을 짓고 있는 탓이었다.

마주 달려오는 세 사람의 모습을 확인한 운선이 큰 소리로 외쳤다.

"사형, 큰일 났습니다!"

그 소리에 달려가는 세 사람이 한층 속도를 더했다.

"헉헉!"

만나자마자 운선은 허리를 잔뜩 굽힌 채 턱까지 차오른 숨을 격하게 토해 냈다.

경공을 펼쳐 달려왔을 텐데도 저렇게 호흡이 가쁜 것을 보니, 어지간히 급했던 모양이었다.

잠시 후 운선이 호흡을 고른 듯하자 운광이 급히 물었다.

"뭐가 큰일이란 말인가?"

"운남으로 들어오던 구파일방의 제자들이 모조리 몰살당했다고 합니다."

"뭐?"

세 사람이 대경실색한 표정으로 외쳤다. 구파일방의 제자들이 운남으로 들어온다는 사실은 그들 역시 알고 있었다. 간간이 식량을 사러 산을 내려가면, 문파에서 상인들을 통해 보내온 연락을 받았기 때문이다.

아무것도 없는 데 뭐 얻어먹을 게 없나 기웃대는 것 같다는 생각에, 그런 그들을 탐탁지 않게 생각하고는 있었지만 그래도 몰살이라니. 믿을 수 없는 이야기였다.

운선이 재빨리 설명을 덧붙였다.

"본문에서 내려온 소식은 아니고 사람들 사이에 퍼지고 있는 소문이 그렇더군요. 게다가 그들을 죽인 흉수가, 구룡방이라고 합니다."

"구룡방!"

세 사람이 이구동성으로 외쳤다. 뜬금없이 튀어나온 이름이기도 하거니와, 그들 이름이 가진 중압감이 너무 컸다.

진사건이 하얗게 질린 표정으로 물었다.

"우리도 그렇게 당할 수 있다는 말이 아니오?"

네 사람은 각자 자신의 문파에서 두각을 나타내고 있는 후기지수들이었다. 하지만 겨우 네 사람의 힘으로 구파일방의 제자들을 몰살시킨 자들을 막는 것은 어려운 일이었다.

운선이 불안한 표정으로 말했다.

"일단 화산과 무당산에 연락을 보내기는 했지만……."

세 사람 역시 금세 비슷한 표정을 지었다. 연락을 보냈다고는 해도, 이곳에서 화산이나 무당까지는 한 달이 넘는 거리였다. 연락이 받고 사람을 보낸다면 적어도 두 달 반은 걸린다는 뜻이었다.

그 시간이면 흉수들이 운남성을 전부 휘젓고 다니는 것도 가능할 터였다.

"이, 일단 동굴로 돌아갑시다."

진사건의 말에 나머지 세 사람이 고개를 끄덕였다. 자신들을 내려다보는 눈들이 있다는 사실을 꿈에도 모른 채.

◈　◈　◈

취현곡 골짜기 어귀는 좌우로 절벽에 가까운 비탈이 자리잡고 있었다. 그 좁은 길을 통과하면 서서히 좌우가 넓어지면서 둥근 분지 형태의 공간이 나온다. 위에서 내려다보았을 때는 목이 좁은 술병 모양의 땅이었다.

그 취현곡의 입구에 있는 급한 비탈길 꼭대기에 한 인영이 서 있었다. 삼십대 후반쯤 되어 보이는 큰 키와 단단한 체구, 그리고 강인한 인상을 가진 사내였다.

사내의 이름은 범문광, 구룡방주 범기천의 여섯 제자 중 가장 맏이였다.

범기천은 강호를 주유하며 자질이 뛰어난 여섯 명의 고아들을 제자로 들였는데, 그들 모두에게 자신의 성을 붙여 이름을 지어 주었다.

그 첫째가 범문광이었고, 순서대로 문석, 문권, 문령, 문향, 문단이라는 이름이었다. 그리고 그중 넷째인 범문령과 다섯째인 범문향은 여자였고, 나머지는 세 명은 남자였다.

범문광이 이곳에 도착한 지 이틀째였다. 하지만 아직까지 목표로 했던 사냥감이 나타나지 않고 있었다.
 그때 범문광의 뒤로 누군가가 조용히 모습을 나타냈다.
 "막내냐?"
 "예, 대사형."
 대답한 이는 푸른 장삼을 입은 서른쯤 되어 보이는 사내였다. 얼마 전 공동파 제자들을 몰살시켰던 바로 그 사내. 그가 범기천의 막내 제자인 범문단이었다.
 "소식이 있느냐?"
 범문광의 물음에 범문단이 딱딱한 말투로 대답했다.
 "산 동쪽 사면의 어느 동굴로 산달공과 율천대가 들어갔다는 보고가 왔습니다."
 "동굴?"
 "방향으로 보아 취현곡으로 이어질 가능성이 있다 합니다."
 범문광이 한쪽 입꼬리를 삐죽 끌어올리며 비웃듯 말했다.
 "큭, 그런 길이 있었던 모양이군. 돌아갈 때도 그 길을 이용할 생각인가?"
 "그리고 돌발 상황이 발생했습니다."
 "돌발 상황?"
 "율천대 중 다섯 명이 보이지 않습니다. 그리고 열다섯 명이 왔는데, 그중 열 명은 다시 배를 타고 왔던 길을 돌아갔다고 합니다."
 범문광이 두 눈을 가늘게 좁혔다. 확실히 돌발적인 상황이었다. 자신들이 구파일방의 제자들을 죽인 사실은 이미 소문이 퍼질 만큼 퍼져 있었다. 그러니 자신들의 존재를 모르지는 않을 터. 그런데도 오히려 열 명이 되돌아가고 다섯 명은 보이지도 않는다니.

"그래서 어찌 되었느냐?"

"오 사저가 연락을 보내고 쫓아간다고 했으니, 되돌아간 자들을 걱정하지 않아도 됩니다. 하지만 보이지 않는 다섯 명에 대해서는 알 길이 없습니다."

"문향이 쫓아갔다면 걱정할 일은 없겠군. 보이지 않는 다섯은 당장은 어쩔 수 없지. 일단은 이곳의 일 처리가 우선이다. 너는 둘째와 함께 가서 놈들이 들어갔다는 동굴을 지키도록 해라."

"알겠습니다."

대답과 동시에 범문단이 바람처럼 사라졌다.

"이이, 이게 무슨 동굴이냐!"

구양결이 불만 가득한 목소리로 구시렁거렸다. 하지만 진소천은 아무런 대답도 하지 않는다.

"젠장, 널 믿는 게 아니……."

구양결이 좀처럼 입을 닫을 것 같지 않자, 진소천이 나지막한 목소리로 말했다.

"한꺼번에 생매장되기 싫으면 닥치고 조용히 따라와."

"생매장?"

"여기 돌은 잘못하면 한 번에 무너진다."

"젠장!"

구양결은 진소천의 면박에 굴하지 않겠다는 듯 끝내 한 소리 내뱉었지만, 방금 전보다 훨씬 작은 목소리였다. 그 역시 산 채로 땅에 묻히기는 싫었기 때문이다. 그들이 지나고 있는 동굴의 문제였다.

사실 구양결은 이걸 과연 동굴이라고 불러야 하는지조차 의문이었다.

처음 진소천을 따라 들어간 동굴은 분명 꽤 넓었다. 하지만 안으로 들어갈수록 점점 높이가 낮아져 잔뜩 허리를 숙여야 할 지경이었다. 그래도 그때까지는 동굴이라고 부를 만했다.

하지만 나중에는 허리를 굽히는 것으로도 모자라 네 발로 기어갈 정도로 좁아지더니, 결국 완전히 엎드린 채 팔꿈치와 무릎으로 기어서 지나야 할 정도가 되었다.

보통 사람들보다 체구가 좋은 맹도굉은 어깨가 꽉 끼는 수준이라 크게 숨을 들이마시지도 못하고 있었다.

이런 길을 동굴이라고 데리고 왔으니 구양결로서는 불만이 생길 수밖에.

"젠장 언제까지 가야 되는 거야?"

구양결이 나지막한 목소리로 구시렁거릴 때였다.

"다 왔다."

앞서 기어가던 진소천이 하는 말에 구양결이 번쩍 고개를 들었다. 그리고 동굴 벽과 진소천의 몸뚱이 사이로 시선을 던졌다.
"아!"
빛이 동굴 안으로 스며들어 오는 것이 보였다. 지긋지긋한 동굴을 다 빠져나온 것이다.
잔뜩 기대에 부푼 구양결이 더욱 열심히 손발을 놀렸다.
"아!"
밖으로 나온 구양결이 놀란 표정으로 하늘을 보았다. 동굴 안에서는 시간이 얼마나 지났는지 몰랐는데, 나와 보니 이미 저녁놀이 지고 있었다. 거의 하루 종일 동굴을 헤맸다는 뜻이었다.
그사이 뒤에서 따라오던 맹도굉과 율천대 무인 네 명도 동굴에서 기어 나왔다.
밖으로 나온 맹도굉이 주위를 둘러보니 의혹 어린 목소리로 물었다.
"여기가 취현곡인가?"
"아니."
바로 고개를 내젓는 진소천의 말에 반응한 사람은 구양결이었다.
"뭐? 동굴이 취현곡으로 바로 이어진다며?"
"응? 내가 그랬나?"
능청스러운 표정으로 금시초문이라는 듯 말하는 진소천의 모습에 구양결이 따지듯 말했다.
"그렇게 말했다."

"아아, 그랬군. 뭐, 그렇게 말 안 했으면 니가 안 따라왔을 테니까."

"뭐?"

물론 진소천이 그렇게 말한 이유는 따로 있었다. 모든 일을 자신이 꾸몄다고 말하기 위해서는 그 정도의 거짓말이 필요했다. 그래야만 옥석 가르기가 편했기 때문이었다.

비밀스러운 동굴까지 미리 짜 놓았을 정도로 치밀하게 일을 준비한 진소천을 믿을 사람과, 믿지 않을 사람.

자신을 믿지 못하는 사람과 함께 사지로 뛰어들 수는 없는 노릇이 아닌가.

물론 이 동굴을 지나는 것이 물살이 강해지는 상류의 물길을 역행하는 것보다 더 빠르기 때문이기도 했다. 그리고 거기에 한 가지 더. 산 어딘가에서 자신들을 기다리고 있는 자들을 분산시킬 필요가 있었다.

동굴의 존재를 알게 된다면, 그곳이 도망치는 길로 사용될 수도 있다고 판단할 것은 분명한 일. 그렇다면 그 길을 지키고 있을 사람도 필요했다.

진소천은 대답을 요구하는 표정으로 자신을 노려보는 구양결을 향해 피식 웃으며 말했다.

"배 타는 것보다 이 길이 더 편해, 인마."

구양결도 결국은 포기한 듯 고개를 설레설레 저었다. 자신이 뭐라고 하든 귓등으로도 듣지 않는 진소천에게 말을 해 봐야 자기만 힘 빠질 뿐이라는 걸 알기 때문이었다.

진소천이 맹도굉을 돌아보며 말했다.

"오늘은 여기서 밤을 보내고, 내일 아침에 나서야겠어. 오후가 되기 전에 도착할 수 있을 거야."

"알았네."

맹도굉은 별다른 불만 없이 고개를 끄덕였다. 배를 타고 오던 중, 무슨 일이 있어도 자신의 말대로 해달라던 진소천의 말을 기억하고 있었기 때문이다.

그곳에서 하룻밤을 보낸 일행은 다음 날 아침 일찍 길을 나섰다. 동굴을 빠져나와 노숙을 했던 곳은, 옥룡설산의 서쪽 능선의 이름 없는 골짜기였는데, 진소천의 말로는 그곳에서 남서쪽으로 가면 취현곡에 도착할 수 있다고 했다.

지난밤 진소천이 호언장담했던 대로 길은 꽤 평탄했다.

능선을 바로 타고 내려오는 것이 아니라, 비스듬히 사선으로 내려오는 형태라 그런지 내리막이기는 했지만 경사가 급하지 않았던 것이다.

그렇게 한나절을 걸은 일행들은, 해가 하늘 꼭대기까지 솟을 무렵 멀리서 들려오는 호도협의 거친 물소리를 확인할 수 있었다.

취현곡 입구에 선 진소천이 천천히 고개를 들어, 협곡 좌우의 가파른 경사를 쳐다보았다.

'동굴의 기관이 열릴 때까지는 기다리겠지?'

진소천의 예상으로는, 구양제현이나 범기천은 이 취현곡을 자신들의 무덤으로 정해 놓은 게 분명했다. 그러니 지금까지 기다렸으리라. 물론 특별히 이 장소를 택한 이유는 뻔했다.

'검선유고의 소문까지 이용할 셈이겠지?'

그 실체야 어쨌든 현 무림에는 이 취현곡이야말로 검선유고일 가능성이 높은 곳이었다. 그런데 그 검선유고에 갇혀 있던 화산과 무당 제자들은 물론 구하러 갔던 무림맹의 인물들까지 몰살을 당했다면? 거기에 더해 검선유고일 가능성이 높은 동굴이 텅텅 비어 있다면?

구룡방은 구파일방의 제자들을 모조리 죽이고, 검선유고를 강탈해 간 상황이 만들어지는 것이다. 원한에 보물까지 얹어 놓았으니 정파의 분위기가 어느 쪽으로 흘러갈지는 불을 보듯 뻔하다.

'쯧, 내가 만들어 놓은 덫에 내가 걸린 격이로군.'

자신이 감옥에서 빠져나오기 위해 만들어 퍼트린 검선유고의 소문이, 오히려 구양제현에게 이용되고 있다는 생각에 진소천이 입맛이 썼다.

하지만 괜한 감상으로 시간을 끌 필요는 없었다.

'일단 기관을 열 때까지는 여유가 있다는 말인데……'

대략적인 상황을 가늠한 진소천이 성큼성큼 취현곡 안으로 발을 내딛었다.

"뭐 하시는 게요? 어서 기관을……"

답답한 표정으로 재촉하던 운선이 슬쩍 말꼬리를 흐렸다. 맹도굉의 날카로운 눈빛을 마주한 탓이었다.

 하지만 운선은 물론 동굴 앞에서 기다리던 이들은 속이 부글부글 끓다 못해 터질 지경이었다. 조급한 표정으로 하늘을 살펴보니 벌써 해가 지고 있었다.

 '무슨 생각으로…….'

 운선은 도통 이해할 수가 없었다.

 처음 진소천과 맹도굉 일행이 취현곡 안으로 들어왔을 때만해도, 네 사람은 쾌재를 불렀다. 구룡방의 일로 불안에 떨고 있었는데, 때마침 구조자들이 왔으니 펄쩍펄쩍 뛰어다니고 싶을 정도로 기쁜 것은 당연한 일이었다.

 동굴의 기관을 열 수 있다는 사람은, 자신들 또래의 사내였다.

 듣기로는 비형방의 방주인 산달공이라고 했다. 믿기는 힘들었지만, 무림맹주의 아들과 율천대 부대주가 자신들에게 거짓말을 하지 않으리라는 생각에 애써 의구심을 접어 두었다. 그런데 이상했다.

 산달공이라는 사내는 도통 뭔가를 할 마음이 없는 듯, 동굴 벽에 등을 기대고 가만히 앉아만 있는 것이었다.

 운선의 시선이 자연스레 구양결에게로 향했다. 저들 일행 중, 자신들처럼 진소천을 재촉하는 사람은 구양결이 유일했기 때문이었다.

 하지만 구양결도 불만스러운 표정만 짓고 있을 뿐, 더 이상 별다른 말을 하지는 않았다.

자신이 무슨 말을 해도 소용이 없다는 것을 알기 때문이었다.

그들이 느끼는 의문은 맹도굉 역시 똑같이 느끼고 있었다. 왜 이렇게 시간을 끄는 건지 이해가 되지 않았다.

결국 참다 못한 맹도굉이 진소천을 향해 전음을 날렸다.

―기다리는 거라도 있나?

진소천의 시선이 힐끗 맹도굉 쪽으로 향했다. 하지만 별다른 대답은 하지 않고 그저 씩 웃기만 할 뿐이었다.

그렇게 또 얼마의 시간이 흘렀다. 해가 더욱 기울어짐에 따라 취현곡에는 점점 어둠이 내려앉고 있었다.

기다림에 지친 일행들이 불을 지피기 위해 말려 놓은 장작을 쌓기 시작했다. 협곡 안에서의 밤은 추위와 함께 다가오는 법이니 당연한 반응이었다.

진소천이 그들을 향해 손을 내저으며 말했다.

"불은 피우지 마."

그 말에 모두들 인상을 찌푸렸다. 가타부타 설명도 없이 해야 할 것을 못하게 하니 기분이 나쁠 수밖에 없었다.

하지만 진소천은 그들에게는 시선도 주지 않고 하늘을 쳐다보았다.

'이제 됐겠지?'

어차피 모든 일은 기관이 열린 직후에 시작된다. 기관이 열리면 저들의 공격이 시작될 것은 분명한 일.

하지만 이쪽은 저들과 싸울 상황이 아니었다. 그렇다면 결국 상황은 추격전으로 이어질 것이 뻔했다. 도망치는 자에게는 낮보다 밤이 편한 것은 당연한 사실. 진소천은 그 시간을 기다린 것이었다.

사실은 기관을 열지 말고 한 번 기다려 볼까 하는 생각도 해 보았다. 하지만 그 생각은 이내 머릿속에서 지운 후였다.

저들에게 검선유고라는 것은 결국 분위기를 몰아오기 위한 미끼 중 하나였다. 하지만 중요한 핵심은 아니다.

어차피 구파일방의 제자들을 죽인 마당이니 그런 전쟁의 흐름은 분명히 만들어질 것이다.

그러니 무작정 기다리는 것은 좋지 않았다. 저들의 움직이는 시간을 이쪽에서 가늠하지 못하기 때문이었다.

진소천이 과장스러운 몸짓으로 몸을 일으키며 말했다.

"아아, 이제 시작할까?"

그 말에 기다리다 지친 이들이 반색을 하며 황급히 몸을 일으켰다.

진소천이 그들을 슬쩍 훑어본 후, 맹도굉을 향해 살짝 고갯짓을 하고는 동굴 안쪽으로 들어섰다.

맹도굉이 급히 진소천의 옆에 붙어 서자 진소천이 고개를 돌리며 급히 귓속말을 했다.

"뒤에 놈들 동굴 안으로 들어오라고 해. 문이 열리면 바로 뛸 수 있도록 준비해."

맹도굉은 얼마 전 했던 진소천과의 약속을 기억하고 있었기에, 그 말 그대로 우직하게 고개를 끄덕였다. 그리고 동굴 밖으로 나서며 일행들을 불러 모았다.

그사이 진소천은 앞을 가로막고 있는 벽의 오른쪽 위를 향해 두 손을 더듬기 시작했다. 평평했던 벽면의 한쪽에 무언가 새겨져 있는 감촉이 느껴졌다.

그것을 찾아낸 진소천이 피식 미소를 지었다. 비형방의 표식이었다. 구양제현이 진소천을 감옥에서 꺼낸 이유였다.

"검."

진소천이 뒤를 돌아보며 툭 던지는 말에, 운선은 저도 모르게 인상을 구겼다. 아까부터 느끼는 거지만, 이 진소천이라는 자는 정말 무례하기 짝이 없었다.

하지만 그 진소천의 손에 동문 어른들의 목숨이 달려 있었다. 그러니 마음에 안 들어도 따르는 수밖에 없었다.

그그그극!

잠시 후 벽면을 긁는 듯한 소리가 동굴 안에 울려 퍼졌다. 일행들은 이미 짙은 어둠이 내려앉은 시간이라 희미한 달빛에 의지해 안력을 돋우며 진소천의 행동을 살폈다. 진소천은 장검을 벽의 틈으로 밀어 넣고 있었다.

진소천은 장검의 검신이 거의 다 들어가도록 밀어 넣은 후, 고개를 돌려 맹도굉과 시선을 마주쳤다.

"음."

짧은 소리와 함께 맹도굉이 고개를 끄덕이는 모습이 눈에 들어왔다. 진소천의 말을 모두에게 전한 모양이었다.

'동굴 안에 있는 놈들이 얼마나 따라 줄지 모르겠군.'

들기로는 동굴 안에 갇혀 있는 사람은 대략 스무 명 정도

라고 했었다.

화산과 무당의 일대 제자와 이대 제자들.

이호겸이나 청허의 나이를 생각해 보면, 장문인과 배분이 같은 일대 제자들은 대부분 예순 전후 일 것이고, 그 제자들인 이대는 마흔 살 전후일 것이다. 그런 이들이 생전 처음 보는 자신의 말을 얼마나 따를지 알 수 없었다.

물론 크게 걱정하지는 않았다. 따라오면 살 가능성이 높아지고, 무시하면 죽을 가능성이 높아진다. 그것은 어디까지나 본인의 판단에 달린 문제지, 진소천이 책임져야 할 문제는 아니었다.

"준비해."

나지막이 말한 진소천이 밀어 넣은 장검의 손잡이를 힘껏 아래로 당겼다.

땅!

작지만 맑은 쇳소리가 동굴 안으로 울려 퍼졌다. 그와 동시에 돌덩이가 긁히는 소리와 함께 앞을 막고 있던 벽이 옆으로 밀리기 시작했다.

벽이 열리면서 가장 먼저 새어 나온 것은, 황당하게도 불이었다. 밖에서 뭔가를 한다는 것을 알았는지, 동굴 안에 있는 이들이 불을 밝힌 모양이었다.

"제길, 불 꺼!"

진소천이 깜짝 놀라 외치는 순간 결국 벽이 완전히 열렸다. 동시에 동굴 안에 있던 이들의 모습이 드러났다.

다들 일어나 만약의 상황에 대비해 장검을 꼬나 쥐고 있었다. 그중 한 사람이 횃불에 불을 붙여 들고 있었다. 동굴 안에 갇힌 후에 남겨 두었던 횃불인 모양.

하지만 진소천에게는 절대 반갑지 않은 상황이었다. 가능하면 기관이 열린 것을 오랫동안 숨기기 위해 밖의 모닥불까지 피우지 못하게 했는데, 하필이면 안에서 불을 피우다니. 이렇게 되면 빛이 새어 나가는 순간 적들도 그 상황을 알아차릴 것이 분명했다.

진소천이 다급한 목소리로 말했다.

"불 끄라고!"

"무슨 소린가? 그리고 자네는 누군가?"

하지만 진소천의 말대로 해 줄 사람은 없었다. 그때였다.

삐이이익!

날카로운 호적(號笛)소리가 취현곡 안에 길게 메아리쳤다.

"이런 씨부랄!"

진소천이 버럭 욕을 하는 동시에 황급히 방향을 틀었다. 그리고 기다릴 것도 없다는 듯 짤막한 외침과 함께 땅을 박찼다.

"살고 싶으면 뛰어!"

콰드득!

동굴 바닥이 요란한 비명을 터트리며 으깨지는 순간, 진소천의 몸뚱이가 한 줄기 바람처럼 공간을 가르고 있었다.

물론, 구양결과 맹도굉을 비롯한 율천대 무인들 역시 그 뒤를 바짝 따른다.

문제는 화산과 무당의 무인들.

미리 언질을 들었던 화산과 무당의 네 사람 중 눈치가 빠른 진사건이 사문의 어른들을 향해 큰 소리로 외쳤다.

"어서 가셔야 합니다!"

짧은 말이었음에도 불구하고, 말이 끝날 쯤에는 진사건 역시 동굴 밖으로 튀어 나간 후였다.

"무슨 말이냐?"

"어딜 가라는 말이냐?"

동굴 안에서 갑작스러운 상황에 직면한 화산과 무당의 무인들이 중구난방으로 외친다. 그리고 그중 감이 빠른 몇 명이 큰 소리로 외치며 그대로 몸을 날렸다.

"갑시다!"

"허! 열심히 잔머리를 굴리는군."

범문광이 비웃음이 분명한 코웃음을 흘리며 취현곡을 내려다보았다.

골짜기로 들어선 시간은 낮이었는데 밤이 되도록 꼼짝도 하지 않던 산달공이, 피우려는 모닥불을 피우지 못하게 하는 모습을 보았기 때문이다. 아마도 이쪽에 자신들의 상황을 들키지 않으려는 의도로 보였다.

하지만 범문광은 크게 신경 쓰지 않았다. 어차피 저들이 도망칠 길이 없다는 것은 잘 알기 때문이었다.

동굴 앞에 모여 있던 이들이 한꺼번에 동굴 안으로 들어

가는 모습이 눈에 들어왔다. 이제 조금 있으면 일이 시작될 것이다. 범문광은 손에 들고 있던 신호용 피리를 입에 물었다.

그때였다.

"큭, 크하하하!"

동굴에서 눈을 떼지 않고 있던 범문광이 갑자기 박장대소를 터트렸다. 하마터면 입에 물고 있던 호적을 떨어트릴 뻔했다. 동굴 안에서 새어 나오는 붉은빛 때문이었다.

"크크큭, 그렇게 용을 썼는데 안에서 호응을 안 하는 모양이구나!"

기관이 열렸다. 이제는 저들을 모두 죽이면 이번 일은 완전히 마무리가 되는 셈이었다.

범문광은 급히 웃음을 거두어들이며 재빨리 호적을 입에 물었다. 이제는 진짜 때가 되었다.

삐이이익!

범문광의 호적 소리가 하늘 높이 솟아올랐다.

삐익, 삐이이익!

동시에 여기저기서 호응하는 소리가 울린다. 그리고 범문광이 몸을 날렸다.

쉬우욱!

마치 바람을 빨아들이기라도 하는 듯한 기묘한 파공성이 진소천의 귓전을 두드렸다.

"흡!"

진소천이 두 눈을 부릅뜬 채 미간을 향해 날아드는 물건을 보았다.

화살이었다. 그런데 보통의 평범한 화살과는 아주 다르다. 화살대가 이리저리 구부러져 있다. 저런 화살이 어떻게 제대로 날아오는지가 궁금해질 정도였다.

하지만 진소천은 긴장의 끈을 놓지 않고 날아드는 화살에 온 신경을 집중했다. 경공을 펼쳐 달리다 보니 화살이 더욱 빠르게 달려들고 있었다.

찰나의 순간 화살은 지척으로 도달했다. 거리는 겨우 일 장. 그 순간 갑자기 화살이 방향을 비틀었다.

"역시!"

뚫어져라 화살을 노려보던 진소천이 버럭 소리를 지르며 손에 든 부채를 휘둘렀다.

타탁!

"큭!"

어깨를 으스러트릴 정도로 거대한 충격에 진소천은 저도 모르게 신음을 집어 삼켰다.

활을 무기로 쓰는 고수는 많지 않다. 하지만 드문드문 보이는 궁술의 고수들은 하나같이 상대하기가 껄끄러운 자들이다.

쏘아 낸 화살, 즉 몸을 떠난 화살에 경력을 실을 수 있는 경지에 도달한 자들이기 때문이었다.

그런데 지금 진소천을 향해 활을 쏜 자는 거기에 한 술 더 뜬다. 날아가던 화살이 방향을 비틀다니. 절대 흔한 일이 아니었다.

쉬욱, 슉!

세 대의 화살이 더 날아들었다.

"흐읍!"

짧게 호흡을 끊는 동시에 진소천은 더욱 강하게 땅을 박찼다. 순간, 진소천이 달리는 속도가 배는 빨라졌다. 그리고 그 속도가 더해질수록 화살과 맞닥뜨리는 시간은 더욱 짧아진다. 훨씬 더 큰 위험에 스스로 뛰어드는 격이었다.

하지만 어차피 몸을 날려야 하는 상황이었다. 그 상황에 저 화살은 아주 성가신 물건이 아닐 수 없었다.

실려 있는 거대한 경력도 경력이지만, 갑자기 방향까지 비틀어대니 위험하기 짝이 없었다.

그래서 속도를 더했다. 화살이 방향을 비틀기 전에 쳐내겠다는 속셈이었다. 그렇게 되면 문제의 화살은 평범한 화살과 크게 다르지 않다. 물론, 실려 있는 무시무시한 경력까지는 어찌할 수 없었지만.

탁, 타탁!

오른손에 들린 부채가 쉴 새 없이 움직이며 화살의 중간 부분을 밀어냈다. 치는 것이 아니라 슬쩍 힘을 얹어 방향만 비틀어 내는 것이었다. 그렇지 않고서는 화살에 실린 엄청난 힘을 감당할 수 없었다.

진소천은 순식간에 취현곡의 중간쯤에 도착했다.

이제 남은 거리는 절반. 일단 이 골짜기만 벗어날 수 있다면, 살아날 가능성은 곱절로 올라가게 된다.

그때 또다시 기묘한 파공성이 진소천의 귓바퀴를 훑고 지나갔다.

"이런 망할!"

입에서 절로 욕이 터져 나왔다. 날아드는 화살이 무려 십여 개로 늘어나 있었다. 하지만 진소천에게 더욱더 망할 상황은 그다음이었다.

"흡!"

날아드는 화살의 궤적이 이상했다. 아까처럼 직선으로 날아오다 방향을 트는 것이 아니라, 아예 처음부터 무질서하게 방향을 비틀어대며 날아들고 있었다.

앞에 날렸던 화살들은 강한 힘으로 거의 정확하게 목표를 향해 날아가지만 변화가 제한적인 반면, 지금 날아드는 화살은 정확성은 떨어지지만 변화무쌍한 궤적을 가지고 있기에 종잡을 수가 없었다.

그렇기 때문에 한꺼번에 많이 쏘아 내는 듯했다. 많은 화살을 날려 명중률을 높이는 것이다.

"윽!"

진소천이 짧은 신음을 토했다. 한꺼번에 날아든 화살들을 모두 피하지 못해 어깨와 다리를 스친 탓이었다. 하지만 이내 진소천의 입가에 미소가 떠올랐다.

"호오, 이런 건가?"

날아드는 모양은 아주 위협적이고 기괴했지만, 실체를 들여다보면 오히려 앞서 날린 것보다 못하기 때문이었다.

기다리는 자들 211

많은 화살을 한꺼번에 날리는 동시에, 변화무쌍한 궤적을 제어하기 위해 신경을 집중한 탓인지 그 위력이 현저히 줄어든 탓이었다. 쉽게 말해 화려하기만 하지 실속은 없는 셈.

앞서 날린 것들은 부채로 쳐내는 것이 버거울 정도였지만, 지금 것은 그렇지 않았던 것이다.

그때 두 번째 화살 무더기가 날아들었다.

하지만 더 이상 문제될 것이 없었다. 화살에 위력이 없다면 일일이 손으로 쳐내면 될 일이었다. 진소천은 충분히 그럴 수 있을 정도로 빠르게 움직일 수 있었다.

타타타탁!

현란하게 움직이는 부채의 움직임에 화살들이 힘없이 바닥으로 떨어져 내렸다.

그리고 마침내 진소천은 취현곡의 입구가 보이는 곳에 도착할 수 있었다. 그곳에는 십여 명 정도가 이쪽을 향해 화살을 날리고 있었다.

그중 가운에 있는 자가 진소천을 향해 활을 쏘았고, 주위에 있는 이들은 다른 일행들을 향해 활을 쏘고 있었다.

"에라이!"

진소천은 버럭 소리를 지르는 동시에 부채를 허리춤에 꽂았다. 그리고 어느새 집어 들고 있던 돌멩이를 왼손에서 오른손으로 옮겨 쥐고는 그대로 힘껏 내질렀다.

쉐에에에엑!

무시무시한 바람 소리와 함께 돌멩이가 일직선의 궤적을 그렸다.

"으으윽!"

어찌나 세게 날렸는지 진소천이 중심을 잃고 비틀거릴 정도였다. 하지만 그것도 잠시, 이내 중심을 회복하고는 던진 돌멩이의 궤적을 따라 땅을 박찼다.

으적!

활을 쏘던 사내가 오른손의 장력으로 돌멩이를 으스르트리는 것이 보였다. 그와 함께 사내의 인상이 와락 구겨지는 것 또한 볼 수 있었다.

현령무극귀공의 공력을 온통 오른팔에 끌어모아 던졌으니 그 힘이 오죽하겠는가.

비틀거리는 사내의 모습. 그리고 사내 주위에서 활을 쏘던 자들의 얼굴에 당혹감이 어렸다.

진소천은 물론 맹도굉을 포함한 일행들이 지척에 도착한 탓이었다. 이 정도 거리라면 화살이 소용이 없었다.

가장 먼저 도착한 진소천이 그대로 부채를 휘둘렀다.

딱, 따다닥!

비틀거리던 사내가 황급히 화살 하나를 꺼내 들고 진소천의 부채를 맞이했다.

'음!'

그 화살 또한 보통의 화살은 아니었다. 화살촉만이 아니라 화살대까지 쇠로 만들어진 철전(鐵箭)이었다.

"끄아아악!"

그때 저 멀리 뒤쪽에서 요란한 비명이 울려 퍼졌다. 동굴 근처에 남아 있던 화산과 무당 제자들의 비명이었다.

하지만 거기에 신경 쓸 겨를이 없었다. 뒤쪽에서 자신들을 쫓아오는 자들이 있다는 것을 알기 때문이었다.
"흐읍!"
짧게 숨을 들이마시는 순간, 진소천은 남아 있던 모든 공력을 쥐어짰다.
눈앞의 사내는 단순히 궁술의 고수가 아니었다. 철전을 장검처럼 사용하고 있었는데, 그 또한 초절의 수준이었다.
"타앗!"
짧은 기합과 함께 그대로 부채를 내질렀다. 동시에 사내가 경악스러운 눈빛으로 진소천의 부채를 쳐다보았다. 부채에서 휘몰아치는 거대한 압력을 느낀 탓이었다.
"으득!"
이를 악무는 소리가 진소천의 귀에도 들릴 정도였다.
까아아앙!
굉음에 가까운 높은 쇳소리와 함께 사내의 철전이 한가운데가 우그러진다. 하지만 진소천 역시 자신이 날린 힘을 이기지 못했다.
진소천과 사내가 한 덩어리가 되어 바닥을 굴렀다.
"진 노제!"
뒤따라 달리던 맹도굉이 깜짝 놀라 외쳤다. 그 순간 진소천이 땅을 몇 바퀴나 구른 후에 벌떡 일어나며 외쳤다.
"맹 형, 나 좀 업어!"
"음!"

맹도굉의 얼굴에 잠시 놀람의 빛이 스친다. 하지만 이내 뭔가를 깨달은 듯 재빨리 진소천을 둘러업었다.
 그런 맹도굉의 귓가에 진소천의 목소리가 들렸다.
 "호도협으로!"

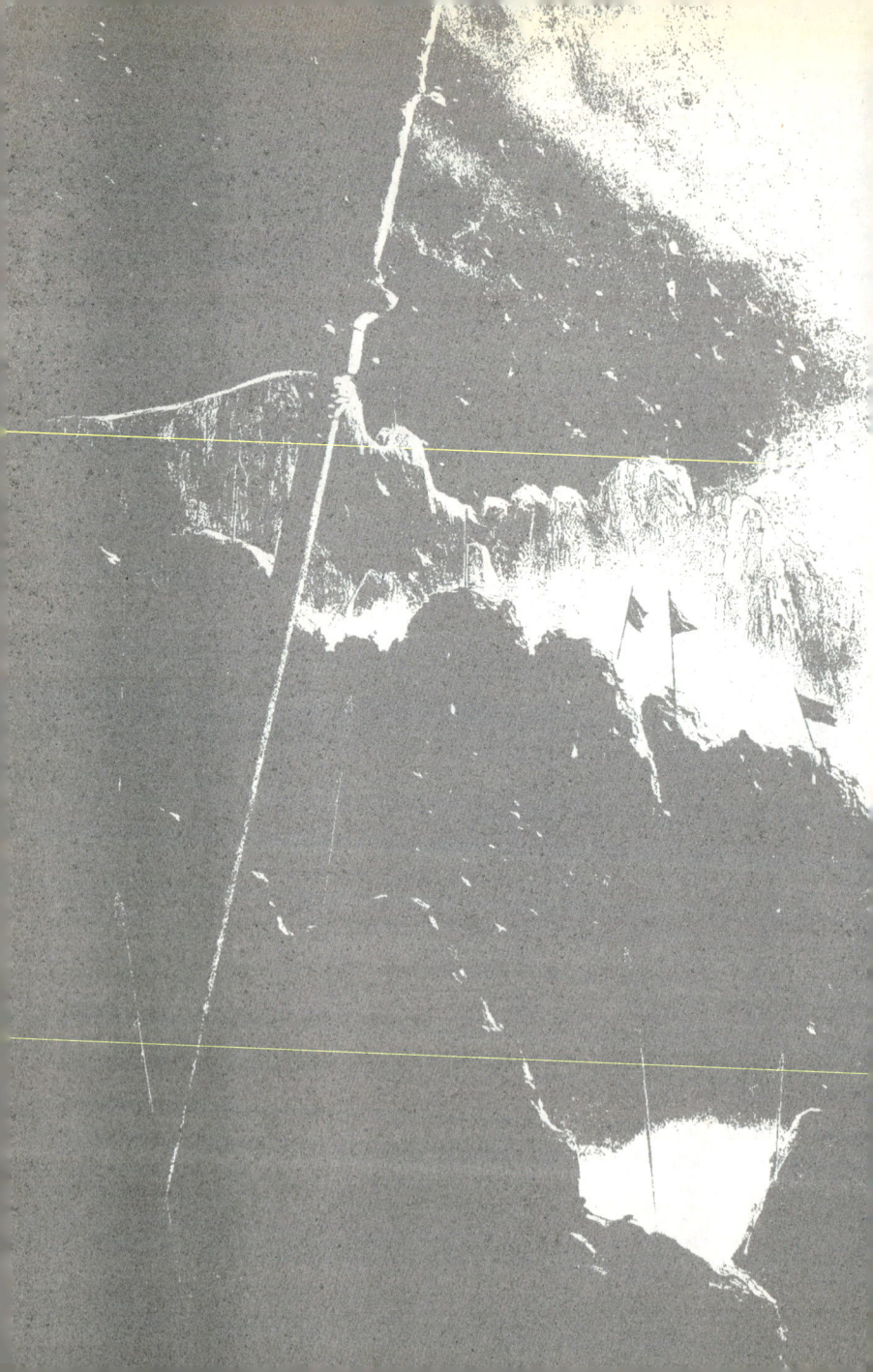

"허!"

취현곡 입구 쪽을 향해 몸을 날리는 범문광의 입에서는 허탈한 웃음소리가 터져 나왔다. 이렇게 어처구니없는 일이 일어날 수도 있다는 생각에 잠시 머리가 멍해지는 기분이었다.

동굴에서 새어 나오는 불빛을 보고 바로 뛰어내려 간 것까지는 아주 좋은 선택이었다.

활을 쓰는 셋째 범문권에게 입구를 지키라고 보낸 것 또한 나쁜 선택은 아니었다. 좁은 입구를 막은 채 활을 쏴 처리하는 것은 분명히 효율적인 일이었다.

하지만 결과는 그의 표정만큼이나 어처구니가 없었다.

비탈을 뛰어내려 온 범문광은 넷째인 범문령과 함께 동굴로 향했다.

동굴에서 뛰쳐나와 취현곡 입구로 향한 이들의 수는 겨우 열 명 남짓. 그 정도면 범문권이 충분히 막을 수 있으리라 판단하고, 가장 고수들이 모여 있는 동굴로 향한 것이었다.

총타에서 나올 때 범기천의 제자들은 모두 자신의 수하들을 데리고 나왔다. 그러니 동굴로 들이닥친 이들은 모두 스물두 명.

도착하자마자 화산과 무당의 무인들이 기습을 하며 덤벼들었지만, 대부분이 오랜 시간 동굴에 갇혀 있다가 이제 막 나온 상황이었다.

기력이 많이 떨어진 상황에서 범문광과 범문령, 그리고 두 사람의 수하들을 상대하는 것은 어려운 일이었다.

그렇게 동굴 쪽에 있는 화산과 무당 무인들을 모두 처치한 범문광이 골짜기 입구 쪽을 살폈다.

그리고 그때부터 일이 꼬인 것을 알게 되었다.

가장 선두에서 달려 나가던 산달공이 범문권을 때려눕히고 그대로 취현곡을 빠져나가 버린 것이었다.

"멍청한 놈!"

범문광은, 자신보다 훨씬 더 어이없는 표정을 짓고 있는 범문권에게 매서운 눈초리를 날리며 땅을 박찼다.

범문광의 무시에 와락 인상을 구기는 범문권의 옆으로 넷째인 범문령이 지나치며 외쳤다.

"뭐 해요? 얼른 따라와요!"

재빨리 몸을 일으킨 범문권이 황급히 사형제들의 뒤를 따라 몸을 날렸다.

취현곡 입구에서 산을 내려가는 길은 단 하나. 범문광은 망설임 없이 길을 따라 달렸다.

도망을 치는 와중에 지형이 어떻게 변할지 모르는 산속으로 들어가는 것만큼 멍청한 짓은 없다. 더군다나 길이 없는 산은 장애물이 많은 만큼 흔적도 선명하게 남는다. 차라리 만들어져 있는 길을 따라가다 갈림길을 찾는 것이 현명한 선택이다.

물론 그 맹점을 찌르고 오히려 길이 없는 산으로 올랐을 수도 있지만, 범문광이 이야기 들은 산달공이라면 그런 불확실함에 목숨을 걸 것 같지가 않았다.

단숨에 산을 내려온 범문광을 맞이한 것은 호도협을 따라 흐르는 금사강의 무시무시한 물살.

그 웅장한 물소리가 협곡을 가득 채우고 있기에 소리로 방향을 가늠하는 것은 불가능한 일이었다.

길은 두 갈래였다. 정확하게는 금사강의 물길을 따라 절벽 옆에 나 있는 길이었는데, 취현곡을 따라 내려와 그 길을 만난 것이다.

'북쪽? 남쪽?'

호도협을 남쪽에서 북쪽으로 종으로 흐르는 물길이었다. 물길을 따라 북쪽으로 간다면 옥룡설산을 북쪽으로 크게 우회하는 길이고, 남쪽으로 가면 려강부로 들어선다. 그렇다면 고민할 필요가 없었다.

"남쪽으로 간다!"

범문광은 무시무시한 물소리 탓에 공력을 담아 버럭 소리를 지른 후, 그대로 절벽의 길을 타고 남쪽으로 내달렸다.

"이대로 계속 가면 되는 건가?"
진소천을 업은 맹도꿩이 쉬지 않고 발을 놀리며 외쳤다. 절벽 옆의 길과 나란히 흐르는 금사강의 무시무시한 물살이 만들어 내는 소리는 귀가 먹먹할 정도였다. 그러다 보니 자연스레 목소리가 커질 수밖에 없었다.
"묻지 말고 달려. 때가 되면 말해 줄 테니!"
그때 맹도꿩과 나란히 달리던 구양결이 다급한 목소리로 물었다.
"이 길로는 위험한 거 아니냐? 북쪽은 산을 돌아야 하니 남쪽으로 갔다는 걸 놈들도 추측할 수 있을 텐데?"
진소천이 맹도꿩의 등에 업힌 채 고개만 돌리며 되물었다.
"그러면 북쪽 길로 갔어야 된다고?"
"그게 허를 찌르는 방법 아니었을까?"
"그쪽은 길이 너무 뻔해."
"하지만……."
뭐라고 말을 하려던 구양결이 말끝을 흐리고는 다른 이야기를 꺼냈다.
"그러면 차라리 산으로 올라가는 건?"
"멍청아, 나무 꺾고 풀 밟으면서 나 이쪽으로 갔다고 외치면서 튈 거냐?"
물소리 때문인지 주고받는 목소리가 점점 커졌다.

그때였다.
쿠르르릉!
갑자기 천둥소리가 울려 퍼졌다. 하지만 그것은 천둥소리가 아니었다. 호도협의 시작 지점, 비교적 잔잔한 금사강의 물길이 상호도(上虎跳)로 들어서면서 갑자기 폭이 좁아지고 급류로 바뀌어 만들어 내는 굉음이었다.

그 소리를 들은 진소천이 맹도굉의 귓가에 대고 외쳤다.
"다 왔어. 조금만 더 가!"
그렇게 얼마나 더 달렸을까. 일행들은 마침내 급류가 만들어 내는 천둥소리의 근원을 만날 수 있었다. 그리고 또 하나, 아주 익숙한 얼굴을 만났다.
"장마노?"
구양결이 황급히 걸음을 멈추며 당혹스러운 목소리로 외쳤다. 장마노가 서 있는 장소 때문이었다.

거대한 강줄기 한가운데, 삐죽 솟아 있는 커다란 바위 위에 장마노가 서 있었던 탓이다.
"이, 이게 어떻게 된 거냐?"
지금의 상황을 만든 이는 진소천인 것이 분명했다. 그리고 진소천이 고개를 끄덕이며 외쳤다.
"지금부터 여기를 건널 거야."
"뭐!"
구양결이 대경실색을 하며 외쳤다. 절벽 길 아래 무서울 정도로 굽이치는 금사강의 물길을 두고 강을 건너겠다니.
금사강은 갑자기 폭이 좁은 협곡으로 들어선 탓에 무서울 정도의 급류가 쉴 새 없이 솟구치고 가라앉기를 반복하고 있었다. 거대한 폭포의 용소 아래 와류 못지않은 물살이었다.

이런 곳에 빠진다면 아무리 고수라도 쉬이 빠져나올 수는 없을 것이 분명했다.

하지만 진소천의 표정은 확고했다.

"호랑이도 뛰어넘었다는 호도협이다. 충분해!"

그러면서 손으로 가리킨 것이, 장마노와 담무궐이 서 있는 강 한가운데 불쑥 솟아올라 있는 커다란 바위였다. 그 바위가 이야기 속에 나오는, 호랑이가 징검다리 삼아 협곡을 뛰어넘었다는 호도석(虎跳石)이었다.

하지만 구양결은 여전히 고개를 가로저었다.

호랑이가 뛰어넘었다고 하는 호도협의 폭이 좁다고는 해도 그 거리가 무려 십 장이었다. 물론 강물 한가운데 자리한 호도석이 있으니 오 장 거리를 뛰면 되기는 한다. 하지만 오 장 거리를 단숨에 뛰는 것은 결코 쉬운 일이 아니었다.

더군다나 오랜 세월 금사강의 물살에 젖어 있는 호도석이니만큼, 미끄러워 발을 딛기도 쉽지 않을 것이다.

조금만 실수해도 무시무시한 급류에 휩쓸릴 위험한 시도였다. 그런데 아무렇지도 않게 그걸 하자니 구양결로서는 황당할 수밖에 없었다.

백 번 양보해서, 호도석까지는 어떻게든 뛸 수 있다고 해도 그다음은 방법이 없었다. 그 너머는 깎아지른 절벽이기에 건너도 발 디딜 곳이 없기 때문이었다.

하지만 진소천은 거리낌이 없었다. 아니, 그보다는 여기서 이들을 설득할 시간은 없었다. 범문광이 따라붙기 전에 호도협을 건너야 했다.

"맹 형, 나 좀 저쪽으로 던져 줘!"

"뭐? 진심인가?"

깜짝 놀라 되물으면서도 맹도굉은 자신의 예상이 맞아떨어졌다는 데 또 한 번 놀랐다. 그는 진소천의 무공이 어쩌면 불안정한 부분이 있는 것이 아닌가 하는 생각을 했었다.

처음 그런 생각을 한 것은, 진소천과 황윤이 지붕 위에서 대화하는 것을 들었을 때였다. 자신이 올라가니 황윤이 시답잖은 농담을 던지는 것을 들었기 때문이었다.

눈치가 빠르고 기민한 진소천이, 자신이 올라가는 것을 알았다면 황윤이 그러기 전에 먼저 행동을 했으리라. 그것을 역으로 생각하면 진소천은 눈치를 채지 못하고 있었다는 뜻이 되고, 그 이유가 무공에 문세가 있기 때문이 아닐까 싶었던 것이다.

그 이후에도 차륜선을 타면서도 절대 수차의 축을 구르려 하지 않았던 점이나, 좀처럼 무공을 드러내려고 하지 않는다는 사실이 겹치면서 점점 확신을 하게 만들었다.

그리고 협곡을 빠져나오면서 자신을 업고 가라고 말을 했고, 이제는 던져 달라고 말하고 있다. 경공으로 몸을 날릴 수 있다면 그런 말을 하지는 않으리라.

"어서!"

두 번의 배신

진소천의 재촉에 맹도꿩이 황급히 손을 뻗었다. 그리고 곽제윤과 함께 기마를 태우듯 진소천을 들어 올렸다.

"지금!"

외침과 동시에 진소천의 몸뚱이가 두 사람의 힘에 밀려 호도석을 향해 날아갔다. 그리고 그 순간, 진소천의 몸뚱이를 향해 날아드는 길고 긴 채찍.

사라락!

허공에 떠 있는 진소천의 허리를 감는 순간, 채찍이 팽팽하게 당겨지며 진소천을 잡아당겼다. 삼 장에 달하는 어마어마한 길이를 자랑하는 장마노의 채찍이었다.

갑작스러운 힘에 끌려간 진소천은 비틀거리며 간신히 호도석 위에 내려섰다.

"저런 방법이!"

호도석 위에 내려선 진소천이 이쪽을 향해 크게 손짓을 하며 뭐라고 외치고 있었다.

커다란 물소리 탓에 무슨 말을 하는지 들리지는 않았지만, 무슨 뜻인지 모르는 사람은 없었다.

두 번째로 나선 사람은 맹도꿩이었다.

"타앗!"

묵직한 기합과 함께 맹도꿩이 땅을 박차며 날아올랐다.

"큭!"

맹도꿩은 잔뜩 공력을 끌어올리고 경신의 공부를 펼친 덕분에 순식간에 삼 장의 거리를 좁혔다. 하지만 몸뚱이는 이미 아래로 비스듬한 곡선을 그리며 떨어지고 있었다.

이번에도 장마노의 채찍이 맹도굉을 감아올리며 호도석 위로 끌어올렸다.
 연달아 두 명이 호도석 위에 내려서니 마음이 놓인 일행들이 줄줄이 호도석을 향해 도약했다.
 "이제는 어떻게 하냐?"
 구양결의 물음에 진소천은 가타부타 말도 없이 장마노에게 다가가 채찍 끄트머리를 말아 쥐었다. 그리고는 장마노를 향해 고개를 끄덕였다.
 동시에 장마노의 손이 움직이고, 뒤이어 세차게 휘둘러진 채찍을 따라 진소천의 몸뚱이가 반대편 절벽을 향해 날았다.
 "어, 어어!"
 크게 놀란 구양결이 말도 못한 채 똑같은 소리만 반복하는 찰나, 진소천이 잡고 있던 채찍이 팽팽해지려 하고 있었다. 그리고 휘둘러진 채찍이 완전히 팽팽한 상태가 되고 다시 당겨지기 직전의 순간, 그 찰나를 놓치지 않고 진소천이 손을 놓았다.
 진소천은 채찍에 의해 던져진 그 힘에, 그대로 몸을 실었다.
 시야 안으로 순식간에 절벽이 들이닥친다. 하지만 그 단단한 바위의 벽에 진소천이 준비해 놓은 구명줄이 있었다.
 절벽 위에서 아래로 드리워진 여섯 줄의 두꺼운 밧줄.
 타악!
 거대한 절벽에 부딪치기 직전, 진소천은 두 발로 절벽을 밀어 무릎의 탄력으로 충격을 줄이는 동시에, 손을 뻗어 밧줄을 잡았다.

하지만 힘이 모자랐는지 갑자기 몸뚱이가 아래로 주르륵 미끄러졌다.

"끄윽!"

손바닥이 불로 지지기라도 하듯 타들어 갔지만, 밧줄을 쥔 아귀에서 힘을 빼지 않는다.

마침내 진소천이 밧줄에 매달리는 데 성공했다. 그리고 진소천의 무게로 밧줄이 팽팽해지자 갑자기 밧줄이 위로 끌어올려지기 시작했다.

"다음!"

조마조마한 표정으로 진소천을 지켜보던 장마노가 큰 소리로 외쳤다. 안력을 돋우어 절벽에 드리워져 있는 밧줄을 발견한 맹도굉이 나섰다.

밧줄은 모두 여섯. 한 사람이 매달리면 빠른 속도로 끌어올려지고, 남아 있는 밧줄에 다른 사람이 매달린다. 그렇게 마지막 밧줄이 끌어당겨질쯤, 처음 진소천이 매달렸던 밧줄이 다시 절벽 아래로 내려왔다.

사람 수가 열 명 정도밖에 되지 않으니, 밧줄 하나 당 두 사람씩만 끌어올리면 되는 의외로 손쉬운 과정이었다.

마지막으로 장마노가 호도석을 박차고 뛰어올랐다. 다른 사람과는 달리 경공으로 먼저 몸을 날리고, 그다음에 채찍을 휘둘러 밧줄에 얽히게 한다.

"노대!"

밧줄을 타고 절벽 위로 올라온 곽제윤이 반가운 목소리로 외쳤다. 밧줄을 끌어올린 이는 다름 아닌 다섯 노대와 담무궐이었다.

오던 도중 진소천의 서신을 받은 장마노가, 일행들과 함께 미리 이곳으로 와 준비하고 있었던 것이다.

이영헌이 끌어올린 밧줄에 장마노가 매달려 있는 것을 본 조원보가 걱정스러운 목소리로 물었다.

"나머지는?"

무당과 화산의 무인들도 몇 명 올라왔는데, 율천대의 다른 동료들이 보이지 않으니 걱정이 된 모양이었다. 대답은 맹도굉의 입에서 나왔다.

"중간에 형문산으로 돌아갔다."

자세한 이야기를 할 수 없는 상황이라 그 정도까지만 이야기해야 했다.

절벽 위에 올라선 진소천이 방향을 가늠한 후, 잽싸게 맹도굉의 등에 업히며 외쳤다.

"가지!"

그 소리에 노대들과 담무궐이 재빨리 밧줄을 끊었다. 그리고 모두 맹도굉의 뒤를 따라 달리기 시작했다.

"이런 멍청한 놈들!"

구양윤의 입에서 거친 목소리가 튀어나왔다. 깜깜한 밤이었지만, 저 아래 호도석이 있는 곳에 몇 개의 인영이 몸을 날리는 모습이 눈에 들어온 탓이었다.

그 말은 곧 구룡방주의 제자들이 일을 제대로 마무리하지

두 번의 배신 229

못했다는 뜻이었다.

호도협은 두 개의 산 사이를 가로지르는 물길이었는데, 그 두 개의 산이 옥룡설산과 합파설산(哈巴雪山)이었다.

그리고 지금 구양윤이 율천대 무인들과 함께 자리를 잡고 있는 곳이, 호도협이 내려다보이는 합파설산 쪽 절벽 위였다.

구룡방주의 제자들이 운남에서의 일을 처리하기로 약속했지만, 혹시나 하는 생각에 멀찍이 떨어져 상황을 살피고 있었던 것이다. 그런데 때마침 이런 일이 벌어졌으니 짜증이 솟을 수밖에.

'어떻게 한다?'

이곳에서 모습을 드러내게 되면, 진소천은 분명 의심부터 할 게 분명했다. 그러면 오히려 일이 더 꼬일 수도 있었다. 하지만 가만히 있자니 구룡방주의 제자들이 저들을 놓칠 것만 같았다.

그때 합파설산 쪽 절벽으로 오른 진소천 일행이 어디론가 달려가는 모습이 눈에 들어왔다. 더 이상 고민할 시간이 없었다. 그나마 진소천 일행이 호도협을 건너 합파설산으로 올라온 것은 다행스러운 일일 수도 있었다. 만약 다른 곳으로 갔다면 쫓아가기도 힘들었으리라.

"제길! 이 부대주님, 저쪽으로 가서 구룡방의 머저리들을 맡아 주십시오. 진가 놈이 도망친 쪽으로 안내를 해 오시면 됩니다. 섭 대주님은 저와 함께 쫓아갑시다!"

말이 떨어지기가 무섭게 이규홍의 대답이 들렸다.

"표시를 남겨 두세요!"
"알겠습니다!"
 큰 소리로 대답하는 구양윤은 이미 저만치 달려가고 있었다. 이규홍이 자신의 수하들을 향해 말했다.
"우리도 가자."

"음!"
 가장 앞서 달리던 범문광이 황급히 발을 멈췄다. 그리고 몸을 숙여 절벽 끄트머리를 살폈다.
"왜 그래요?"
 뒤따라오던 범문령이 급히 발을 멈추며 물었다.
"놈들이 저쪽으로 뛴 것 같은데?"
"네?"
 범문령이 깜짝 놀라 외쳤다. 범문광이 가리킨 곳에 있는 것은 호도석, 그리고 그 건너편에는 절벽이 자리하고 있기 때문이었다.
"저쪽으로 뛰어서 어디로 갔다는 거죠?"
 범문령의 물음에 범문광이 자연스레 고개를 들고 맞은편 절벽 위를 쳐다보았다. 하지만 범문령으로서는 이해할 수 없는 일이었다.
 저 호도석까지 도약을 하는 것도 힘든 일이지만, 그 맞은편 절벽을 오르는 것은 더욱 힘든 일이었다.
 범문령의 생각을 알아차린 범문광이 방금 살피던 절벽 길의 가장자리를 가리켰다.

두 번의 배신 231

"음, 확실히 뛴 것 같기는 하지만……."

범문령이 확신이 서지 않는 목소리로 말했다. 절벽 길의 가장자리가 심하게 깨져 나간 상태였다. 상태로 보아 방금 전에 깨진 듯 먼지가 쌓여 있지가 않았다.

뒤이어 범문권이 도착했다.

연방 호도석과 맞은편 절벽 위를 살피는 범문광의 얼굴에 갈등의 빛이 떠올랐다.

'산달공이라면 미리 준비를 해 놓았을 가능성이 큰데…….'

범문광은 이곳까지 쫓아오는 동안, 진소천이 동굴을 통해 취현곡으로 들어간 것은 이쪽의 전력을 분산시키기 위해서라는 것을 깨달았다.

그리고 그런 정도의 준비를 하는 놈이라면, 어쩌면 도망칠 준비를 미리 철저하게 했을 가능성이 컸다.

잠시 고민하던 범문광이 범문권을 향해 말했다.

"줄을 걸어라."

이미 한 번 실수를 했던 범문권이었기에 범문광의 말에 바로 몸을 움직였다. 쇠로 만든 철전을 집어 들더니 그 날개깃이 있는 쪽에 밧줄을 걸었다.

취현곡의 위쪽으로 올라가야 하는 탓에 밧줄을 구비하고 있던 것이 다행이었다.

끼이이익!

물소뿔을 이용해 만든 활대가 비명을 터트렸다. 철전을 걸고 시위를 팽팽하게 당긴 범문권은 천천히 호흡을 골랐다.

호도석에 철전을 박아 그 사이에 밧줄을 걸어야 하는 만큼, 잘 벼린 칼날만큼이나 예리한 집중력이 필요했다.

완전히 호흡이 가라앉고 철전을 통해 공력이 모이는 순간, 범문권이 시위를 놓았다.

쒜에에엑, 파악!

무시무시한 소리와 함께 허공을 가른 철전이, 그대로 호도석에 틀어박혔다. 그것을 확인한 범문권의 수하가 밧줄의 반대편 끝을 절벽의 길옆의 울퉁불퉁한 바위에 감았다.

"가서 절벽 위로 올라갈 수 있도록 줄을 걸어라."

"예!"

대답과 동시에 범문권이 밧줄 위로 올라탔다. 극도의 균형 감각이 필요한 일이었지만, 따로 방해가 있지 않은 한 범문권 정도의 고수에게는 아주 어려운 일은 아니었다.

범문권이 가볍게 몸을 퉁기며 호도석을 향해 가는 사이, 범문광은 범문령을 향해 말했다.

"사매는 길을 따라가도록 해라."

느낌으로는 이 호도협을 건넌 것 같았지만, 거기에 모든 것을 걸 수는 없었다.

"알았어요."

대답과 동시에 범문령은 다시 길을 따라 달리기 시작했다.

달려가는 범문령을 일견한 범문광이 호도석 위를 살폈다. 범문권이 이번에는 절벽 위쪽을 향해 시위를 당기고 있었다.

"잠깐!"

두 번의 배신 233

등에 업힌 진소천의 말에 맹도굉이 재빨리 발을 멈췄다. 그 뒤를 따르던 이들도 하나둘 멈춰 서는 사이, 진소천이 맹도굉의 등에서 내려왔다.

"잠시 쉬어야겠어."

밧줄을 잘라 낸 후 달리기 시작한 그들은, 호도협의 커다란 물소리가 들리지 않는 거리까지 와 있었다. 말 그대로 쉬지 않고 달린 것이었다.

"커헉, 컥!"

여기저기서 토할 듯이 거칠게 숨을 내뿜는 소리가 들린다. 지금 위치한 곳이 너무 높은 지대다 보니 숨을 쉬기가 곤란한 탓이었다.

무인에게 있어 힘의 원천인 호흡이 힘겨운 곳에서 경공을 펼쳐 무리하게 달려왔으니 당연한 일이었다.

그사이 진소천은 주변을 살폈다.

높은 산 중턱에 넓게 펼쳐져 있는 초원지대였다. 방금 달리던 방향 저편에는 작은 길도 보였다. 서장을 오가는 마방들이 이용하는 길이었다. 그리고 길 너머로 높이 솟은 봉우리들이 보였다.

'제대로 왔군.'

일단 원하던 곳까지는 도착을 했다. 진소천은 다시 고개를 돌려 자신들이 지나온 길을 살폈다.

'가능하면 쫓아오지 않는 게 좋기는 한데.'

그러는 쪽이 가장 안전한 방법이었다. 하지만 진소천이 듣기로 구룡방의 범문광은 그리 호락호락한 인물이 아니었다.

진소천은 조급한 표정으로 일행들의 모습을 살폈다. 하나같이 잔뜩 몸을 웅크린 채 가쁜 숨을 몰아쉬고 있었다.

멀쩡하게 서 있는 사람은 진소천 자신과 장마노, 담무궐, 맹도굉 네 사람뿐이었다. 진소천을 제외하면, 다른 이들과는 무공 수위의 확연한 차이를 보여 주는 모습이었다.

그중 맹도굉은 장마노나 담무궐에 비해 눈에 띌 정도로 어깨를 들썩이고 있었는데, 그것은 어디까지나 진소천을 업고 달린 탓이었다. 그리고 맹도굉 등과 비슷한 수준의 무인으로 화산파의 이대 제자 두 명과 일대 제자 한 명이 있었지만, 동굴에 갇혀 있는 동안 기력이 쇠한 탓에 지금은 제대로 힘을 쓸 수가 없었다.

결국 지금 제대로 싸울 수 있는 이는 장마노와 담무궐, 맹도굉 세 사람뿐이었다.

'싸우기보다는 억지로라도 움직이는 게 좋겠군.'

결정을 내린 진소천이 일행들을 향해 말했다.

"이제 출발해야지!"

그때 담무궐이 진소천의 어깨를 두드렸다.

"응?"

"이번에는 내가 업도록 하지."

"크크, 맹 형보다 등판이 넓어서 훨씬 편하겠는데?"

진소천이 객쩍은 농담을 하며 담무궐의 등에 업혔다. 멀쩡한 네 사람을 제외한 다른 이들은 숨이 가빠 도저히 달릴 수 있을 것 같지가 않았지만, 쫓아오는 적들을 생각하니 주저앉아 있을 수가 없었다.

그리고 다시 힘겨운 달음박질이 시작되었다.

마방들이 이용하는 길을 가로질러 저 멀리 만년한설로 뒤덮인 봉우리로 방향을 잡고 얼마를 달렸을까.

"음?"

담무궐의 등에 업혀 힐끗 뒤를 돌아보던 진소천이 두 눈을 가늘게 떴다. 저 멀리 자신들을 쫓아오는 그림자들이 눈에 들어온 탓이었다.

'뭐지?'

그런데 뭔가 이상했다. 취현곡에서 맞닥뜨렸던 구룡방도들이 아니었다. 하지만 확신할 수는 없는 일이었고, 확신을 한다 해도 피아가 구분이 되지 않는 한 더 빨리 달리는 수밖에 없었다.

"누가 쫓아온다! 서둘러!"

진소천의 외침에 일행들이 괴로운 표정으로 이를 악물었다. 다리는 천근만근 무겁고, 폐가 터져 나가기라도 할 것처럼 가슴이 답답했다. 그런데 더 서두르라고 하니 이대로 콱 죽어 버리고 싶은 심정이었다.

그때였다.

"결아!"

뒤에서 갑자기 귀에 익은 목소리가 들렸다. 동시에 구양결의 발이 그 자리에 뿌리라도 박은 듯 우뚝 멈췄다. 그리고 힐끔 뒤를 돌아본 찰나, 저도 모르게 반색을 하며 외쳤다.

"형님!"

"으?"

구양결의 외침에 진소천은 와락 인상을 구겼다. 다른 놈도 아니고 하필이면 구양윤이라니.

"야, 무시하고 달려!"

진소천이 혹시나 하는 생각으로 말을 했지만, 구양결은 무슨 헛소리냐는 표정을 지어 보일 뿐이었다. 구양결만이 아니다. 장마노와 담무궐을 제외하고는 모두 그 자리에 멈추고 있었다. 한꺼번에 극도의 피로가 쌓인 상태였는데, 무림맹 사람이 왔다고 하니 한순간 긴장이 풀어져 버린 것이었다.

이쯤 되면 진소천도 억지로 밀고 나가기가 애매했다. 게다가 맹도굉 마저 발을 멈추고 있으니 어쩔 수가 없었다.

재빨리 담무궐의 등에서 내려온 진소천이, 담무궐과 장마노의 옷깃을 끌어당기며 낮은 목소리로 말했다.

"맞받아칠 준비를 해."

무슨 뜻인지 단번에 이해한 두 사람은 언제라도 출수할 수 있도록 천천히 공력을 끌어올렸다.

그러는 동안 구양결은 달려오는 구양윤을 맞이하기 위해 왔던 길을 되돌아가고 있었다.

"형님, 이곳까지는 어떻게 오셨습니까?"

"아버지께서 혹시 모르니 가 보라고 하셨다. 그나저나 이게 어찌 된 일이냐?"

"그것이……."

구양결이 구양윤과 나란히 걸음을 옮기며 일행들이 있는

두 번의 배신 237

곳으로 왔다. 그러는 동안 그간의 사정을 간단하게 설명했다.

'흐음, 그랬군. 역시 저놈은······.'

구양윤의 시선이 슬쩍 진소천을 훑어보았다. 그냥 얌전히 죽을 것이지 이렇게 피곤하게 움직이게 만든 진소천이 마음에 들지 않았다. 게다가 지금도 자신을 보며 경계의 눈빛을 하고 있었다.

'조금 더 다가가서······.'

구양윤은 천천히 호흡을 고르며 함께 온 율천대 일조를 향해 슬쩍 눈짓을 했다. 가능하면 이조가 오기를 기다리거나 구룡방이 오는 것을 기다리는 쪽이 나았다. 아무리 정이 없다 해도 어쨌든 친동생이 아닌가. 자기 손으로 처리하는 것은 별로 달갑지 않았다. 그리고 막상 그 일이 끝나고 나면 참으로 기분이 더러울 것이 분명했다.

하지만 진소천의 눈초리를 보니 기다리는 것은 좋은 생각이 아니다. 조금 손해를 보더라도 신속하게 처리하는 쪽이 나을 듯했다.

느긋하게 걸으며 호흡을 고르는 구양윤과 진소천 사이의 거리가 조금씩 짧아졌다. 거리가 가까워질수록 구양윤은 최대한 길게 호흡을 유지하며, 언제라도 숨을 멈추는 동시에 살수를 날릴 준비를 했다.

그리고 마침내 반 장 거리.

"흡!"

구양윤이 호흡을 멈추는 동시에 오른손을 움직였다.

스아아악!

구양결이 반사적으로 두 눈을 부릅떴다. 갑자기 등판을 가르는 화끈하면서도 시린 충격에 그대로 몸이 굳는 듯했다. 하지만 그보다 더 큰 충격을 받은 것은 구양결의 머릿속이었다.

'누, 누구!'

당혹감에 속으로 물었다. 바로 뒤에서 살수를 뻗을 수 있는 이는 한 사람밖에 없었다. 하지만 구양결의 머릿속은 애써 그 사실을 부정하고 있었다.

그나마 다행인 것은, 갑자기 날아든 장마노의 채찍이 다리를 감고 끌어당긴 덕분에 목숨은 건졌다는 정도.

"타앗!"

우렁찬 기합과 함께 담무궐이 앞으로 튀어나갔다. 그와 동시에 횡으로 길게 휘두르는 대도에 시퍼런 도강이 맺혔다.

후우웅!

묵직한 바람과 동시에 거대한 풍압이 휘몰아쳤다.

"큭!"

앞으로 뛰쳐나가던 율천대 무인들이 갑작스러운 반격에 황급히 뒤로 물러섰다.

그사이 화산파 일대 제자가 버럭 소리를 질렀다.

"이게 무슨 짓인가!"

하지만 대화를 나눌 때가 아니었다. 오직 칼로 이야기를 해야 할 때였다.

"끄아아악!"

비명이 울려 퍼졌다. 담무궐의 일도가 감당하지 못한 범위에서 터진 비명이었다.

슬쩍 고개를 돌려 보니 화산파 이대 제자 한 명이 피가 터져 나오는 가슴을 부여잡고 쓰러지고 있었다.

장마노와 담무궐을 제외하고 가장 반응이 빠른 이들은 역시나 율천대였다.

콰콰콱!

맹도굉의 맹호도가 거친 바람을 휩쓸고, 다선 노대들이 기가 막힌 합격술을 펼치며 싸움을 시작했다.

장마노의 긴 채찍이 날카로운 바람 소리를 만들어 냈다.

씨이잉!

낮게, 거의 발목 높이에서 횡으로 회전을 한다. 그 정도로 낮은 곳에서의 공격만큼 성가신 것이 없었다.

사납게 그러면서도 지독하게 낮게 휘몰아치는 공격에 율천대 일조의 무인들이 당혹스러운 반응을 보였다. 하지만 그것도 한계는 있는 법. 진소천과 함께 움직이던 화산파 제자들이 하나둘 비명과 함께 피를 뿌리며 쓰러지기 시작했다.

하지만 진소천 측도 손해만 본 것은 아니다. 담무궐의 무시무시한 도격에 벌써 세 명이 손목이 잘렸다. 그런 후에야 구양윤이 담무궐을 상대하기 시작했다.

한 자루의 대도와 한 자루의 장검이 쉴 새 없이 얽히고 풀리기를 반복한다. 도명과 검명이 요동치고, 각각의 병장기에 맺힌 도강과 검강이 사방으로 불꽃을 튀겼다.

구양윤의 구극만안검이, 구양제현을 정파 최고수 중 한

명으로 만든 고절한 무공이라면, 담무궐의 절하도(絶河刀) 역시 사파 무공의 일절 중 하나였다. 쉬이 승패가 갈릴 만한 싸움이 아니었다.

"아악!"

정확하게 여덟 번째 비명이 터져 나왔다. 진소천은 뒤로 물러나 멍한 표정을 짓고 있는 구양결을 부축한 채 주변을 살폈다.

구양윤 쪽이 네 명이 당했고, 이쪽 역시 네 명이 당했다. 다행인지 불행인지 모르지만 이쪽에서 당한 이들은 모두 화산파 문인들이었다. 아무래도 동굴에 오래 갇혀 있던 영향이 크게 작용한 모양이었다. 의외인 것은 화산파 삼대 제자인 진사건이 아직 살아 있다는 것.

진소천의 시선이, 구양윤과 율천대 일조의 뒤쪽으로 향했다. 다행스럽게도 구룡방 놈들은 아직 보이지 않았다. 하지만 시간을 끌면 끌수록 위험은 올라가는 법. 조금이라도 빨리 이 자리를 벗어나야 했다.

"마노! 어서 가야 돼!"

진소천의 외침과 동시에 장마노가 훌쩍 몸을 띄워 올렸다. 동시에 긴 채찍을 휘둘러 아래를 향해 후려쳤다. 정확하게는 담무궐과 싸우고 있는 구양윤의 머리를 향해.

"흡!"

갑작스러운 압력을 느낀 구양윤이 황급히 몸을 뒤로 뺐다. 동시에 자유를 얻은 담무궐이 땅을 박차고 튀어 나갔다. 단, 구양윤이 아닌 율천대 대주 섭대경을 향해서.

맹도굉과 숨 막히는 일전을 벌이고 있던 섭대경은 자신을 향해 날아드는 거대한 기운에 황급히 검로를 바꿨다. 다행스럽게도 맹도굉이 황급히 뒤로 물러나던 참이라 조금 여유가 있었다.

"끄윽!"

섭대경의 입에서 억눌린 비명이 새어 나왔다. 담무궐의 도격을 받아 내는 순간, 어깨가 바스러질 듯한 충격을 받은 탓이었다.

여러 명이 번갈아 가면서 한 명을 공격하는 것은 아니지만, 돌아가면서 적의 측면을 치는 일종의 차륜전. 그 차륜전으로 인해 구양윤과 율천대 일조의 기세가 급격히 사그라졌다. 그리고 진소천은 그 틈을 놓치지 않았다.

"어서 뛰어!"

적들이 밀리기는 했지만 그것은 어디까지나 일시적인 현상일 뿐이었다. 이내 원래의 상황으로 돌아갈 것이 뻔했다. 그리고 그렇게 시간을 끌다 보면 결국 대적할 수 없을 정도의 숫자를 맞이해야 했다.

담무궐이 진소천을 등에 업었다. 그리고 말이 떨어지기가 무섭게 방향을 바꾼 맹도굉이 구양결을 둘러업었다.

구양결은 등의 상처가 좀 심각하기는 했지만 치명상은 아니었기에 스스로 움직이는 것이 불가능하지는 않았다.

하지만 정신적으로 심한 충격을 받은 탓에 상황을 제대로 인식하지 못하고 있었다. 그것을 눈치챈 맹도굉이 더 생각할 것도 없이 구양결을 업은 것이었다.

진소천을 업은 담무궐이 땅을 박차고, 그 뒤로 율천대 이조와 진사건이 전신의 공력을 끌어모아 경공을 펼쳤다.
"서라!"
등 뒤에서 호통이 들렸지만 그 누구도 거기에 신경을 쓰는 이는 없었다.

"헉, 헉!"
가쁜 숨을 토해 내는 모두의 얼굴에 절망이 떠올랐다. 일부는 진소천을 향해 원망스러운 눈빛을 보내고 있었다. 그들이 서 있는 장소가 막다른 길, 천 길 낭떠러지 끝이기 때문이었다.
힐끗 고개를 돌려 발아래를 확인한 손용후가 아찔한 표정으로 두 눈을 질끈 감았다. 말 그대로 끝이 보이지 않는 절벽이었다. 떨어지는 순간 절대 살아날 수 없는 낭떠러지.
"저기다!"
일행들이 지나온 방향에서 커다란 외침이 들렸다. 그리고 잠시 후 한 떼의 사람들이 우르르 달려왔다. 아까 싸웠을 때보다 훨씬 수가 많았다.
"쌍, 이거 믿을까 말까?"
곽태가 버럭 소리를 질렀다. 그리고 그 말을 윤걸이 받았다.
"아무리 봐도 믿어야 될 거 같다. 내 눈은 아직 멀쩡한 거 같으니까."
그리고 손용후도 한마디 끼어들었다.

"제기랄, 재수 없는 요괴 새끼도 있다."

달려오는 이들은 구양윤과 율천대 일조, 삼조 그리고 구룡방 방도들이었다. 즉, 무림맹과 흑도제일방인 구룡방이 나란히 이쪽으로 달려오고 있다는 뜻이었다. 그것도 같은 목표를 가지고.

"크큭, 저런 걸 두고 극과 극은 통한다고 하는 건가? 정파의 끝과 사파의 끝이 사이좋게 달려오니 말이야."

"오늘은 그 주둥이 타박 안 한다. 어차피 뒈질 거 헛소리라도 실컷 해야지."

"걱정 마라. 너한테 원혼을 달래라고는 안 할 테니."

"지랄, 어차피 나도 뒈질 거다."

두 사람이 농담인지 진담인지 모를 말을 주고받는 사이, 적들이 한층 가까이 다가왔다.

달려오는 이들을 모두 합하면 거의 마흔 명 정도였다. 그에 반해 이쪽은 진소천과 담무궐, 장마노, 구양결, 진사건까지 해서 열다섯 명이었다. 게다가 고수의 수는 저쪽이 더 많았다. 요행을 바라기도 힘든 전력이었다.

"기껏 도망친 곳이 여기냐?"

구양윤이 의기양양한 표정으로 말했다. 그리고 범문광 역시 살기가 진득하게 묻어 나오는 눈빛으로 진소천을 노려보았다. 진소천의 계략 때문에 하지 않아도 될 고생을 심하게 한 탓이었다.

"곱게 죽지는 못할 것이다."

구양윤이 당장이라도 달려들 기세로 말했. 그때 진소천

이 갑자기 앞으로 나섰다.
"어이, 어이. 잠깐만."
"뭐냐?"
구양윤이 장검에 검강을 덧씌우며 싸늘한 목소리로 물었다. 하지만 진소천은 그것이 보이지도 않는다는 듯 태연자작한 목소리로 말했다.
"우리 아직 협상의 여지가 있지 않냐?"
"헛소리. 네놈들이 택할 수 있는 건 그냥 죽는 거다."
구양윤의 말이 채 끝나기도 전에 범문광이 짜증스러운 목소리로 외쳤다.
"말을 섞을 필요가 없지. 그냥 조용히 죽……."
하지만 범문광의 말마저 끊어졌다. 진소천이 갑자기 몸을 날린 탓이었다. 하지만 진소천의 공격이 매섭다거나, 의표를 찌른다거나 해서가 아니었다. 진소천이 공격하는 대상 때문이었다.
탁, 타타탁!
이형환위의 수준으로 신법을 펼치며 휘두르는 진소천의 손에는, 문제의 쥘부채가 쥐어져 있었다. 그리고 그 쥘부채가 두드리는 것은, 다름 아닌 방금까지 함께했던 동료들의 혈도였다.
"이게 무슨 짓이냐!"
가장 마지막에 서 있던 맹도굉이 갑작스러운 상황에 황급히 맹호도를 휘둘렀다. 그 순간 진소천의 부채에도 시커먼 기운이 덧씌워졌다.

지이잉!

두 줄기의 삭이 부딪치는 순간, 굉음이 울렸다. 동시에 맹도굉의 귓속으로 진소천의 전음이 날아들었다.

―적당히 싸우다가 당해 줘!

그 순간 또다시 진소천과의 약속이 머릿속을 스쳐 지나갔다. 그리고 맹도굉은 심각한 고민에 빠져들었다. 아무리 봐도 배신으로밖에 보이지 않게 행동을 하면서, 마치 뭔가 있는 듯 약속을 들먹이니 어찌해야 할지 난감했던 것이다.

그러는 사이 부채와 맹호도가 수차례 부딪쳤다. 하지만 한쪽은 보도라고 알려진 맹호도였고, 다른 한쪽은 특별할 것 없는 나무로 만든 쥘부채였다. 아무리 삭을 덧씌웠다 해도 원래의 그 재질까지는 어찌할 수 없는 탓에 부채는 터져 나가기 직전이었다.

―시간 없어!

진소천의 전음이 재차 맹도굉의 결정을 재촉했다. 그리고 맹도굉은 이를 악물었다. 한 번 믿기로 마음먹은 이상 끝까지 믿어 보기로 했다. 이대로 있어 봐야 어차피 죽을 목숨이었다.

타탁!

마침내 맹도굉까지 혈도를 점혈당해 그 자리에서 뻣뻣하게 굳었다.

"무슨 짓이냐?"

이해 못할 진소천의 행동에 구양윤이 잔뜩 경계하는 목소리로 물었다. 그 말에 진소천이 가볍게 손을 떨쳤다.

차르르륵!

겨우 형태를 유지하고 있는 부채를 펼쳐 든 진소천이, 느긋하게 부채를 흔들며 말했다.

"뭐, 협상을 좀 해 보자는 거지."

"협상? 네놈에게는 협상을 할 만한 물건이 없을 텐데?"

"아아, 이야기는 끝까지 들어야지. 잘 생각해 봐. 니 동생인 구양결 저놈 말이야. 니 애비가 시킨 일이겠지만, 니 손으로 끝내면 기분 더럽겠지? 뒤에 있는 율천대에 시키는 것도 조금은 껄끄럽고. 그렇다고 구룡방이 하자니, 니 앞에서 하는 건 좀 신경이 쓰일 거야."

"무슨 말이 하고 싶은 거냐?"

"그러니 니 손 깨끗하도록 내가 대신 죽여 줄게."

그 순간, 진소천의 뒤에서 커다란 외침이 터져 나왔다.

"개 새끼, 잡종 놈! 결국 네놈의 본색이 이런 거였냐? 너 같은 놈을 잠시라도 믿었던 내가 멍청하구나!"

슬쩍 고개를 돌려보니 구양결이 버럭버럭 소리를 지르고 있었다.

조금 더 고개를 돌려 혈도를 점혈당한 다른 이들을 보니 금방이라도 욕을 퍼부을 기세로 진소천을 노려보고 있었다.

하지만 진소천은 오히려 싸늘한 웃음을 날린다. 그리고 구양결의 앞으로 다가가 말했다.

"이거 진짜 재미있는 놈이네? 지 친형한테 당했을 때는 멍해 있더니, 나한테는 참 열심히 지랄거린단 말이야. 아아, 그런 건가? 형을 욕하고 싶은데 그게 쉽게 안 되던 차에,

내가 있으니 욕을 하는 그런 거?"

"네가 다른 이들을 욕할 자격이라도 있다고 생각하느냐? 가증스러운 놈! 꺼져! 아니, 당장 날 죽여라. 어서! 카악, 퉤!"

진득한 가래가 진소천의 이마를 두드렸다. 하지만 진소천은 안색도 변하지 않았다. 오히려 한층 비틀린 미소를 머금었다.

"쯧, 넌 그냥 조용히 뒈지는 게 낫겠다."

말이 끝나기가 무섭게 진소천이 다시 한 번 몸을 날렸다. 이번에는 모두의 아혈이었다. 진소천이 뒤로 돌아 다시 구양윤과 시선을 맞추며 물었다.

"자 어떡할까? 협상을 할까?"

"웃기는 놈이군. 어차피 네놈도 살지 못할 것이다."

차르르릉!

맑은 검명과 함께 구양윤의 장검에 하얀 검강이 맺혔다. 하지만 진소천은 여전히 느긋했다.

"아아, 난 살려 둘 만한 가치가 있는데?"

"무슨 헛소리냐?"

"니 애비한테 물어봐. 현령검이 어디 있는지 알고 싶지 않느냐고."

"뭐?"

구양윤이 저도 모르게 멈칫했다. 지금 진소천이 말한 현령검이 무엇을 뜻하는지 알고 있기 때문이었다. 아버지가 익히고 있고, 최근 들어 자신도 수련을 하고 있는 현령무극귀공. 그것의 완전한 무공을 뜻하는 말이었다.

구양윤이 자신의 말에 흥미를 보이자, 진소천이 피식 웃으며 가장 앞쪽에 있는 구양결 앞에 섰다.

그리고 조금의 망설임도 없이 구양결을 낭떠러지 아래로 밀었다.

"헉!"

그 갑작스러운 상황에 구양윤은 저도 모르게 헛바람을 들이켰다. 구양결은 아혈을 점혈당해 소리조차 지르지 못하고, 뻣뻣한 몸뚱이째 던져진 것이었다.

"으음!"

생각해 보니 아주 끔찍한 상황이었다. 움직이지도 소리를 내지도 못하고 천 길 낭떠러지로 떨어지는 기분이 어떨지 상상하는 것도 힘들 정도였다.

하지만 진소천의 손길에는 망설임이 없었다.

조원보에 이어 이영헌, 손용후 등을 차례대로 절벽 아래로 밀면서도 얼굴에서는 웃음기를 거두지 않는다. 심지어 같은 비형방도인 장마노를 밀 때도 일절의 망설임도 없었다.

오히려 한층 짙은 미소를 지으며 이야기를 이었다.

"어때? 꽤 괜찮은 제안이지 않아?"

그러는 사이 일행의 절반이 절벽 아래로 밀려 나갔다.

"그 현령검이 어디 있는 거냐?"

구양윤은 결국 유혹을 이기지 못하고 물었다. 그리고 그 말을 들은 진소천은 크게 고개를 끄덕였다.

"크흐, 역시 그렇게 나와야지. 그런데 내가 미치지 않고

서야 지금 그걸 말해 줄 리는 없잖아?"

"원하는 게 뭐냐?"

"아, 잠깐."

진소천이 손을 들어 구양윤이 말하는 것을 제지했다. 이제 그의 일행 중 남은 사람은 단 한 명, 맹도굉밖에 없었다. 진소천이 맹도굉을 향해 비릿한 웃음을 보이며 말했다.

"맹 형은 참 사람을 너무 잘 믿어."

맹도굉의 두 눈에 불신의 빛이 떠올랐다. 지금 이게 무슨 말인지 바로 이해가 가지 않았다. 그 순간 그의 몸뚱이는 이미 절벽 밖으로 떨어지고 있었다.

마지막 남은 맹도굉까지 밀어낸 진소천이 구양윤을 향해 물었다.

"좀 구미가 당기지?"

"으음……."

그때 범문광이 불쑥 끼어들었다.

"구양 형, 저놈의 말을 믿는 게요? 놈이 무슨 수작을 부렸는지 알 수 없는 일이오."

하지만 구양윤은 온전한 현령무극귀공이라는 것이 이미 마음이 완전히 기울어져 있었다.

답답해진 범문광이 날카로운 눈초리로 진소천을 훑어보며 말했다.

"어쩌면 방금 절벽으로 사람들을 민 것도 다른 계략이 있을 수 있소. 어쩌면 그들이 죽지 않았다거나."

"그럴 리가 있겠소?"

구양윤이 믿을 수 없다는 표정으로 물었다. 그러면서도 슬쩍 다가가 절벽 아래를 확인한다.

 휘이이잉!

 절벽 아래에서 불어온 바람이 구양윤의 옷자락을 뒤흔들었다. 절대 삶을 기대할 수 없는 절벽이었다.

 "일단 나는 이자를 데리고 돌아가야겠소."

 물론 범문광의 입장에서는 반대였다.

 "여기서 죽여야 우리의 일이 끝난다는 걸 모른단 말이오?"

 "어차피 이 계획은 우리 쪽에서 제안했던 것이오. 그러니 우리 쪽의 사정에 따라 조금은 물러서 주셨으면 하오만?"

 구양윤과 범문광 사이에 날카로운 눈빛이 오갔다. 하지만 일단 범문광이 뒤로 물러섰다. 앞으로 무림맹에서 해 주어야 할 일들이 있기 때문이었다.

 그렇다고 진소천을 완전히 믿을 수는 없었다.

 잠시 고민하던 범문광이 좋은 생각이 났다는 듯 말했다.

 "그렇다면 직접 아래로 내려가 시신을 확인합시다. 그러면 그들이 죽었는지 살았는지 분명하게 확인할 수 있을 테니 말이오."

 "으음, 괜찮은 방법인 것 같소."

 그때 진소천이 반색을 하며 말했다.

 "아, 그거 좋은 생각이네. 나도 꼭 좀 해 줬으면 좋겠어. 원한 따위는 안 남겨 두는 게 좋으니까."

 하지만 범문광은 진소천의 말을 깔끔하게 무시한 후, 수

하늘을 향해 말했다.

"가서 밧줄들을 구해 와라."

"예!"

범문권이 가지고 있는 밧줄이 있기는 했지만, 그거로는 길이가 부족했던 것이다.

수하들 몇 명이 재빨리 돌아가는 것을 확인한 후, 범문광이 진소천을 향해 싸늘한 살기를 날렸다.

"여차하면 목이 날아갈 줄 알아라."

"난 그런 거 싫은데?"

"이놈이!"

"아아, 됐고. 얼른 절벽 밑이나 확인해."

마치 날벌레라도 쫓듯 손을 휘휘 저은 진소천이, 구양윤에게 다가가며 말했다.

"뭐냐?"

"어, 나도 뭔가 점혈을 당하거나 줄에 묶여야 될 것 같아서 말이야."

# 九章
## 진소천의 행방

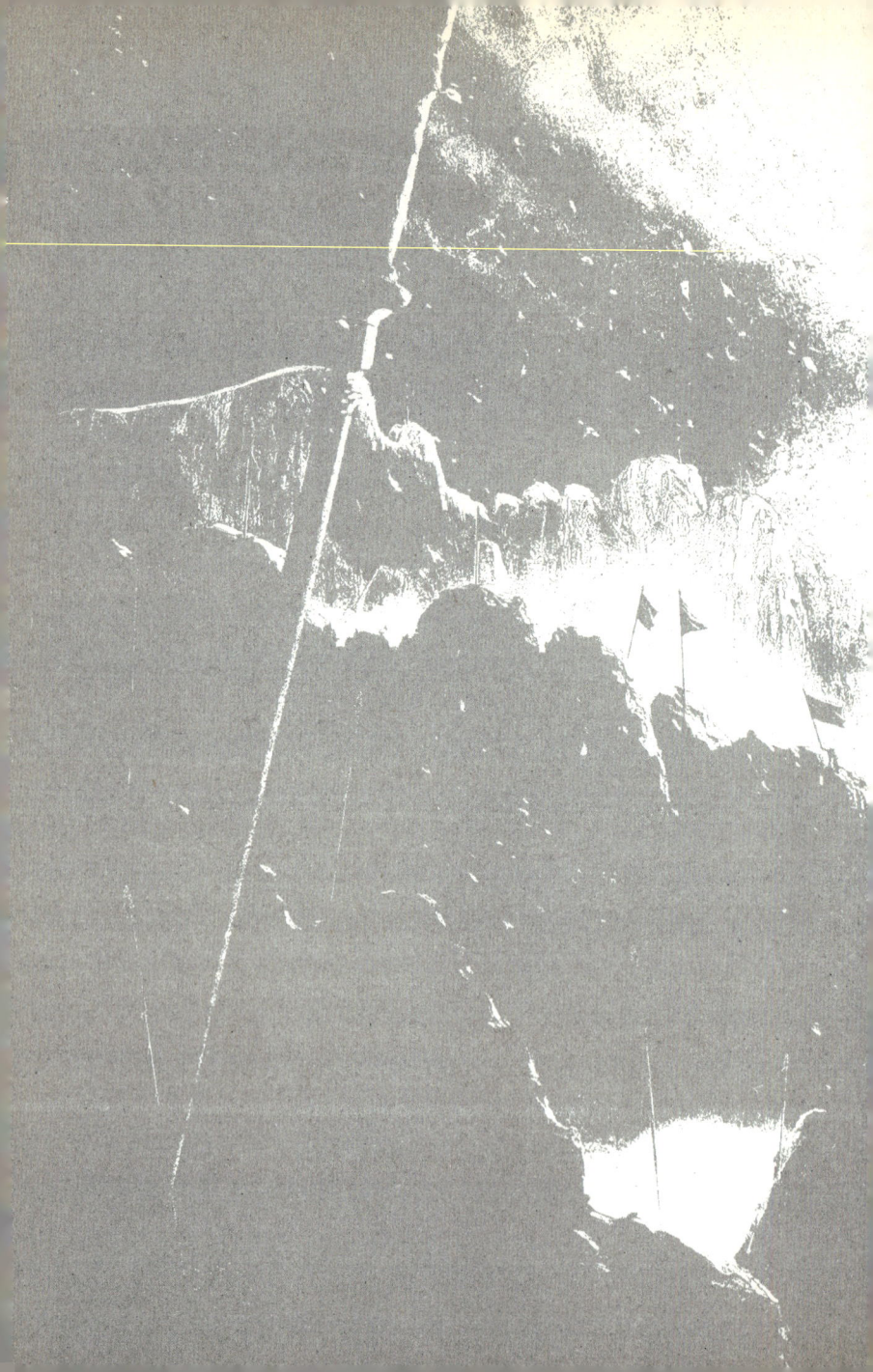

"후우!"
긴 한숨 소리가 어두운 방 안의 정적을 갈랐다.
'열흘째인가?'
주세연은 침상에 누운 채 날짜를 세어 보았다. 이릉현으로 들어온 지 꼭 열흘째 되는 밤이었다.
그리고 아직까지 진소천은 나타나지 않았다. 하지만 주세연은 실망하거나, 의심을 품지 않았다. 기다리라고 했으니 반드시 나타날 것이다. 자신과의 약속을 단 한 번도 어긴 적이 없는 그였으니.
다만, 오랜 기다림에 조금은 지친 것 뿐이었다.
끼이익.
홀로 누워 이런저런 생각에 잠겨 있던 주세연이 갑작스러운 소리에 인상을 굳혔다. 누운 채로 시선을 아래로 내려보니, 발치 너머로 그림자 하나가 드리운 것이 보였다. 객실 창을 통해 들어오는 그림자.

'도둑?'

주세연의 눈빛이 날카롭게 변했다. 조심스레 손을 뻗어 베개 밑에 두었던 단검을 쥐었다. 그리고 칼의 번쩍거림을 숨기기 위해서, 이불 속에 모은 두 손으로 검집에서 단검을 뽑았다.

'음?'

그런데 이상했다. 창을 통해 방 안으로 들어온 그림자의 모습이 짙은 위화감을 풍기고 있었다. 하지만 주세연은 그 위화감의 원인을 금세 찾지 못하고 꽤 긴 시간 고민에 잠겼다.

위화감도 위화감이지만, 시간이 흐르면서 또 한 가지 이상한 부분이 눈에 보였다. 꽤 긴 시간 고민을 하고 있는데도 방 안으로 들어온 침입자는 아무런 행동도 하지 않고 있었다. 그저 방 한가운데 서서 자신 쪽으로 지긋이 시선을 두고 있을 뿐이었다.

'뭐지?'

그때였다.

"군주마마, 기침하셨는지요?"

"앗!"

깜짝 놀란 주세연이 누운 자리에서 그대로 튀어 오를 듯한 기세로 몸을 일으켰다.

"언니!"

침입자의 정체는 바로 홍예운이었다.

주세연은 그제야 위화감의 원인을 알 수 있었다. 몰래 방으로 들어온 침입자인데 그 옷차림이 전혀 어울리지 않았기 때문이었다.

"잘 지냈어?"

홍예운이 옅은 미소를 지으며 인사를 건넸다. 주세연이 짐짓 토라진 듯 고개를 홱 돌리며 새침하게 말했다.

"흥, 잘 지냈을 것 같아요?"

"으음, 그런 것 같지는 않네? 상사병인가?"

"언니!"

주세연이 빽 소리를 질렀다. 그리고 그제야 홍예운이 아직까지 서 있는 것을 알아차렸다. 황급히 침상에서 내려선 주세연이 탁자 쪽의 자리를 권했다.

"일단 앉으세요."

"고마워."

홍예운이 생긋 웃으며 대답하고는 주세연과 마주 앉았다.

"그런데……. 그 사람은요?"

조심스레 던지는 주세연의 물음에, 홍예운은 차분한 눈빛으로 그녀를 살폈다. 조금도 흔들리지 않는 확고한 주세연의 눈동자를 본 홍예운이 미소를 머금었다. 조금도 불안해하지 않고, 그리고 조급해하지 않는 주세연의 의연함이 그녀를 웃게 만든 것이다.

"군주마마는 참 대단해."

"뭐가요?"

"아무 말도 없이 떠난 남자를 무려 오 년이나 기다렸잖아."

"이상한 건가요?"

주세연이 고개를 갸웃거리며 물었다. 물론 힘들지 않았다는 건 아니다. 그렇지만 그게 그렇게 대단한 일인지는 감이 오지 않았다.

오히려 되물어 오는 주세연의 모습에 홍예운이 슬며시 미소를 지었다. 생각해 보면 주세연의 입장에서는 그럴지도 모르겠다 싶었다.

원래 덜 여문 연정이 훨씬 더 지고지순하고 열정적인 법이니까. 진소천이 떠날 당시 주세연의 나이가 몇 살만 더 많았다면, 이렇게 기다리지는 못했으리라.

거기까지 생각한 홍예운이 고개를 설레설레 저으며 농담하듯 말했다.

"나 같으면 당장 쫓아가서 다리몽둥이를 확 부러트려 놓을 텐데."

주세연이 픽 웃음을 터트리며 말했다.

"그렇지 않아도 이번에 만나면 그럴 생각이에요. 지금까지는 찾지를 못해서 그러지 못했을 뿐이죠."

"좋은 생각이야."

"아무튼, 그 사람은요?"

"으음…… 무림맹에 있어."

"네?"

주세연이 깜짝 놀란 표정으로 홍예운을 보았다. 무림맹에 있다니, 이건 또 무슨 말인가 싶다. 이제는 그녀도 무림에 떠도는 소문에 대해 알고 있었다. 그리고 얼마 전 들리는 소문에는 운남 합파설산에서 죽었다는 이야기도 섞여 있었다.

하지만 주세연은 불안해하지 않았다. 진소천이 그렇게 허망하게 죽을 리가 없다는 것을 알기 때문이었다. 필시 뭔가 계략을 써서 그곳을 벗어났을 거라 생각했다.

그리고 그녀의 예상대로 진소천은 살아 있었다. 하지만 무림맹이라니. 주세연이 이해 못하겠다는 표정으로 물었다.

"그 사람이 왜 무림맹에 있죠? 무림맹주와 그는 절대 섞일 수 없는 사이가 아니었나요?"

"정확하게는 붙잡혀 있어."

"음!"

주세연이 짧은 신음을 흘리며 생각에 잠겼다. 사실 궁금한 것이 너무 많았다. 오 년 전, 그는 왜 갑자기 말도 없이 사라진 것인지. 그리고 갑자기 나타났을 때는 왜 무림맹과 함께 움직였던 것인지.

홍예운이 고민에 잠긴 주세연을 빤히 보다가 불쑥 물었다.

"궁금한 것이 많은 모양이야?"

"네."

"뭐 이제는 대답해 줄 수 있을 것 같으니, 일단 궁금한 것부터 물어봐. 며칠 후에 그를 구하러 나서야 하니 미리 알려 줄게. 머릿속에 잡념이 들어 있으면 안 되니까."

주세연이 말없이 홍예운과 시선을 맞췄다. 무얼 먼저 물어봐야 할지 잠시 고민이 되었지만, 역시나 가장 먼저 물어볼 것은 정해져 있었다.

"왜 말도 없이 사라진 거죠?"

이미 다 알려 주기로 마음먹은 홍예운은 뜸들이지 않고 대답했다.

"주화입마."

"음!"

"그래서 치료를 위해 들어가 있을 안전한 곳이 필요했어."

"그럼 왕부로 왔어야죠. 왕부라면 충분히 그 사람을 보호해 줄 수 있었어요."

"물론 그랬겠지, 하지만 무림맹에는 소천 동생이 필요로 하는 물건이 잠들어 있었어. 그리고 무엇보다……."

거침없이 말하던 홍예운이 갑자기 말꼬리를 길게 늘였다. 하지만 이내 어쩔 수 없다는 표정으로 말을 이었다.

"자신이 없었대."

"자신이 없다니요?"

"주화입마에 죽을지 살지."

"허!"

주세연의 얼굴에 황당한 표정이 떠올랐다. 그 무슨 말도 안 되는 이유인가.

그런 주세연의 생각에 동감한다는 듯 홍예운이 크게 고개를 끄덕이며 말했다.

"군주마마가 이해해 줘. 남자들이 원래 그래. 혼자 고뇌하고 생각하다가 그게 멋있는 거라고 착각하고는 하지. 가장 멍청한 짓인데도 말이야."

주세연이 어쩔 수 없다는 듯 짧은 탄식을 터트리며 고개를 끄덕였다.

"하아, 알았어요. 그런데 설마 아무런 준비도 안 하고 무림맹에 스스로 잡혀 들어간 건 아니겠죠?"

"당연하지."

크게 고개를 끄덕인 홍예운이 그간의 일들을 이야기해 주었다. 옥룡설산에 미리 기관을 설치해 놓도록 한 것부터, 비급을 이용해 화산파를 협박하고, 검선유고의 소문을 내서 그들을 유인한 것까지.

가만히 앉아서 이야기를 다 들은 후 주세연이 이해 안 되는 부분들에 대해서 물었다.

"화산파 비급을 정말 가지고 있는 건가요?"

홍예운이 고개를 저었다.

"아니."

"네? 그럼 어떻게 비급이 나타나게 하고 협박을 한 거죠?"

"비급의 필사본은 없지만, 사람은 있거든."

"그게 무슨 말이에요?"

홍예운이 잠시 기억을 더듬은 후 이야기를 이었다.

"우선 사람을 찾는 거야. 구양제현은 가전무공이라 가능하지 않으니, 무당이나 화산에서 이용해 먹을 만한 놈을 찾아보는 거지. 정파에서 무공이 높은 인물이라고 모두 다 고고한 인품을 지닌 건 아니잖아. 그래서 찾은 거야. 쓸 만한 위선자 하나를."

"그래서요?"

"그런 다음에는 도박장으로 끌어들이는 거지. 방법이야 수십 가지가 넘으니 굳이 설명할 필요도 없고, 어쨌든 도박장으로 끌어들였으면 그다음은 어떻게 했겠어?"

잠시 생각을 해 본 주세연이 주저 없이 말했다.

"처음에는 돈을 많이 따게 해 주고, 그다음은 도박장의 도박사를 이용해서 빚더미에 앉힌 건가요?"

"정확해. 탕감할 수 없는 빚에 허덕이게 만든 다음 제안을 하나 하는 거지. 이십사수매화검의 필사본이 화음현에 나타난 것처럼 보이게 상황을 만들라고. 그러면서 그게 싫으면 당장 돈을 갚고, 언제까지 못 갚으면 강호에 소문을 퍼트리겠다고 협박도 섞어 주는 거야."

"아무리 그래도 쉽게 말을 듣지는 않았을 텐데요?"

"그랬지. 하지만 문제의 도박장은 꽤 거대한 흑도 방파가 뒤에 있었으니까 그놈도 어쩔 수 없는 거지. 게다가 비급을 푸는 게 아니라 그렇게 보이게만 하는 거니 놈도 크게 꺼려할 일이 아니었던 거야."

생각해 보면 간단한 일이었지만, 당하는 입장에서는 진짜 자기 문파 비급이 풀린다는 공포에 휩싸여야 했을 것이다.

"그런데 소문을 내는 건 가능했겠지만, 그 사람이 주화입마를 다 치료했는지 어땠는지는 어떻게 알아요? 그 치료라는 것이 어떤 기한만 지나면 되는 게 아니었을 텐데요?"

"그야 소천 동생이 지속적으로 연락을 했으니까."

"어떻게요?"

"비급을 풀 때 협박을 하나 곁들였거든. 보름에 한 번 깃발을 세워서, 자신이 안전하게 있다는 것을 알려야만 비급이 풀리지 않을 거라고. 물론 그 깃발은 소천 동생이 말하는 모양으로만 만들어야 된다고 말했고."

"하지만 그 깃발이 사실은 이쪽에 연락을 하는 수단이었다는 말이군요?"

"그래. 검은 바탕에 붉은 글씨로 금(今)자가 올라오는 게 신호였다."

"생각보다 간단하네요?"

"무림맹 군사라는 운현성은 골머리를 앓았겠지만 말이야."

주세연이 바로 이해를 하지 못하고 물었다.

"무림맹 군사가요?"

"그런 깃발을 꾸준히 세워야 한다고 하니 어떤 법칙이 있으리라고 생각하지 않았겠어? 그러니 그 법칙을 알아내서 동생의 협박에 당하지 않으려고 했겠지. 사실은 무작위로 불러 주는 것이고 딱 하나만 의미가 있는데 말이야."

몇 가지 의문이 풀린 주세연이 마지막으로 가장 이해가 되지 않는 부분을 물었다.

"그러면 나왔다가 다시 들어간 이유는 아까 말한 그 물건을 찾기 위해서인가요?"

"그렇지. 사실 소문을 이용해서 소천 동생이 밖으로 나와야 했던 이유는, 그 혼자서는 힘든 일이었기 때문이야. 그러면 우리가 안으로 들어가야 휘젓고 다녀야 하는데 사실 그것도 만만치가 않았어. 그래서 가장 좋은 방법은, 안에서부터 파고들어 가는 거라고 생각한 거야."

"하지만 혼자서는 힘들다면서요? 그러면 결국 다른 사람들이 무림맹으로 들어가야 되는데요?"

"무림맹으로 들어가는 것 자체는 어렵지 않아. 하지만 소천 동생이 어디에 갇혀 있는지 알아내는 것은 아주 어렵지. 그래서 잠깐이라도 밖으로 나와 다시 한 번 상황을 살피고 계획을 짤 필요가 있었던 거야."

"그런 이유 때문에 검선유고라는 엄청난 미끼를 던진 거예요? 아, 하긴 그 정도가 아니면 그 사람을 밖으로 내보낼 이유가 없겠네요."

"맞아. 어지간해서는 겨우 잡은 동생을 밖으로 내보내지 않았을 테니 과하더라도 큰일을 터트려야 했던 거지."

주세연이 크게 고개를 끄덕였다. 오 년 동안 답답했던 마음이 풀어지는 기분이었다. 물론 그렇다고 해서 말도 안 되는 이유로 말도 없이 사라진 진소천을 완전히 이해해 주기는 힘들었다.

"아무튼 그런 말도 안 되는 짓을 한 건 용서가 안 되네요. 당장은 아니지만, 언젠가는 갚아 주겠어요."

"좋은 생각이야. 여자가 한을 품으면 얼마나 무서워지는

지 꼭 보여줘야 돼."

"후후, 알았어요. 그런데 그를 구하러 가는 건 언제죠?"

"사흘 후에 마노와 변검이 이릉으로 들어오면 움직일 예정이야. 그때 군주마마도 함께 가야 돼."

"제가요?"

"왜? 싫어?"

홍예운이 묘한 눈빛으로 물었다. 그 말에 주세연이 황급히 고개를 저으며 말했다.

"싫다니요. 당연히 저야 바라던 일이죠. 다만 너무 의외라 그러는 거예요."

"동생이 하는 말로는, 군주마마가 오면 아주 큰 도움이 될 거라고 했어."

"그래요?"

"아, 이건 노파심에서 하는 이야기인데 오해하지는 마. 절대 그것 때문에 부른 건 아니니까."

주세연이 피식 웃으며 말했다.

"오해하지 않으니 걱정 말아요. 그 사람이 그렇게 그릇이 작은 남자는 아니니까."

"그러면 됐어. 난 이만 가 볼게."

홍예운은 자리에서 일어나 창 쪽으로 걸어갔다.

"왜요? 같이 지내면 되죠."

"아니야. 준비할 것들도 있고 하니까. 사흘만 기다려."

"알았어요."

말이 끝나기가 무섭게 홍예운은 창을 통해 밖으로 사라졌다. 홍예운이 사라진 창밖을 잠시 응시하던 주세연이 천천히 침상으로 돌아갔다.

"하아."

주세연이 짧게 안도의 한숨을 내쉬었다. 하지만 오늘 밤도 잠을 자기는 힘들 것 같았다. 이미 진소천을 만날 거라 생각을 하고 이릉까지 오기는 했었지만, 막상 언제 볼 수 있게 된다고 하니 가슴이 진정이 되지 않았다.

그러다 문득 진소천이 말도 없이 사라진 이유가 머릿속에 떠올랐다.

순간 주세연이 날카로운 눈빛으로, 눈앞에 없는 누군가를 향해 새침하게 말했다.

"만나면 각오해."

◈　　◈　　◈

"도대체 무슨 생각을 하고 있는 거요?"

"당장 무림맹의 전력이라도 강서성 쪽으로 보내야 하는 것 아니겠소? 일단 보이는 게 있어야 놈들도 뭔가 반응을 보이지 않겠소!"

"진정들 하시오. 흑도 놈들 역시 우리가 자기들을 공격했다며 분위기가 험악하게 돌고 있소이다."

"자칫하면 정사대전으로까지 번질 수 있는 일이오. 일단 자중하고 신중하게⋯⋯."

"그까짓 정사대전이 뭐가 무섭단 말이오? 원한다면 당장이라도 움직입시다. 이참에 흑도 놈들을 죄다 쓸어버리는 게 낫지 않겠소!"

무림맹 취의청에 모인 수많은 사람들이 저마다 목소리를 높여가며 중구난방으로 떠들어 대고 있었다.

'쯧, 결국 먼저 움직일 배포도 없으면서.'

구양제현은 깊이 가라앉은 눈빛으로 취의청에 모인 이들을 살폈다.

취의청에 모인 이들은 모두가 일문의 주인들이었다. 무림맹이 창설된 이래 구파일방와 사대세가의 주인들이 모두 한자리에 모인 것은 정확하게 두 번째였다. 첫 번째는 무림맹 결맹식이 있던 날이었다. 그리고 두 번째로 모인 그들은 벌써 열흘째 갑론을박을 하고 있었다.

당장이라도 무림맹의 의지를 천명하고 구룡방을 쓸어버려야 한다는 강경론과 심각한 사안인 만큼 조심스럽게 상황을 살핀 후에 움직여도 늦지 않다는 신중론이 한 치의 양보도 없이 첨예하게 대립했다.

사실 사안은 그리 간단하게 흘러가고 있지 않았다.

한 달 전 운남에서 일어났던 혈사로 인해 피해를 본 세력은 모두 열하나였다. 구파일방 중에서는 개방이, 사대세가에서는 남궁세가와 모용세가를 제외하고는 모두 제자들을 잃었다.

그리고 그 혈사는 크고 작은 사건들을 촉발시키는 계기가 되었다. 평소에도 그리 편안한 관계가 아니었던 흑백양도 사이에 깊은 감정의 골을 만들면서, 사소한 일에도 충돌이

발생한 것이었다.

물론 흑도 보다는 백도 쪽에서 먼저 움직였다. 동문들을 흑도제일방이라는 구룡방에 잃은 탓에, 흑도 무리들만 보면 사사건건 시비를 걸어 기어이 피를 보고야 마는 일들이 벌어진 것이었다.

그러다 또다시 일어난 일이, 호천멸사(豪千滅事)였다. 운남성에 있던 작은 흑도방파였던 가경방이 점창파에 의해 흔적도 없이 사라진 사건이었다.

점창파의 경우에는, 본산 바로 앞에서 제자들이 떼죽음을 당한 일이었고 그만큼 분노도 크고 자존심에 흠집이 크게 났다. 당장 분노를 풀 방법이 없던 찰나에 가경방과 시비가 일어났고, 참고 있던 화가 폭발한 정창 장문인 장후섭이 문도들을 대거 이끌고 가 가경방을 멸문시킨 것이었다.

물론 거기까지는 큰 일이 아닐 수 있었다. 정사간의 충돌로 인해 작은 세력이 사라지는 것은 드문 일이 아니었다. 하지만 문제는 가경방에는 아주 무시무시한 불씨가 숨어 있다는 사실이었다.

가경방주의 부인이, 귀주성의 거대 흑도인 호천방 방주의 딸이라는 사실이었다. 호천방주는 운남성으로의 세력 확대를 위한 교두보로서 가경방을 이용하려 했고, 그것을 위해 자신의 딸을 젊은 가경방주에게 시집보냈던 것이다.

아무리 목적을 위해 이용한 딸이지만, 어쨌든 혈육의 죽음이었다. 그러니 호천방과 점창파 사이에 험악한 기류가 흐르는 것은 당연한 일.

 그리고 그 분위기가 강호 전체에 빠르게 확산되고 있었다. 정파 측에서는 사파에 대한 증오가 하늘이라도 뚫을 기세였고, 사파에서는 정파에 대한 경계심이 극으로 치달았다.

 한번 피어오른 증오라는 감정은 걷잡을 수 없이 커졌고, 결국 무림맹에 각 문파의 주인들이 찾아오게 된 것이었다.

 '아직은 때가 아니지.'

 구양제현은 가라앉은 표정으로 살짝 고개를 저었다. 정파의 분위기가 이런 만큼, 현재 사파의 분위기 또한 만만치 않았다. 구룡방을 중심으로, 흑도들의 연합체가 태동하고 있기 때문이었다.

 아주 비밀스럽게 진행되는 일이었기에 사파에서도 주요 인사들만 아는 사실이었다. 구양제현은 범기천과 밀약을 맺었으니 그 이야기를 전해 들을 수 있었다.

 그 흑도 연합이 탄생을 해야만 자신이 본격적으로 움직일 수 있었다. 구양제현은 그때를 기다리는 것이었다.

 "맹주! 말을 해 보시오!"

 누군가 구양제현을 향해 큰 소리로 외쳤다. 고개를 돌려 보니 점창 장문인 장후섭이었다. 본인은 조금도 깨닫지 못하고 있었지만, 구양제현에게는 아주 큰 도움이 되어 준 인물. 점창파가 가경방을 멸문시킨 덕분에 이렇게까지 분위기가 만들어졌기 때문이었다.

 구양제현이야 다른 방법으로 이런 분위기를 만들기 위해

준비를 하고 있었지만, 알아서 분위기를 만들어 주니 더욱 고마울 수밖에. 물론, 그 사건의 이면에는 점창파로 찾아갔던 구양윤의 은근한 충돌질이 크게 한몫을 했지만 그것은 어디까지나 구양제현과 구양윤만이 아는 사실이었다.

장후섭의 외침에 갑자기 취의청 장내가 조용해지고, 모두의 시선이 구양제현에게로 쏠렸다. 그러고 보면 지난 열흘 간 무림맹주는 제대로 된 자신의 생각을 말한 적이 없었다. 개인적인 이야기를 나눈 이들은 많지만, 공식적으로 확실한 방향에 대해 이야기한 적은 없는 것이다.

구양제현이 침통한 표정으로 입을 열었다.

"여기 모인 여러분의 심정 그 누구보다 잘 알고 있습니다. 저 또한 핏줄인 결이를 잃은 사람으로서, 흑도무리들에 대한 원한이 뼈에 사무칠 정도입니다."

그 말에 장내에 숙연한 분위기가 감돌았다. 자식을 잃은 부모의 심정만큼 사무치는 감정은 없다. 세가의 가주들 중에서도 이번 사건으로 자식을 잃은 이가 있었기에 숙연함이 한층 짙어졌다.

그것을 확인한 구양제현이 한층 침통한 목소리로 말을 이었다.

"하지만 그것은 어디까지나 자식을 잃은 아비의 태도이지, 정파무림의 뜻을 대표하고 이끌어 가는 무림맹 맹주로서의 태도는 아니라 생각합니다."

말하는 중에 은근슬쩍 무림맹의 격을 높이지만 그것에 대해 신경을 쓰는 이는 없었다.

"그러니 조금만 기다려 주십시오. 현재 방법을 고민하고 있습니다. 무림맹이 강호 전체를 피로 물들이는 정사대전을 시작할 수는 없는 일이 아니겠습니까. 그렇다고 너무 걱정하지는 마십시오. 모든 이들이 만족할 만한 답을 내놓을 테니, 본 맹주를 믿고 조금만 더 기다려 주시오."

모인 이들이 하나둘 고개를 끄덕였다. 이런 분위기에 저 말에 반박하는 것은, 자식을 잃었음에도 불구하고 애써 중심을 지키고 있는 구양제현을 추궁하는 모양새밖에 되지 않았다. 더군다나 구양제현이 그리 무리가 되는 이야기를 하는 것도 아니다.

구양제현이 속으로 회심의 미소를 지으며 이야기를 마무리했다.

"일단 각자 외무각으로 돌아가 준비를 해 주십시오. 혹여 생길지 모르는 큰일에 대비해 문도들을 단속하고, 언제든 꺼낼 수 있도록 칼을 벼리십시오."

마지막에는 넌지시 정사대전이 일어날 가능성까지 흘려 넣는다. 이렇게 이야기를 해 놓으면 나중에 어떤 상황으로 몰고 가도 큰 무리가 생기지 않는다.

구양제현의 이야기가 끝나자 모두들 고개를 끄덕이며 취의청을 빠져나갔다.


"아버지!"

취의청에서 돌아온 남궁기룡과 남궁정룡을 맞이한 사람은 남궁무원이었다.

"무원이구나. 일단 들어가자꾸나."

고개를 끄덕인 남궁기룡이 동생과 아들을 이끌고, 창궁원에 마련된 자신의 방으로 들어갔다.

방 한가운데 놓인 탁자에 둘러앉은 후, 남궁기룡이 먼저 말을 꺼냈다.

"확실히 맹주는 뭔가 다른 꿍꿍이가 있는 것 같더구나."

"그렇지요?"

"그런데⋯⋯. 네가 말한 것이 분명한 사실이더냐?"

"틀림없습니다. 목리계의 장계 염철산으로부터 들은 이야기입니다. 분명 그자는 이곳에 있습니다!"

남궁무원이 확신에 찬 표정으로 말했다.

진소천을 쫓아 광서성으로 들어섰던 남궁무원의 앞을 막은 것은 역시나 목리계였다. 그렇다고 목리계가 남궁무원을 적대시한 것은 아니었다.

오히려 목리계 장계 염철산이 직접 찾아와 크게 환대를 했다. 다만, 이런저런 핑계를 대며 남궁무원이 떠나지 못하도록 막은 것이 문제였다.

남궁무원이 그렇게 지체한 시간이 사흘이었다. 하지만 그것이 꼭 손해만 본 것은 아니었다.

무림의 다른 세력들은 엄두도 내지 못하는 광서성의 목리계와 안면을 튼 것은 꽤 큰 일이었다. 물론 거기에는 진소천의 의도가 숨어 있다는 것을 알기는 했지만, 그것을 감안한다 해도 충분한 성과였다.

그렇게 운남성에 도착한 남궁무원은, 염철산이 연결시켜

준 왕산이라는 길잡이를 만났다. 그리고 왕산을 통해 진소천이 애뢰산으로 향했다는 사실을 알게 되었다.

곧장 애뢰산으로 방향을 잡은 남궁무원과 모용혜, 그리고 창궁대와 건곤기는 애뢰산 곳곳을 샅샅이 뒤지기 시작했다.

하지만 왕산의 말을 믿고 애뢰산으로 목표를 정한 자체가 아주 큰 실수라는 것을 깨달은 것은 열흘이 지난 후였다.

왕산과 함께 다닐 때는 비밀스러운 길을 통해서만 움직였고, 거대한 애뢰산을 뒤지다 보니 외부의 소식을 접하기가 어려웠던 것이다. 그리고 그로 인해 밖에서 무슨 일이 일어나고 있는지 짐작도 하지 못한 것이었다.

그리고 애뢰산을 포기하고 산 밖으로 나온 순간, 그동안 무슨 일이 있었는지 알게 되었다.

구파와 두 개 세가의 무인들이 떼죽음을 당한 것은 물론, 구양결과 율천대, 그리고 진소천까지 구룡방에 목숨을 잃었다는 충격적인 소식이었다.

분이 머리끝까지 솟은 남궁무원은 곧장 염철산을 찾아갔다. 염철산이 소개해 준 길잡이에게 속아 애뢰산으로 들어갔고, 그로 인해 열흘 동안 헛수고를 했기 때문이었다.

그리고 염철산을 만난 후에야, 왕산이 진소천에게 속았다는 사실을 알 수 있었다. 즉, 진소천의 의도로 인해 열흘 동안 미친 듯이 애뢰산을 헤매고 다녔다는 뜻이었다.

하지만 한편으로는 큰 충격을 받기도 했다. 진소천이 죽었다는 사실 때문이었다. 그렇게 되면 영원히 그 수모를 씻을 길이 없어지는 것이었다.

그런데 남궁세가로 출발하기 직전, 남궁무원은 염철산으로부터 놀라운 소식을 접했다.

진소천이 살아 있다는 사실이었다. 그것도 무림맹 내부 깊은 곳의 비밀스러운 뇌옥에 갇혀 있다는 것이다.

남궁무원은, 염철산과 진소천 사이에 친분이 있다는 사실을 짐작하고 있었기에 그 말이 거짓이 아니라고 생각했다. 더군다나 진소천이라는 놈이 그리 쉽게 죽을 것 같지도 않았다.

그래서 급히 무림맹으로 돌아온 것이었다.

하지만 무림맹 내에서 진소천의 흔적은 찾을 수 없었다. 핑계를 대고 뇌옥을 확인하고, 거의 모든 장소를 살펴보았지만 진소천의 흔적을 발견되지 않았다.

그래도 남궁무원은 포기하지 않았다. 그러다 아버지인 남궁세가의 가주 남궁기룡과 이야기를 나누었고, 남궁기룡은 구양제현을 떠보기 위해 넌지시 진소천에 대한 소문이 있다는 식으로 말을 했다.

물론 구양제현은 금시초문이라는 반응이었다.

"그놈은 분명 이곳 무림맹 안에 있을 겁니다."

남궁무원이 확신하듯 말했다. 그런 아들을 보며 남궁기룡은 애매한 감정을 느끼고 있었다.

사실 지난번 운남의 혈사로 인해 많은 문파들이 식구를 잃었다. 그런데 남궁무원과 모용혜는 진소천에게 농락당하는 바람에 화를 면하게 된 것이었다. 그런 이유로 진소천이라는 본 적도 없는 자에게 고마운 감정도 느끼고 있었던 것이다.

아들을 잃지 않은 것 외에도 남궁기룡에게 득이 되는 일은 또 있었다. 식구를 잃지 않은 덕분에 다른 문파들에 비해 그만큼 냉정해질 수 있었고, 그런 냉정한 마음이 구양제현을 객관적으로 살펴볼 수 있는 계기가 된 것이었다.

며칠 전 조용히 만나 이야기를 나누었던 모용세가의 가주 모용관천 역시 남궁기룡과 비슷한 마음인 듯했다.

물론 그것과는 별개로 아들은 하루하루 진소천의 행방에 집착하는 모습을 보이고 있었다.

'조만간 이야기를 좀 해 보아야겠군.'

거기까지 생각한 남궁기룡이 조용히 두 사람에게 말했다.

"일단은 상황을 좀 더 지켜보아야 하니, 들어가 쉬고들 있어라."

그때, 방문 밖에서 창궁대 무인의 목소리가 들렸다.

"가주님."

"무슨 일이냐?"

"개방에서 사람이 찾아왔습니다."

"개방?"

갑작스러운 이름에 남궁기룡이 이해할 수 없다는 표정을 지었다. 그러다 문득 한 가지 사실을 떠올렸다.

'개방 역시 이번 일로 피해를 입지 않았었지.'

그 말은 개방의 방주 역시 자신처럼 냉정하게 상황을

살피고 있을 가능성이 크다는 뜻이었다. 그리고 비슷한 생각을 한다고 느껴지는 자신에게 찾아온 것일 수도 있었다.

거기까지 생각한 남궁기룡이 몸을 일으키며 말했다.

"접객실로 모셔라."

그리고 같이 있던 두 사람에게 조심스럽게 말했다.

"뭔가 다른 움직임이 있을 수도 있겠구나. 나중에 다시 부를 테니, 일단은 방으로 돌아가거라."

"예, 형님."

"예, 아버지."

두 사람이 동시에 인사를 하고 방을 나섰다. 그리고 남궁기룡은 접객실을 향해 바쁜 걸음을 옮겼다.

❖   ❖   ❖

"입만 살아서 나불대는 줄 알았는데, 생각보다 강단 있는 놈이었네?"

과거 진소천이 갇혀 있던 무림맹 특별 뇌옥. 가느다란 목소리가 흥에 취한 듯 흥얼거리며 말했다. 그리고 그 말에 대한 대답이 들려왔다.

"왜? 마음에 안 드냐?"

대답을 한 이는 뇌옥의 벽에 박혀 있는 수갑과 차꼬에 묶인 채 온통 피를 뒤집어쓴 몰골의 사내, 진소천이었다. 진소천의 뇌옥은 과거의 호화로운 모습은 온데간데없었다. 살

타는 냄새와 피비린내가 범벅이 되어 고약한 악취를 풀풀 풍기고 있었다.

진소천의 말에 고개를 설레설레 흔들며 긴 바늘을 집어 드는 자는 바로 율천대 대주인 요호 이규홍이었다.

이규홍이 검지를 들어 긴 바늘의 뾰족한 끝을 쓰다듬으며 말했다.

"아니, 아주 마음에 들어. 너 정도는 돼야 재미가 있거든."

이규홍은 유난히 붉은 입술을 혓바닥으로 슥 핥으며 요사한 눈빛으로 진소천을 훑어보았다.

지독한 놈이었다. 온몸 곳곳에 알고 있는 모든 고문을 다 해 보았지만, 여전히 농담을 던질 정도니 이만큼 지독한 놈도 없을 것이다.

그렇기에 이규홍은 기분이 좋았다. 갑자기 흥이 돋은 이규홍이 집어 들었던 긴 바늘을 내려놓았다. 그 대신 온통 가시가 박혀 있는 채찍을 집어 들었다.

"일단은 이것부터!"

촤아아악!

말이 떨어지기가 무섭게 진소천의 가슴팍이 길게 찢어졌다. 채찍의 가시가 살갗을 잡아 뜯으며 벌건 속살이 드러나고 붉은 피가 몸뚱이를 타고 흘러내렸다.

하지만 진소천의 입에서는 신음 한 줄기 새어 나오지 않았다. 오히려 입에는 비틀린 미소가 걸렸다.

"크큭, 상쾌한데?"

"역시 마음에 들어!"

촤아아악!

방금 속살이 드러난 그 위로 다시 한 번 채찍이 떨어져 내렸다. 채찍의 가시가 속살을 마구 헤집어 댄다.

"크으!"

신음은 이규홍의 입에서 새어 나왔다. 날카로운 가시가 살갗을 잡아 걸고 그대로 뜯어내는 그 감촉이 손을 타고 흘러들어 오며 온몸이 저릿해질 정도의 쾌감이 온몸에 퍼졌다.

정신적으로는 농담을 던질 정도로 강인하지만 그 육체까지 그런가 하면 절대 그렇지 않다. 물론 버티고는 있지만, 인간의 육신은 외부의 고통에 아주 정직한 반응을 보이는 물건이다. 살점을 헤집는 순간, 전신의 근육들이 요동을 치는 것이 이규홍의 눈에 적나라하게 보인다.

더할 수 없는 쾌감. 어쩔 수 없었다. 그가 이런 쾌감을 맛보는 것은, 여인을 품에 안았을 대도 거금을 만졌을 때도 아니었다. 오직 인간의 육신을 조금씩 파괴해 가며 그것이 허물어지는 것을 볼 때뿐이었다.

그런 면에서 눈앞에 있는 진소천은 이규홍이 본 중에서 최고의 물건이었다.

쉴 새 없이 채찍이 허공을 휘젓는다. 그럴 때마다 진소천의 몸에는 잘게 찢어진 상처들이 생겼다. 그렇지 않아도 흘린 피로 붉게 물들어 있던 몸이 한층 더 짙은 피로 물든다.

"헉, 헉!"

쉴 새 없이 채찍을 휘두르던 이규홍이 가쁜 숨을 몰아쉬었다. 힘들어서가 아니다. 형언할 수 없는 쾌감에 사로잡힌 탓이었다.

그때 갑자기 진소천의 눈동자가 싸늘한 기운을 머금었다. 그것을 본 이규홍이 흥미로운 표정으로 물었다.

"응? 아직도 그런 눈빛을 할 줄 아는 거야?"

그리고 진소천의 싸늘한 목소리가 이규홍의 귓속으로 파고들었다.

"한 가지 말해 둘 게 있어서."

"응?"

"너는 앞으로 사흘 안에 내 손에 죽어."

순간 섬뜩한 살기가 이규홍의 신경을 자극했다. 하지만 이규홍은 그 사실이 오히려 기뻤다. 좀처럼 무너지지 않은 이놈은 두고두고 버릴 수 없는 장난감인 것 같았다.

이규홍이 다시 한 번 혀로 입술을 핥으며 말했다.

"부탁할 게 하나 있는데 말이야……."

"이제 곧 죽을 놈인데 부탁하나 못 들어 줄까. 말해 봐라."

"절대, 절대 그 현령검이라는 물건이 어디 있는지 말하지 마라."

"걱정 마라. 사흘 안에는 말 안 할 테니."

진소천의 대답에 이규홍이 활짝 웃었다. 이제부터 조금 더 즐거운 시간을 보낼 수 있을 것 같았다.

"크ㅎㅎㅎ, 좋아. 그거야!"

촤아아악!

다시 한 번 채찍이 진소천의 가슴팍 위에 작렬했다. 그리고 이규홍은 다른 물건을 집어 들기 위해 채찍을 손에 놓았다. 그때 진소천이 싸늘한 목소리로 거듭 말했다.
"사흘이야. 딱, 사흘."

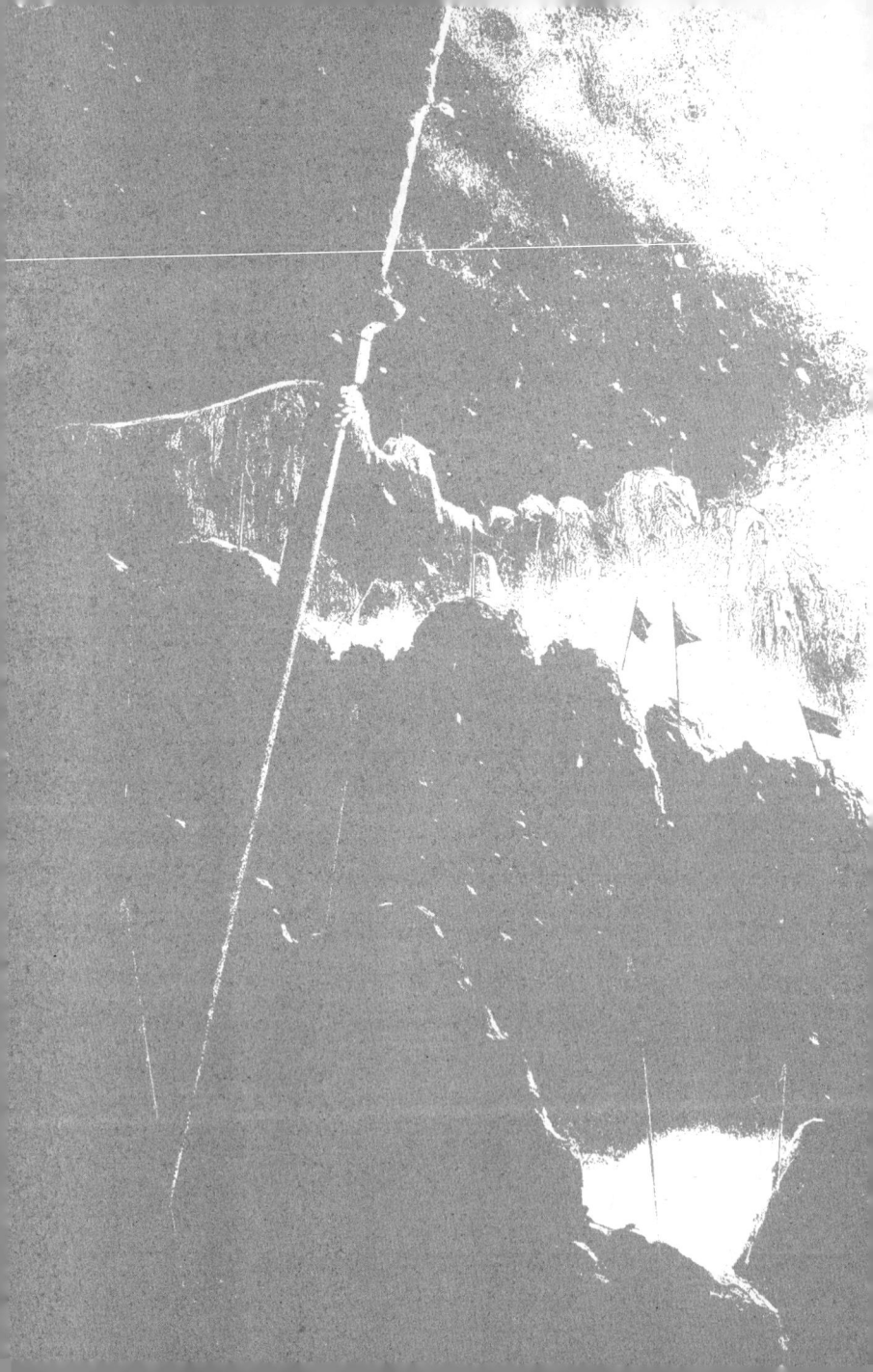

쩡, 쩡!
요란한 소리가 숲 전체를 뒤흔든다.
우드드드득!
그러다 갑자기 기묘한 소리가 나는가 싶더니, 누군가의 우렁찬 외침이 터져 나왔다.
"넘어간다!"
외침이 끝나는 순간, 한 그루 거대한 거목이 말 잘 듣는 아이라도 된 양 외침의 내용 그대로 넘어갔다.
쿠우웅!
굉음과 함께 땅이 들썩거렸다. 뒤이어 뿌연 먼지가 풀썩 솟아올라 사방을 뒤덮는다.
"오오, 역시!"
쓰러진 거목과 조금 멀찍이 떨어진 곳에 자리한 바위 위.

키는 작지만 단단한 덩치의 사내가 감탄을 터트렸다.

사내는 다름 아닌 왜설쌍마 곽태였다. 절벽에서 떨어져 죽은 그가 뜬금없이 벌목장에 앉아 있는 것을 구양윤이나 범문광이 보면 귀신이라도 본 것 같은 표정을 지을 것이 분명했다.

하지만 멀쩡히 살아 있는 사람은 곽태만이 아니었다. 맹도굉과 구양결, 다섯 노대와 나머지 율천대 무인들, 심지어 그날 절벽 위에 있었던 진사건까지 두 눈 멀쩡히 뜨고 살아 있었다.

"뭐 하나?"

바위에 앉은 채 덩치 좋은 사내의 도끼질을 관찰하고 있는 곽태의 옆으로 누군가 다가왔다. 철문서생 손용후였다. 하지만 곽태는 대답하지 않았다. 사내의 도끼질을 구경하느라 손용후가 묻고 있다는 사실도 모르는 듯한 모습이었다.

"야!"

손용후가 버럭 소리를 지른 후에야 곽태가 고개를 돌렸다. 하지만 손용후는 여전히 별다른 성과를 얻지 못했다. 곽태가 방해하지 말라는 듯 손을 휘저으며 도끼질로 시선을 돌렸기 때문이었다.

"인마!"

손용후가 세 번째 말을 걸었다. 그제야 곽태가 대답을 했다.

"보면 모르나? 저 사람 도끼질에서 무공의 요체를 찾고 있다."

"허, 이제는 헛소리만 하는 게 아니고 헛짓거리까지 하나?"

"쯧쯧, 원래 세상 모든 것에는 무공의 묘리가 숨어 있는 법이다. 오오, 저기 봐봐!"

곽태가 눈을 빛내며 손가락질을 하자 손용후의 시선이 자연스레 그쪽으로 움직였다. 하지만 손용후의 눈에는 뭘 보고 그러는지 도통 알 수가 없었다.

한 사내가 거목으로 도끼질을 하고 있는, 벌목장이라면 흔히 볼 수 있는 광경이었던 탓이다.

"도대체 뭘 보라는 거냐?"
"쯧쯧, 니가 뭘 알겠냐? 그냥 다른 놈들한테나 가 봐."
"쳇!"

손용후가 살짝 인상을 찌푸렸다.

"왜?"
"조가 놈이랑 이가 놈은 아예 직접 가서 도끼질하고 있다. 윤가 놈이야 너도 알다시피 아직 누워 있고."
"그럼 같이 저거나 보자."
"됐다!"

살짝 짜증이 섞인 목소리로 한마디 던진 손용후가 설레설레 고개를 저으며 원래 있던 곳으로 방향을 틀 때였다.

"손 대협께서 뭘 모르시는구먼. 저 도끼질은 정말 자세히 보면 무공의 요체가 숨어 있는데 말이야."
"음? 어!"

소리가 들린 쪽으로 고개를 돌리던 손용후가 자신을 보고 있는 사내를 확인하고는 놀란 목소리를 뱉었다. 껑충하게 키가 큰 장년의 사내. 염철산이 서 있기 때문이었다.

손용후가 주저 없이 포권을 하며 인사를 했다.
"구명의 은혜에 감사를 드립니다."
절벽으로 떨어진 그들이 두 눈 멀쩡히 뜨고 살아 있을 수 있는 이유는 염철산의 덕이었다.
그날 염철산은 절벽 아래에 질긴 그물을 다섯 겹이나 겹쳐 놓고 위에서 사람이 떨어지기를 기다리고 있었다. 물론, 위에서 보면 잘 안보이면서도 사람이 떨어져도 죽지 않을 적당한 위치였다.
거기에 더해, 진소천이 그들을 밀어 넘기는 순간 교묘하게 손을 놀려 막혔던 혈을 풀어 주었다. 물론 소리를 내지 못하도록 아혈은 여전히 점혈한 상태로.
그렇기에 그물이 있다고는 해도 충분히 위험한 곳에서 떨어지고도 무사히 살 수 있었던 것이다.
거기에 염철산은 한 가지 일을 더 했다. 한 사람이 그물에 걸릴 때마다, 미리 구해 왔던 시체를 하나씩 아래로 떨어트렸다. 그 덕분에 범문광이 직접 절벽 아래로 내려가서도 이상한 점을 확인하지 못했던 것이다.
절벽이 너무 높은 탓에 시체가 처참할 지경으로 훼손됐기에 더욱더 확인이 불가능했다.
물론 그 모든 일은 진소천의 계획이었다. 원래는 만약의 사태를 대비해 고수들을 모아 구원을 오라는 부탁을 했었다. 당시 진소천이 건넨 돈은, 고수들을 모으는데 쓰일 돈이었다.
그러다가 진소천이 다른 계획을 위해 염철산에게 급히 서신을 보낸 것이었다.

염철산은 편지의 내용대로 갓 죽은 시체들을 구해 바로 썩지 않도록 처리한 후, 편지에 적혀 있는 장소에 가서 기다리고 있었던 것이다.
"별말씀을, 저보다는 소천 아우가 준비한 일이니 나중에 만나거든 그에게나 인사를 하시게."
"흥, 그 너구리 자식은 아무리 생각해도 괘씸해서 말입니다. 그리고 어쨌든 염 장계께서 움직여 살려 주셨으니 당연히 인사를 받으셔야 합니다."
"하하, 뭐 어쨌든 내가 한 일은 내 아우의 부탁대로 한 것뿐이오. 그나저나 맹 대협은 어디 있소?"
"아, 따라오십시오."
손용후를 따라간 곳은, 벌목장에서 좀 떨어진 곳에 위치한 임시로 지은 통나무집이었다.
"대장."
집 안으로 들어서며 손용후가 맹도굉을 불렀다.
"음?"
구양결과 마주 앉아 열심히 뭔가를 이야기하고 있던 맹도굉이 고개를 돌리다가 염철산과 눈이 마주쳤다.
"아, 염 대협! 구명지은에 감사를 드리오."
맹도굉 역시 손용후와 똑같은 반응을 보였다. 그리고 염철산도 비슷한 이야기를 했다.
"하하, 그리 생각해 주니 감사합니다. 하지만 소천 아우의 계획이었으니 나중에 그 녀석과 이야기를 하십시오."
"알겠습니다."

"좀 더 빨리 찾아왔어야 하는데 일이 많아 좀 늦었습니다. 그나저나 산속의 생활은 어떠십니까? 많이 움직이던 분들이 산속에 갇혀 지내니 답답하시지는 않으신지?"

"괜찮습니다. 이렇게 잠시 한가로운 시간을 보내는 것도 나쁘지 않지요."

"그러시다니 다행입니다. 음, 함께 산보나 하시겠습니까?"

"좋지요."

염철산이 뭔가 할 말이 있다는 것을 눈치챈 맹도굉이 흔쾌히 따라나섰다.

밖으로 나온 염철산이 단도직입적으로 말했다.

"실은 소천 아우가 전해 달라고 했던 말이 있어서 그 말씀을 드리러 왔습니다."

"말씀하시지요."

"그런데 그 얘기를 하기 전에, 앞으로 어찌하실 건지 계획이 있으십니까?"

맹도굉이 천천히 고개를 저었다.

"아직까지 뭘 어찌해야 할지 고민이 되기는 합니다. 우리가 살아 있다는 사실을 알면, 무림맹에서 가만히 있지는 않을 테니까요."

"그렇군요. 그러고 보면 율천대 분들은 배신에 대해서 그리 크게 충격이 없는 것 같군요?"

맹도굉이 다시 한 번 고개를 저었다.

"그렇지는 않습니다. 다들 충격을 받기는 했습니다. 다만, 모두가 낭인 생활을 했던 탓인지 한두 번 정도는 배신을 당해 본 경험이 있습니다. 그것도 경험이라면 경험인지 다들 금방 훌훌 털어낸 것이지요. 다만……."

맹도굉이 잠시 말꼬리를 흐리더니 이내 말을 이었다.

"구양 공자가 꽤 충격이 심했던 모양입니다."

"아."

염철산도 그제야 생각이 났는지 고개를 끄덕였다. 구양결은 다른 사람도 아닌 제 아버지와 형에게 배신을 당한 것이었다. 배신당한 것으로 모자라 죽이려고 들었다.

고지식한 구양결의 성격이라면 정신적으로 아주 힘든 일인 것이 분명했다.

두 사람은 잠시 아무 말도 하지 않은 채 걸음을 옮겼다. 그렇게 한참을 걸음을 옮기다 맹도굉이 먼저 입을 열었다.

"진 노제의 말을 전한다고 했던 걸로 기억합니다만?"

"아, 그렇군요. 맹 대협께서 아실지 모르겠지만, 구양제현 맹주는 소천 아우의 아버지를 죽인 원수입니다."

"흡!"

맹도굉이 흠칫 놀라며 걸음을 멈췄다. 그 모습에 염철산이 고개를 끄덕이며 말했다.

"모르셨던 모양이군요."

"그, 그렇습니다. 전혀 그런 티를 내지 않아서……."

맹도굉이 기억하는 진소천은, 구양제현을 앞에 두고도 그런 이야기는 한마디도 꺼낸 적이 없었다. 이죽거리기 위해 서이기는 해도 항상 웃는 낯으로 구양제현과 이야기를 했다. 그런데 아버지를 죽인 원수라니. 생각도 못한 일이었다.

"뭐, 어쨌든 그런 일이 있었습니다. 소천 아우는 긴 시간 복수를 준비해 오고 있었지요. 해서 소천 아우는 맹 대협이 자신을 도와주었으면 좋겠다고 하더군요."

맹도굉의 생각은 오래가지 않았다.

"어차피 무림맹이 있는 한 제대로 하늘을 보며 살기는 힘든 일이지요. 그럴 바에는 속 시원하게 싸우는 게 낫습니다. 진 노제에게 전해 주십시오. 꼭 함께하겠다고 말입니다."

말이 끝날 무렵 맹도굉의 몸에서 섬뜩한 살기가 뿜어져 나왔다. 충격을 털어 냈다고 해서 원한까지 잊히는 것은 아니기 때문이었다.

염철산이 고개를 숙이며 말했다.

"그렇게 해 주신다니 감사합니다. 조만간 소천 아우가 찾아올 테니 그때 다시 이야기를 하시지요."

"알겠습니다."

"아, 그런데 제가 구양 소협과 이야기를 좀 했으면 하는군요."

"구양 공자와요?"

"예, 어쩌면 그가 정신을 차릴 수 있도록 도와줄 수 있지 않을까 해서요."

"이를 말씀이겠습니까? 꼭 좀 도와주십시오."

"알겠습니다."

서둘러 통나무집으로 돌아온 두 사람은, 집 안에 남아 있던 이들을 모두 밖으로 내보냈다. 그리고 염철산과 구양결 두 사람만이 집 안에 남게 되었다.

"얘기 좀 할 수 있겠나?"

구양결과 마주 앉은 염철산이 나지막한 목소리로 먼저 말을 걸었다.

"말씀하시지요."

구양결이 딱딱하게 굳은 표정으로 대답했다.

"원한이 사무치나?"

염철산의 말이 떨어지기가 무섭게 구양결의 두 눈에서 시퍼런 안광이 번뜩였다. 금방이라도 살기가 뚝뚝 묻어나올 것처럼 싸늘하기 짝이 없는 눈빛이었다. 그리고 싸늘한 목소리로 되물었다.

"이를 말이겠소?"

"복수하고 싶은가?"

"물론이오!"

구양결이 버럭 소리를 질렀다. 목소리에 사무치는 독기가 배어 듣는 사람마저 으스스하게 만들 정도였다.

등판을 가르던 그 섬뜩한 감각을 아직도 잊을 수가 없었다. 그 검을 내지른 사람이 자신의 친형이라는 사실이, 그 일을 시킨 사람이 아버지라는 사실이.

벌써 한 달이 넘게 지났지만 밤마다 꿈을 꾸었다. 어떤 날은 아버지와 형이 나타나 자신의 사지를 잘랐고, 어떤 날은 온몸을 불로 지지며 웃고 떠들어 댔다.

온몸이 땀으로 흥건한 채 비명을 지르며 잠에서 깨어나지 않은 게 언제였는지 기억도 안 날 정도였다.

하지만 무엇보다 구양결을 분노하게 만든 것은 그 이유였다. 정사대전의 분위기를 형성하기 위해, 그래서 친자식을 잃은 아비가 되기 위해.

"죽일 것이오! 이 손으로!"

구양결이 이를 빠득빠득 갈아붙이고 온몸을 부들부들 떨며 쩍쩍 갈라진 목소리로 울부짖는다.

하지만 그를 바라보는 염철산의 눈은 냉정하기만 했다. 그리고 눈빛만큼이나 냉정한 목소리로 말했다.

"복수를 하고 싶으면 가장 먼저 뭘 해야 하는지 가르쳐 주겠네."

그 말에 구양결이 번쩍 고개를 쳐들었다. 하지만 뒤이어 나온 염철산의 말에 그의 눈빛이 사납게 변했다.

"웃어야 하네."

"뭐라고 했소! 웃으라고? 지금 이 상황에서 내가 어떻게 웃을 수 있다는 거요!"

버럭버럭 소리를 지르지만 염철산은 미동도 하지 않았다.

"소천 아우는 말일세. 제 아버지를 죽인 사내와도 웃으며 이야기를 하고, 원수의 아들에게도 웃고 장난을 친다네."

"크, 그거야말로 미친놈이 아니오!"

"그리고 그 원수의 아들이 자네일세."

"흡!"

구양결이 저도 모르게 두 눈을 부릅떴다. 이게 무슨 말인가. 원수의 아들이 자신이라니.

"그렇다면 아버지가 진소천의 선친을 죽였다는 말이오?"

"그렇다네. 하지만 그는 웃는다네."

"그게 무슨 말이오?"

"원한에 사무치면 복수를 못해. 하지만 웃을 수 있는 사람은 복수를 할 수 있다네. 자기감정을 추스르고 차분하게 기다릴 줄 알기 때문이지. 아무리 큰 일인 것 같아도 어차피 일상이 바뀌지는 않아. 그러니 웃으라는 말일세."

구양결도 이제는 무슨 말을 하는지 이해가 갔다. 하지만 머리는 받아들여도 마음이 받아들일 수 없는 이야기였다.

"말이야 쉽지."

차가운 목소리로 뱉어 내는 구양결을 보며 염철산은 피식 웃어 보였다. 그리고 슬쩍 어깨를 으쓱거리며 말했다.

"내가 해 줄 이야기는 여기까지야. 나머지는 자네가 알아서 할 일이지."

그리고는 더 이야기 할 것이 없다는 듯 자리에서 일어나 통나무집을 나섰다.

"이야기는……."

앞에서 기다리던 맹도굉이 조심스레 물었다. 염철산은 빙긋 미소를 지으며 말했다.

"일단 할 수 있는 이야기는 해 두었습니다. 나머지는 결국 구양 소협이 결정하기 나름이지요. 그런데 저 친구는……."

말을 이어가던 염철산의 시선이 한쪽으로 향했다. 그곳에는 화산파 제자인 진사건이 미친 듯이 검을 휘두르고 있었다.

슬쩍 고개를 돌려 확인한 맹도굉이 대답했다.

"화산파 제자인데, 화산파로 돌아가겠다는 것을 설득해

말려 놓았습니다. 가 봐야 쥐도 새도 모르게 죽을 테니 여기 있는 게 낫다고 말입니다. 그래서 꽤 답답했던 모양입니다. 그래도 당분간은 별일 없을 테니 걱정하지 마십시오."

"알겠습니다. 그림 저는 먼저 가 보도록 하겠습니다."
"예, 살펴 가십시오."

◈　　◈　　◈

깊은 밤, 수북한 수풀 사이에 두 명의 사내가 서서 주위를 살피고 있었다.

날카로운 눈빛으로 사방을 살피는 모습이 보초를 서는 듯한 모습이었다.

"어?"

갑자기 오른쪽 사내가 흠칫하며 화들짝 고개를 돌렸다. 함께 서 있던 왼쪽 사내도 덩달아 놀라며 황급히 허리에 찬 검을 움켜쥐었다.

그리고 예리한 눈빛으로 주변을 살피며, 오른쪽 사내를 향해 물었다.

"왜? 무슨 일인가?"

그 말에 오른쪽 사내가 당황한 표정으로 주위를 두리번거렸다. 하지만 아무리 봐도 뭔가 보이지가 않는다.

"분명 뭔가 기척을 느꼈는데······."
"허허, 아무것도 없구먼. 선 채로 자다가 꿈이라도 꾼 거 아닌가?"

하지만 그럴 리가 없다는 것은 물어보는 왼쪽의 사내가 더 잘 알고 있었다. 그들의 소속은, 무림맹주 직속의 율천대 삼조였기 때문이었다.

두 사람의 뒤쪽으로는 수풀에 가려진 동굴이 있었고, 그 동굴 안에서 그들의 조장인 이규홍이 밤마다 진소천을 고문하고 있었다.

고개를 갸웃거리던 오른쪽 사내가 뭔가 골똘히 생각하더니 재빨리 장검을 뽑아 들었다. 그리고는 동료를 향해 말했다.

"아무래도 이상해. 뭔가 있는 게 분명하니 조심하세."

그 말에 왼쪽 사내 역시 재빨리 장검을 뽑아 들었다. 동료가 저렇게 나온다면 확실히 뭔가 있다는 뜻이었다.

그때였다.

"나 찾아?"

갑자기 귓전으로 파고드는 여자의 목소리. 하지만 깜짝 놀란 오른쪽 사내가 반응을 보이기에는 늦은 시간이었다. 이미 명문혈을 점혈당해 뻣뻣하게 굳어 가고 있었기 때문이다.

그리고 왼쪽 사내 역시 마찬가지였다. 여자의 목소리에 깜짝 놀라 고개를 돌리는 순간, 이미 온몸이 뻣뻣하게 변하고 있었다.

털썩!

두 사내가 힘없이 쓰러지고 그 자리에 모습을 드러낸 것은 주세연과 황윤이었다. 황윤이 나지막한 목소리로 말했다.

"역시 아가씨의 환환미종유공(幻幻迷從幽功)은 무림의 일절입니다!"

"어머, 놀리는 건가요?"
"그럴 리가요. 진심으로 하는 말입니다."
"그런 것치고는 표정이……."
"아, 면구를 대충 만들었더니 표정이 왜곡된 모양입니다."
"그 거짓말을 믿으라고요?"

주세연이 새침한 표정으로 황윤을 노려보았다. 하지만 그녀의 환환미종유공이 어디에 내놓아도 떨어지는 무공이 아니라는 것은 분명한 사실이었다.

환환미종유공은 극쾌의 신법과 은밀함으로는 견줄 것이 없을 정도로 조용한 보법을 바탕으로 만들어진 무공이었다. 그러다 보니 빠르면서도 은밀함을 강점으로 하는 무공이 될 수밖에 없었던 것이다.

굳이 따지면 도둑이나 살수들이 탐을 낼 만한 무공이 된 것이었다.

무공에 특별히 격이 있는 것은 아니지만, 왕부의 군주에게는 어울리지 않는 무공이라는 것은 분명했다.

하지만 주세연은 그러한 사실을 모른 채 이 무공을 배웠다. 그녀는 어린 시절 호신무공을 익혀 두라며 아버지가 데리고 온 한 여고수의 무공을 사사했다. 그런데 익히면서 보니 점점 음습한 기운이 가득한 무공이 완성되었던 것이다.

나중에 들은 스승의 고백은, 자신의 무공이 사장되는 것을 안타까워하던 차에 자질이 뛰어난 주세연을 보니 욕심이 나서, 무공의 진면목을 숨긴 채 가르쳤다는 것이다.

과거 주세연에게 그 이야기를 들었던 진소천은 배꼽을 잡고 끊임없이 바닥을 구르며 웃어 댔었다.

그때 장마노와 홍예운이 두 사람 곁으로 내려섰다. 황윤이 두 사람을 보며 동굴 쪽을 손으로 가리켰다.

"자, 들어가시지요."

장마노가 먼저 앞장을 서며 말했다.

"안으로 들어가면 피를 볼 수밖에 없으니, 계집애는 겁나거든 여기서 기다려도 좋다."

홍예운은 군주마마, 황윤은 아가씨, 그리고 장마노는 계집애. 과거에도 느꼈지만 이 비형방 사람들은 한 사람을 부르는 방법을 참으로 다양하게 사용했다. 물론 그중에 특별히 싫거나 하는 호칭은 없다. 장마노의 계집애라는 호칭도 특별히 주세연을 낮추어 보기 때문에 그러는 게 아니라는 것을 알기 때문이었다.

"함께 왔으니, 함께 가야죠."

주세연이 따라가겠다는 듯 발을 뻗으며 하는 말에 홍예운이 슬쩍 뒤돌아보며 말했다.

"흐응, 낭군님을 빨리 보고 싶은 게 아니고?"

"빨리 가서 다리몽둥이를 부러트리려고요."

하지만 농담할 때가 아니었다. 장마노가 동굴 안으로 몸을 날렸다.

"누구냐!"

갑작스레 달려드는 장마노의 모습에 깜짝 놀란 율천대 무인들이 황급히 몸을 일으켰다. 하지만 장마노의 채찍이 훨씬 빨랐다.

촤아악!

장마노는 채찍의 절반 이상을 팔뚝에 감은 채 남은 부분만을 휘두르고 있었다. 그럼에도 불구하고 그 채찍으로 못하는 것이 없었다.

정면에 있는 사내의 목을 휘감아 당기는 듯하더니, 그대로 동굴 벽을 향해 후려쳤다.

퍼석!

단번에 뒤통수가 깨지며 허연 뇌수가 흐른다. 그사이 홍예운이 앞으로 나섰다.

아무것도 들고 있지 않던 홍예운의 두 손에 날카로운 무언가가 찢어지는 듯한 소음을 만들어 낸다. 그리고 그 두 손이 휘둘러질 때마다, 붉은 피가 사방으로 튀었다.

"끄아아악!"

무언가 푹 박히는 듯하더니 단말마의 비명이 동굴 안에 울려 퍼졌다. 사내의 가슴에 박혔다가 뽑히는 것은 홍예운의 손에 쥐어진 아미자였다.

동굴 안에 있던 율천대 무인들은 모두 다섯 명. 그중 네 명이 순식간에 시체가 되어 바닥을 나뒹굴었다. 그리고 마지막 남은 한 명.

"이건 뭐야?"

날카로운 목소리로 외치는, 유난히 붉은 입술을 가진 사내의 손에는 온통 가시 같은 돌기가 돋아 있는 구절편이 들려 있었다.

장마노의 채찍과 이규홍의 구절편이 허공에서 얽혔다.

298

그때였다.

"가가(哥哥)!"

찢어질 듯한 비명과 함께 주세연이 그 자리에 털썩 주저앉았다. 철창 너머, 온몸이 붉게 물든 채 축 늘어져 있는 한 사람을 본 탓이었다.

주세연의 외침에 벽에 묶여 있던 진소천이 움찔거리며 고개를 들었다. 그리고 반사적으로 씩 웃으며 말했다.

"주 매, 왔어?"

까아앙!

황윤이 달려들어 철창의 자물통을 부수고, 홍예운과 주세연이 황급히 감옥 안으로 뛰어들어 갔다.

"이게 무슨 꼴이에요!"

주세연이 부들부들 떨리는 손으로 황급히 진소천이 묶여 있는 수갑과 차꼬를 풀었다. 하지만 진소천은 도저히 힘이 없는 듯 제대로 서지 못하고 그 자리에 주저앉았다.

"크윽, 이런 꼴로 보려는 건 아니었는데."

하지만 입가에는 미소를 지은 채 주세연을 향해 말했다.

"말하지 마요."

주세연이 눈물이 그렁그렁한 눈으로 진소천을 보다가 애써 고개를 돌린다. 그사이 황윤이 진소천을 향해 등을 돌리며 업히라는 듯 몸을 숙였다.

하지만 진소천은 고개를 저었다.

"일단 해혈부터."

그 말에 황윤이 황급히 손을 뻗어 막혀 있던 진소천의 혈을 풀어 주었다.

그러는 동안 장마노와 이규홍의 싸움은 거의 끝을 향해 치닫고 있었다. 두 사람 사이의 우위는 너무나 분명했다. 이규홍은 옷이 넝마가 된 채 몸 곳곳에 붉은 선이 그어져 있었다. 들고 있던 구절편은 이미 다섯 마디가 끊어져 네 마디밖에 남지 않은 상태였다.

"후우!"

깊은 호흡과 함께 진소천이 몸을 일으켰다. 그리고 비틀거리는 걸음으로 철창을 나섰다.

그 순간.

쫘아아악!

섬뜩하리만치 묵직한 파열음과 함께 이규홍의 팔뚝에서 무언가가 터져 나갔다. 감겨 있던 채찍의 마찰로 인해 살갗이 그대로 터져 나간 것이었다.

"끄윽!"

쩔그렁!

구절편이 바닥으로 떨어지고, 이규홍 역시 비틀거리며 주저앉았다. 장마노의 채찍에 당한 탓에 이미 기혈이 뒤틀린 상태였다. 그나마 자존심 때문에 억지로 버티고 있었는데 이제는 그 마저도 힘들었다.

진소천이 비틀거리는 걸음으로, 쓰러진 채 사지를 부르르 떨고 있는 이규홍에게 다가갔다.

"오늘이 며칠째인지 아나?"

"끄으윽, 뭐, 뭐라고?"

"딱 사흘째야."
 말이 끝나기가 무섭게 진소천이 발을 들었다.
 콰드드득!!
 끔찍한 파골음이 이규홍의 가슴팍에서 터져 나왔다. 심장 어림의 갈비뼈가 동시에 으스러지는 충격과 함께 이규홍은 그대로 숨을 멈추었다.
 진소천은 더 이상 할 일이 없다는 듯 미련 없이 뒤로 돌아 황윤에게 다가갔다. 그리고 황윤의 어깨에 기대며 말했다.
 "이제 좀 업어 줘."
 "하하, 알겠습니다!"
 "서둘러. 다행스럽게도 이 산등성이에 있어."
 "알겠습니다."

 깊은 밤을 맞이한 숲 속.
 한 마리 거대한 곰이 웅크리고 있는 듯한 바위 아래에 요란한 소음이 터져 나오고 있었다.
 "이럴 거였으면 삽이라도 들고 오라고 하시지 그랬습니까?"
 곰의 앞발 어림이라고 생각되는 부분의 아래쪽을 미친 듯이 손으로 파대며 투덜거리는 사람은 황윤이었다.
 그나마 다행인 건 권각술을 익힌 탓에 손의 외공 적인 단련도 거르지 않아 아무리 파들어 가도 손이 상하지는 않는다는 정도. 황윤은 벌써 어른 한 명이 쑥 들어갈 정도까지 땅을 파고 있었다.
 "그런데 여기가 분명합니까?"

"맞다니까? 그래도 다행이지? 부채 뺏기기 전에 그림을 다 외워놔서."

"크, 방주님도 참 대책 없군요. 그 중요한 그림을 부채에 그려놓다니. 만약에 황윤이나 구양제현이 알아봤으면 어쩌려고 그랬습니까?"

"못 알아봐. 산 그림 두개를 겹쳐 놨었거든."

"크크, 그랬군요."

터엉!

"악!"

황윤이 갑자기 두 손을 들며 탈탈 털어 대기 시작했다.

"으윽, 이거 뭐……. 헉! 찾은 것 같습니다!"

흙이 아닌 딱딱한 무언가를 손끝으로 찍은 탓에, 예기치 못한 통증에 인상을 찡그리던 황윤이 갑자기 반색을 하며 말했다. 방금 부딪칠 때 난 소리는 뭔가 속이 텅 빈 것 같은 소리였다.

황급히 손을 움직여 흙을 쓸어 보니, 돌로 만든 작은 상자의 윗면이 보였다. 황윤의 손이 바쁘게 움직이기 시작했다. 돌 상자의 외각을 따라 손가락을 밀어 넣고 그 모양대로 흙을 파내기 시작했다.

그런데 진소천이 이상하다는 표정으로 물었다.

"그냥 뚜껑만 열지?"

"음? 아!"

그제야 뚜껑만 열어도 물건을 꺼낼 수 있다는 사실을 기억해 낸 황윤이 다시 윗면을 손으로 쓸었다. 그리고 손에

걸리는 틈을 힘껏 벌렸다.

덜컹!

묵직한 소음과 함께 돌상자의 뚜껑이 열렸다. 그리고 그 안에 고이 놓여 있는 한 권의 책.

황윤이 주저 없이 책을 들어 진소천의 손에 쥐어 주었다.

현령무극귀선서(玄靈無極鬼仙書)라고 쓰인 표지가 눈에 들어왔다.

현령검의 진면목, 현령무극귀공의 완성형인 현령무극귀선공의 비급이었다.

진소천이 소중한 것을 다루듯 비급을 품 안에 넣었다. 그리고 황윤이 불쑥 뛰어올라 오며 말했다.

"이제 가시지요?"

"그래. 이 빌어먹을 곳을 보고 내가 오줌도 싸나 봐라."

"흐흐, 어디 한 번 두고 보지요."

황윤이 농담을 던지며 진소천을 업었다. 그리고 진소천이 진심 어린 목소리로 다짐하듯 중얼거렸다.

"다음번에 올 때는, 구양 노물의 모가지를 따 주겠어."

⟨『산공질풍기』 제3권에서 계속⟩

1판 1쇄 찍음 2011년 8월 8일
1판 1쇄 펴냄 2011년 8월 10일

지은이 | 윤지겸
펴낸이 | 정 필
펴낸곳 | 도서출판 **뿔미디어**

기획총괄 | 이주현
기획 | 한성재
편집책임 | 이재권
편집 | 심재영, 문정흠, 조주영, 주종숙, 이진선
관리, 영업 | 김기환

출판등록 | 2002년 9월 11일 (제1081-1-132호)
주소 | 부천시 원미구 상3동 533-3 아트프라자 503호 (우)420-861
전화 | 032)651-6513 / 팩스 032)651-6094
E-mail | BBULMEDIA@paran.com
홈페이지 | www.bbulmedia.com

**값 8,000원**

ISBN 978-89-6639-224-7 04810
ISBN 978-89-6639-222-3 04810 (세트)

※파본은 구입하신 서점에서 교환하여 드립니다.

**※이 책은 (도)뿔미디어를 통해 독점 계약되었습니다.**
저작권법에 의해 보호를 받는 저작물이므로 무단 전재와 무단 복제를 엄금합니다.